断罪された悪役令嬢は、逆行して完璧な悪女を目指す

5

楢山幕府

TOブックス

目次

第五章　断罪された悪役令嬢は、しあわせの村に辿り着く

ハーランド王国

娼館の客

求婚

シルヴェスター

本作のヒーローであり、王太子殿下。
逆行前は異母妹と結婚したが、真意は不明。
現時間軸では、クラウディアと婚約を内定済み。
独占欲が強い。

婚約者候補

クラウディア

この物語の主人公であり、公爵令嬢。
異母妹にはめられ娼館へ行き着くも、
先輩娼婦のヘレンの死をきっかけに時間を逆行。
完璧な悪女(淑女)を目指している。
ローズとして犯罪ギルドのトップも兼任。

娼館の先輩

専属侍女

溺愛

友人(弟のような存在)

ヴァージル

クラウディアの兄。逆行前は断罪したが、
現時間軸では、クラウディアを可愛がる。
社交界では氷の貴公子と呼ばれている。

ヘレン

クラウディアの心のお姉様。元伯爵令嬢。
逆行前は先輩娼婦だったが、
現時間軸では
クラウディアの専属侍女に召し抱えられる。

……※逆行前の関係　――※現時間軸の関係

バーリ王国

レステーア

ラウルの側近だが、
クラウディアに命を救われ、
ハーランド王国の諜報員となる。

主従

ラウル

隣国、バーリ王国の王弟。
前時間軸ではクラウディアの客だった。
現在はハーランド王国に留学中。

アラカネル連合王国

スラフィム

連合王国の第一王子。
シルヴェスターとは友人関係。
クラウディアに協力的。

ルキ

スラフィムの生き別れた双子の弟。
犯罪ギルド「ドラグーン」のメンバー。
ローズの手足となって動く。

婚約者候補

ルイーゼ

シルヴェスターの婚約者
候補の一人。
王族派の侯爵令嬢。

好意？

トリスタン

シルヴェスターの気のおけない友人で、
将来の側近候補。

友人（側近候補）

シャーロット

シルヴェスターの婚約者
候補の一人。内気で
胸の大きさを気にしている。

ブライアン

化粧品を取り扱うエバンズ商会の嫡男。
貴族派の男爵令息。
クラウディアを女神と崇めている。

イラスト　えびすし
デザイン　Veia

第五章

断罪された悪役令嬢は、
しあわせの村に辿り着く

王太子殿下は国王と対面する

王城、と聞いて連想するものは何だろう？

国王の住まい、国の中枢《ちゅうすう》。

派手なイメージでは、大広間で開催されるパーティーや庭園でのお茶会だろうか。王族のきらびやかな住まいも候補の一つかもしれない。

いずれにせよ、パッと思いつく全てが正解だ。登城する貴族ならもっと詳細に語るかもしれないが、大まかなところは平民と変わらない。

高台に位置し、貴族街からも、王都の下町からも見上げる形になる王の居城。城の一部である砦《とりで》の尖った屋根は、空をも貫かんと今日もそびえ立っている。

それは即ち、権威の象徴だった。

荘厳な佇まいは誰の目にも明らかで、城を前にすれば自然と頭が下がる。

外観に限ったことではない。

磨かれ鏡のように反射する廊下から壁や柱、天井に至るまで繊細かつ豪華な装飾で彩られた内装も、見る者を圧倒した。

気の弱い者なら逃げ出したくなるような空気の中、窓から入った日差しがホコリ一つない床を照らす。

その光を遮《さえぎ》ったのは、国王と同じ銀髪に黄金の瞳を持つ青年だった。

訪れる者を威圧する外観も、名工による内装も、彼にとっては日常風景でしかない。

ともすれば彼自身が美術品のようだった。

なめらかな白磁《はくじ》の肌にさらりと落ちる銀糸は一本一本が光を宿し、揺れるたびに散る輝きに視線が奪われる。

整った鼻梁《びりょう》から薄く色付く唇に焦点が合えば、誰もが頬を熱くした。

そして見上げた先の、銀色の萼《がく》に支えられた黄金に逆らえなくなる。

類い希なる美貌の持ち主、シルヴェスター・ハーランド。

ハーランド王国の王太子である彼は、目に入る景色に何の感慨も抱かないまま、父親である国王に謁見すべく長い廊下を進んでいた。

手入れされた革靴がコツコツと小気味よい音を立てるものの、目的地である国王の執務室まではまだ遠い。

あと何回、角を曲がり、代わり映えしない廊下を歩かねばならないのか。

もう道順は体が覚えているものの、数分の会話のために費やされる移動時間を考えるとシルヴェスターでもどうかと思う。

城の防犯上、わざと距離が設けられているとはいえ面倒だった。

一見すると、今どこの廊下を歩いているかわからない似通った造りもそうだ。侵入者を混乱させるのが目的だとしても、慣れない者はすぐ迷ってしまう。

慣れれば、考えをまとめるのにいい時間をつくれるが。

（パルテ王国はようやく落ち着きを取り戻したか）

ハーランド王国の南西に位置するこの小さな国は、さらに西にある紛争地帯とハーランド王国を隔てる壁になっていた。

防衛費の一部支援や、関税を優遇することで両国は友好を保ってきたが、昨年、突如として関係に亀裂が生じた。

戦争も辞さない勢いで、ハーランド王国への反感をパルテ王国民が爆発させたのだ。

老若男女問わず国民全員が戦士という理念を持つ国風も作用したのだろう。ハーランド王国と対立したところで得るものはないにもかかわらず、国民は徹底抗戦の構えだった。

そして近隣諸国でも珍しい民主制国家という政治体制が悪い一面を覗かせた。

一時の感情によって政治が動かされ、ハーランド王国も決断に迫られることとなった。

戦争か、パルテ王国と血縁を結ぶか。

ハーランド王国はどちらも選ばず、時間稼ぎにパルテ王国の令嬢をシルヴェスターの婚約者候補に加えることで、第三の道を探った。

結果、パルテ王国の有力家族であるベンディン家――ナイジェル枢機卿――の企てであることが判明し、道筋は見えたが、一度芽吹いた反感を鎮めるには策を講じる必要があった。

そこで自分の存在価値を証明したのが、婚約者候補になったニアミリア・ベンディンこと、ニナだった。

ベンディン家当主の養女として迎え入れられたニナは、ナイジェル枢機卿の手先となるべく育てられた。

此度の企てではクラウディアを陥れることに失敗し、現在はハーランド王国の監視下に置かれている。

使い捨ての修道者とは違い、ニナはナイジェル枢機卿の活動に深く関わっていた。

彼女の持つ情報の貴重性が重く受け止められた結果、保護する形に収まったのだ。

シルヴェスター個人としては、愛する人を騙《かた》った彼女に思うところがないわけではない。

だが使える者は、使う。

どれだけ腹の底で粘つく黒い感情が渦巻いていても。

それこそナイジェル枢機卿を追い込むための駒《こま》になってくれるなら我慢できた。

パルテ王国民に対し、ハーランド王国のプロパガンダをおこなうと提案したのは誰でもないニナ本人だった。

婚約者候補に納まったことで国民が少し冷静になったタイミングを見逃さず、ハーランド王国との友好を説いたのだ。

（報告書では、時に、国民の一人ひとりと手を握りながら語りかけていたとあったな）

刹那《せつな》の感情に流されてしまうのが民主制の悪いところだが、国民もバカではない。

冷静になれば、戦争がどれだけ悪手であるか気付く。

矜持《きょうじ》を守りながら、上手く付き合えるのが一番だと。

このニナの活動に、ベンディン家当主が横やりを入れることはなかった。ナイジェル枢機卿に唆《そそのか》され、ニナを送り込んだ彼にとっても戦争は不利益でしかなかったのである。

気になるのはやはりナイジェル枢機卿の動きだが、今のところ当主と接触した様子もない。

(概《おおむ》ね、予想通りか)

ニナの出立前、クラウディアを交え、応接室で顔を合わせたことを振り返る。

基本的にニナとのやり取りは書面で済ますが、都合がついたのと、クラウディアも現状を知りたがっていたことから場を設けたのだった。


その日、シルヴェスターはクラウディア、ニナとテーブルを挟みソファーに座っていた。

ニナを正面に、クラウディアを隣に置いたのは言うまでもない。

「これに関してもナイジェル枢機卿は動かぬか」

「ベンディン家当主とは長く関わってきましたが、没落が見えている以上、助けようとはしないでしょう」

夕焼けを凝縮したようなスカーレット色の長い髪を揺らしながらニナは肯定する。

「執事のダートンを監視役にしてニナを育てたぐらい、ナイジェル枢機卿はベンディン家に深く入り込んでいたのよね？　修道者と同じ感覚で切り捨てられるものなの？」

クラウディアもナイジェル枢機卿ならそうするだろうと予測している。

けれど彼の人間性については推測の域を出ない。

その答えを持っているのがニナだった。

「ベンディン家当主はあくまで使い勝手の良い駒でしかないから、扱いは下っ端の修道者と変わらないわ。ただ好きに使えていた財源の一つがなくなるのは痛手でしょうね」

「着実にあの人の力は削げているのね。協力者への扱いを聞くと頭が痛くなるけれど」

目を閉じながらクラウディアはこめかみを指で押さえる。

パルテ王国の有力家族ですらこの扱いなのだ。

というより、ナイジェル枢機卿にとって駒は駒でしかなかった。

「当主は自分の状況が悪化しても、最後まで教会が助けてくれると信じているでしょうけどね」

赤い唇を歪ませて嘲笑を浮かべるニナは、ベンディン家当主への憎悪を露わにする。

家族を殺され、自身は人形のように扱われてきたのだから無理もない。

シルヴェスターからすれば、濃紺の瞳に沈殿した禍々しい感情も安心材料の一つだった。

ベンディン家の没落は彼女の長年の望みでもある。少なくとも復讐が完遂するまではよく働いてくれることだろう。

計画を修正する必要はなさそうだ。

ニナがハーランド王国の手に落ちたことで、今後の展開をナイジェル枢機卿も予想している。

未だ好きに暗躍しているとはいえ、手数を増やすことで余計な腹は探られたくないはずだ。

シルヴェスターとしては尻尾を掴みたいところだが、多くを望んだ結果、手が回らなくなるのは避けたかった。

「今までの流れからもナイジェル枢機卿が戦争を望んでいないのは確かなようだな」

「以前、ニナがおっしゃっていた通り、本気で戦争を望むなら、ハーランド王国へ入国したニナを襲ったほうが確実な火種になりますものね」

しかしその手は取らなかった。

泥沼の戦争は、彼の活動にも支障を来すからだと考えられる。

「我が国の動きは、奴にとっても望むところか」

計画に織り込み済みだったと言われると、いいように扱われているようで腹が立つ。

眉根が寄りそうになるのを止めてくれたのはクラウディアの温もりだった。

膝の上で重ねられた手を握り返す。

これだけで腹の底に生まれた澱《よどみ》が消えてなくなるのだから不思議だ。

「大きな動きは予想しやすいものですわ。でも、ニナがこうして協力的になることは、想定外だったはずです」

国として取れる行動は限られる。

けれどその中で歯車がどう動いているかまではナイジェル枢機卿もわからないと、クラウディアは微笑んだ。

先ほどクラウディアが口にしたように、力を削いでいるのは確かで、動きを制限できているのもこちらの成果といえる。

「おかげ様で、わたくしも考えを改めさせられましたから。あなたたちが戦う限り、わたくしも戦うわ」

ナイジェル枢機卿に対し消極的だったニナは、クラウディアの姿勢を見て方針を変えた。

現実問題、ハーランド王国にとって利用価値がないなら処分される側面もあるが、気持ちが伴っているか否かで効率は段違いだ。

こちらとしては有り難い限りである。

「我が国に対するパルテ王国民の反感が収まれば、次はベンディン家の断罪がはじまる。敵対勢力とは既に接触済みだ」

「あぁっ、わくわくするわね！」

ニナは喜色を隠さない。

ベンディン家の罪が明るみになれば、ニナは婚約者候補から外されるが、当人にとってはどうでもいいことだった。

「これでようやく婚約式の準備が進められる」

「と言いつつ、既にデザイナーを寄越しているではありませんか」

先日、王家御用達のデザイナーと針子をリンジー公爵家へ送っていた。

やっとという思いを込めて告げたからか、言葉と行動が伴っていないと、クラウディアに笑われる。

くすくすと軽やかな声を漏らす姿に、自分でも目元が緩むのがわかった。

計画を順序立てると、ニナによるプロパガンダ、ベンディン家への断罪、そして最後にクラウディアとの婚約式がくるが、実際には同時進行で動くことになる。

パルテ王国内の根回しにも、婚約式の準備にも時間がかかるためだ。

途端、甘くなった空気に、ニナは仲が良くてなりよりだと肩をすくめた。

まだ日が高いこともあって室内は明るい。

クラウディアの表情も、ニナの表情もよく見えるせいか、シルヴェスターはニナがクラウディアに扮していたのが信じられなかった。

二人とも所作は模範的で、体形も似通ってはいる。髪に緩やかなクセがあるところもそうだ。

確かに共通項は他の人間より多いだろう。

だからといって見間違えるかと問われれば、否と即答する。

(遠目なら状況次第で、と思わなくもないが……)

それでもシルヴェスターは首を傾げざるをえなかった。


ニナの出立前の会合は、和やかな雰囲気で終わった。

廊下を歩きながらクラウディアの笑みを反芻していたからか、国王の執務室前まで来ても、いつもより体は強張っていなかった。

(かといって緊張しないのも問題だ)

これから相まみえるのは、国の最高権力者である。

最も尊き人であり、国民の敬愛と畏怖、そして責任を一身に背負う存在。

職場において、血の繋がりは関係ない。

毎朝、父親としてはどんなに忙しくとも家族との朝食に顔を出す。

どこか歪んでいる自覚のある自分とは違い、情が篤《あつ》く、真っ当な人だと思っている。

（あくまで父親としてはだが）

ラウルのときは、父親の顔で背中を押され、国王の顔で結果を検められた。

どこまでも実力主義で、国王としては誰に対しても「獅子《しし》は我が子を千尋《せんじん》の谷に落とす」を地《じ》でいく人だ。

現在シルヴェスターに与えられている権限も、失敗すればすぐに取り上げられる。王族に間違いは許されない。

王族の代名詞である黄金の瞳は常に厳格で、相対する者には家族でも緊張を強いた。

さながら王城のように。

（むしろ国王の姿が城に反映されているのか）

シルヴェスターの来訪が告げられ、少しの間を置いて執務室のドアが開かれる。

シルヴェスターはドアを抜けると、部屋の造りに従い体を右へ九十度曲げた。

吹き抜けのホールになっている謁見《えっけん》の間に比べ、執務室は城内にある一室でしかない。

それでも壁に掲げられた国章の入った垂れ幕に出迎えられ、床に敷かれた上質な紅の絨毯《じゅうたん》が足音を呑み込むと他との違いを感じさせられる。

向かう正面。

高く昇った太陽を背に、国王はいた。

窓から入る光が瞳を焼く。

所定の位置に着けば、相手が座っているにもかかわらず、見上げているように感じられた。

四十を迎える国王の目元には薄らとシワがあった。黄金を湛える切れ長の目。襟足《えりあし》ほどの長さがある前髪をオールバックにし、執務中ということもあって表情は無に近い。

よく似ていると評されるが、母親の容姿も入っているため、シルヴェスターに自覚はなかった。

手に持っていた書類を脇におき、国王は正面に立つシルヴェスターを見据える。

一瞬たりとも気を緩められない視線を向けられ、纏《まと》う空気の密度が増した。

「パルテ王国は落ち着いたか」

「はい、婚約式も予定通りおこなえるでしょう」

本日の用件はそれに尽きた。

結果的に慣例通り、シルヴェスターの学園卒業をもって婚約者は公表されることとなった。

ただクラウディアの基盤が強固になることを国内外へ周知すべく、盛大に開催することを議会へ進言していた。

「その件で一部の者が反対していることは承知しているな?」

「存じ上げております」

経費が増えることへ不満の声が上がっているのだ。必要性は説いているが、一部の者は強固な姿勢を貫いている。

議会の決定権は国王にあるため、国王の認可さえあれば反対派がいても婚約式は推し進められる。

しかしここで行き着く先にあるものを想像できなければ、権謀術数が張り巡らされた世界で生き残るのは難しいだろう。

王政といえども、貴族なしに政治は成り立たないのだ。

「では、すべきことをせよ」

「おおせのままに」

このようなことで外野に一々口答えさせるな、という意味だった。

過去の婚約式に比べれば動く金額は大きいものの、増税を強いるほどではなく、国の予算からすれば微々たるものである。

（躾《しつ》ける時が来たか）

王太子といえど、政治の世界では若造にすぎない。皆がシルヴェスターに首輪を着ける機会を狙っていた。

どちらが飼い主か、わからせる必要があった。

（だがこれだけではないだろうな）

何かにつけて越えるべき壁を設定する人だ。

経験上、反対派を抑え付けるだけでは物足りない気がした。

案の定、傍に控えていた文官から書類を手渡される。

「最近、浮上してきた問題についてだ」

軽く目を通し、頭の中にある情報と照らし合わせる。

「不穏分子《ふおんぶんし》が集まる村のことですか」

「そうだ。これを解決できなければ、たとえ婚約式を挙げられたとしても前途多難な未来が待ち受けることになろう」

シルヴェスター、と自分と同じ黄金の瞳に射貫かれる。

「我々に平穏というものはない。いついかなるときでも問題は山積みだ。力を示せ。どのような状況下でも、我々に負けは許されない。思い描く未来を、自分の手で勝ち取りなさい」

「お言葉をしかと胸に刻みます」

どれだけ悪意に晒されても、幼い間は一方的に守られる立場だった。

けれど成人してからは守る側に立つ。

誰も非力な人間に守られたいとは思わない。だから内外に示さなければならなかった。

力を。

できなければ、より強い者に食われて終わる。

終焉は多大な犠牲と共に訪れ、あとには何も残さない。

王族にとって道は前にだけあるもの。

どんな壁が立ちはだかろうとも進むしかないのだ。

この荘厳な城で産声を上げたときから、シルヴェスターに用意された道は一つだけだった。

後ろを振り向くことも、立ち止まることも許されない。

ただ、ひたすら、前へ。
進め、と黄金の瞳が語る。
同じ人生を歩むからこそ紡がれる言葉に、否はなかった。

男爵家当主は若獅子の牙を見る

夕方、王太子から招集がかかった。
会議室に集められた面々を見るに、関連性はないように思われる。
だが心当たりがないわけでもなかった。
誰もが一級品で身を包み、指には宝石を光らせている。
貴族なら当然のように感じられるかもしれないが、懐《ふところ》具合はピンキリだ。
爵位があっても、平民と変わらない財政状態の者もいる。
（この場に限っては違うな）
近年、羽振りの良い者が集められていた。
さらに共通項を探っていけば、海路で利益を上げていることがわかってくる。
（同じ穴の貉《むじな》か）
バーリ王国の王弟と取引した身として、察せられるものがあった。

王弟からの条件は、王太子結婚への遅延行為。

見返りは、バーリ王国内での海路使用の優先や税の軽減。

商いをしている者にとって垂涎《すいぜん》ものの提案だった。

だからだろうか、広大な領地を持つ古参貴族や考えの古い者の姿はない。特に前者は国内の運営で手一杯だった。

（先見《せんけん》の明《めい》、いや、考える頭があれば海路の使用条件の優遇は手にして然《しか》るべきもの）

経路や期間が限定されているとはいえ、一度でも利用できる権限を持てれば、次に繋がりやすい。

本来なら会えなかった人物ともよしみを結べるからだ。

婚約式の日取りが決まったことを受け、王太子はこの件について突いてくるつもりだろう。

少しでも足を引っ張れればと、自分も慣例を超える規模の開催には反対だった。

（十分稼いだのだから黙れと言いたいのか）

バーリ王国の王弟が留学してくるまでは、王太子の学園卒業に合わせて結婚式がおこなわれる予定だった。

リンジー公爵令嬢の人となりが認められ、時期が早められたのだ。もちろん相応の根回しがされた上で。

しかしまだ公式に決まっていなかったことから、バーリ王国の王弟が動いた。

そして婚約、結婚までの流れを元に戻すことで、ここに集められた面々は稼ぐ機会を得た。

さすがにこの程度のことで国家反逆罪には問えない。

古い考えを持つ者は、他国と手を結んだ時点でそう口にするが、これしきのことで断罪されていては今日《こんにち》の我が国の繁栄はなかった。

越えてはならない一線ぐらい理解している。

（だが王太子もまだ甘いな）

一度利益を得れば、次を欲するのが人の性だ。

大人しく手を引くなどありえない。黙れと言うなら、見返りを求めるのが当然だった。

皆、考えは同じなのか、したり顔を覗かせている。

男爵位を冠する自分も、身分こそ下級貴族に属するが議会に席を持って長い。

（若造が、簡単に御《ぎょ》せると思ったら大間違いだ）

夕日が大理石の長机に窓の形を描く。

ドアから一番遠い上席だけが主を待っていた。

しばらくして、ドア前で待機していた使用人からシルヴェスターの来訪が告げられる。

本人は舐められまいと圧力をかけるつもりでいるのだから、終始険しい表情を保つと誰もが信じて疑わなかった。

しかしその予想は外れる。

一斉に立ち上がり、礼をしたあとに見たシルヴェスターは、いつもと変わらない穏やかな笑みを湛えていた。

初手から読み違えたことに、勘の良い者は警戒心を高める。男爵もそうだった。

どうする気だと、窺う。

探る視線を一身に受けても、窓を背に座ったシルヴェスターは動じなかった。

夕焼けが銀髪に透け、淡い色の睫毛《まつげ》が影を落とす様は、ともすれば妖艶《ようえん》に映った。

首が僅かに傾けられれば、茜色《あかね》を含む銀髪がさらりと滑らかな肌を撫でる。

シャツと上着で隠されていても、その下に瑞々しくハリのある筋肉が備わっているのは想像に容易い。

際立って線が細いわけでも、中性的なわけでもなかった。

それでもなぜか蠱惑《こわく》的な色香《いろか》があり、白百合の花弁《かべん》をなぞるように傷一つない首筋に舌を這《は》わせ、鎖骨《さこつ》から下を暴きたい衝動に駆られる。

同じ欲求を覚えた者がいたのか、どこからか生唾を呑み込む音が聞こえた。自分のものではないはずだ。

(落ち着け、息子と変わらない歳だぞ)

集められた貴族たちの年齢にはバラつきがあるものの、一番若い者でもシルヴェスターの倍はくだらない。

まだ十代の青年に気圧されてどうするのか。

十分な間を置いて、ようやくシルヴェスターは薄く色付く唇を動かした。

「私が招集をかけた理由には皆、薄々見当がついていることだろう。同様に私も貴殿らが望むものを理解しているつもりだ」

（うむ？　こちらの要求を見越して、先に提示するつもりか？）

王太子の権力を盾に、ただ圧力をかけるわけでない姿勢には好感が持てる。

しかし異を唱える者への対応としては甘い。それだけなら良いが、この流れは下策に近かった。

（金で簡単に転ぶと思われているのか）

駄々をこねる子どもに菓子をやって言うことを聞かせるように。

顔には出さなくとも、バカにされていると感じている者は多かった。

集められているのは議会に席を持つ貴族たちだ。政治を、駆け引きを蔑《ないがし》ろにされることを何より
も嫌う。

（札束で頬を殴られて喜ぶのは平民だけだ）

貴族には貴族としての矜持がある。

穏便《おんびん》にことを済まそうと考えたのかもしれないが、子どものごとく扱われて喜ぶ大人はいない。

ベッドの上でならわからないが。

国王からいくつかの仕事を任せられてはいても、やはりまだ場数が足りていないのだ。

待ちに待った婚約式に傷を付けたくない思いも強いのかもしれない。

（自分たちが教育してやるしかないか）

次いで配られた書類に目を通すまで、誰もがシルヴェスターを侮《あなど》っていた。

「これは……っ!?」

首を絞《し》められたような掠れた声が、会議室のあちらこちらで発せられる。

男爵は背筋に冷たいものが流れるのを感じた。

書類には、自分の名と、バーリ王国の王弟と会った——提案を呑んだ——日付と場所が明記されていた。

加えてバーリ王国内の税率まで。

（全て筒抜けではないか！）

契約相手しか知らないはずの内容が記されていることに胃が縮む。きっと潜り込ませているスパイからの情報だろう。

だからといってここにいる全員分を把握することは可能なのか。

ここではじめて、男爵は底知れないものを感じた。

シルヴェスターは穏やかな表情を崩さない。

「各々が持つ書類に明記された日を起点に変わったことがある。それは大きなうねりとなって、我が国に大きな損害をもたらした」

「な、何をおっしゃっているのですか」

学園の卒業に合わせておこなわれるはずだった結婚式が延期になったことを言っているなら、大《おお》袈裟《げさ》にもほどがある。

「わからぬか？　私の予定通りだったならば、婚約者の発表も早々におこなわれていた」

だが、できなかった。

「さすれば他国の令嬢が、婚約者候補にと名乗り出ることもなかったろうに」

パルテ王国のニアミリア・ベンディン。

ベンディン家の当主が令嬢を送り込んできたのは記憶に新しい。

「お待ちください、むしろそのおかげでパルテ王国民の感情は収まったのではありませんか」

そうだ、もし既に婚約者が決まっていたら、感情を収める手立てはなかった。

「収まった？　あれが一時しのぎでしかなかったことは周知の事実。それとも貴殿らも、かの使節団と同じように、逆賊《ぎゃくぞく》となったサスリール辺境伯と同じように、ニアミリア嬢を王太子妃に据えたかったと申すのか？」

「そのようなことは決してありません！」

国家反逆罪に問われたサスリール辺境伯は、一族郎党処刑された。

自分たちはただ、結婚までの猶予《ゆうよ》を求めているにすぎない。逆賊と一緒にされては困る。

困るのだが――書類を持つ手が震えた。

他国の、それも王族の便宜《べんぎ》を図ったことは、既に押さえられているのだ。

（落ち着け。これしきのことで粛正《しゅくせい》されるわけがない）

少し私欲に走っただけの貴族を処罰していたらキリがない。そんなことをしていたら、この国から貴族はいなくなってしまう。

「だが貴殿らはベンディン家に付け入る隙を与えた。よもやパルテ王国でおこなわれている断罪を知らないわけではあるまい？」

パルテ王国民のハーランド王国へ対する反感は、ベンディン家の工作によるものだった。

国民を煽《あお》り、戦争も辞さないとカードを切ることで、令嬢を婚約者の席に座らせようとしたのだ。

このことが明るみになり、ニアミリア嬢は婚約者候補から外された。

パルテ王国民の怒りも、今では全てベンディン家へ向いているという。

「パルテ王国の件で、我が国がどれだけの損害を被ったか、おおよそでも計算する力は貴殿らにもあろう？」

手元にある書類ほどの精度は求めぬ、とシルヴェスターは微笑む。

口が渇いていた。

喉《のど》がヒリつくのを不快に感じるが、用意されている水に手は伸びない。

（見誤った？　違う、あの時点で、ベンディン家の動きなど予想できない！）

誰もわからなかった。だからバーリ王国の王弟と手を握った。

知らなかった、予見できなかったと矜持をなげうって自分の能力の低さを認めて謙《へりくだ》れば、パルテ王国の件で咎《とが》められることはない。

それは結果論であり、関わった事実も証拠もないからだ。

だが既に一度、自分は裏切っている。

信頼のない相手にシルヴェスターはどう動くか。

おそるおそる見上げた黄金の瞳は、仄暗い光を灯し――。

「パルテ王国の件は関係ないと貴殿らは申すだろう。しかし本当にそうなのか私にはわからぬ。ならば書面にある通り他国と繋がった事実がある以上、貴殿らの証言を信じるためにも調査する必要があろうな」

　獲物をゆるりと眺めた。

「ち、調査とは、何の……」

「ふむ、他の貴族たちはどのようなものを求めるかな？」

　利益が大きいほど、他者からは妬《ねた》まれる。

　バーリ王国の王弟とのことが国家反逆罪に問われなかったとしても、自分を蹴落とそうとしている者にとっては格好《かっこう》の餌《えさ》だ。

　議会で断罪され、金の流れを調査されることにもでもなれば。

（ここに税をまともに納めている者が一人でもいるだろうか）

　がめつさが祟《たた》って集められているのだ。

　計上していない隠し金の一つや二つはある。

　その上、調査が近年のものだけで済む保証はどこにもない。

　シルヴェスターの質問を理解した者は、軒並み顔から血の気を引かせた。

「どうした、答えられる者はおらぬか」

　甘さなど、どこにもない。

　開口一番に発せられた言葉は、こちらの油断を招くためのものでしかなかった。

　効果は、重くのしかかる空気が証明している。

　誰も声を発さないのを見て、ふむ、とシルヴェスターは頷く。

「これでは何を求められるかわからぬな。議会に上げるのは保留とするか」

「え……？」

何を言っているのか、すぐには理解できなかった。急に矛《ほこ》を収められ、戸惑いが勝る。

「ところで婚約式にかかる費用は知っていよう？　貴殿らからも苦言が届いていたな」

話の展開が読めない。

けれど続く言葉が、調査を回避するための条件だと勘が囁《ささや》く。

「中には気を回して先立って祝い金を贈ってくれた家もあるくらいだ。サヴィル公爵家とロジャー伯爵家には懐の広さを見せ付けられた」

祝い金のことよりも、挙がった二つの名前にどよめきが起きる。

どちらも婚約者候補として知られていた名家だ。自分たちと同じく苦言を呈していた家でもある。

令嬢たちの仲が良いと言っても、いくらでも取り繕えるものだ。政治の世界に劣らず、女たちの世界もドロドロしていることは自明の理。

選ばれなかった候補者は足を引っ張りさえすれど、前向きに祝うことなどあろうか。

しばらく信じられない気持ちに支配されてしまうが、話のメインはそこではない。

「貴殿らも、さぞ婚約式に花を添えてくれよう」

「もちろんですとも！」

否はなかった。

それでこれ以上、痛い腹を探られずに済むのなら。

問題は金額だ。

少なくては角が立つ。

皆が一斉に脳内で計算をはじめる最中、男爵の視線がシルヴェスターの上で止まった。

ぞくり、と悪寒《おかん》が走る。

いつの間に日が落ちていたのか、窓の外は真っ暗だった。

室内には照明が灯され、黄金の瞳も色褪せることなく窺える。

そこには変わらない、穏やかな表情があった。

何も恐れることはないはずなのに手が震え、渡された書類の存在を思いださせる。

（……調査なんて必要なのか？）

既にこれだけの情報を掴んでいて、自分たちの懐具合を知らないなんてことがあるのか。

ふいに、会議室内で流れが変わったときの発言が脳裏に蘇る。「書類に明記された日を起点に」とシルヴェスターは言っていなかったか。

石を呑み込んでいるような気分だった。

（バレている。とっくに調査など終わっているに違いない）

それでもことを公にしない条件が祝い金なのだ。

求められている金額は。

バーリ王国の王弟から得られた利益、全て。

（これでなかったことにしようと言われている）

ふざけるな、横暴だ、様々な罵倒が頭を駆け巡る。けれど背に腹はかえられない。

日の光の下、全てがつまびらかにされたときの損失を考えれば、男爵は折れるしかなかった。

悪役令嬢は卒業パーティーに出席する

雪が舞う季節であっても、この日、王城の大広間は人々の熱気で満ちていた。

貴族の子息、令嬢が通う学園の卒業パーティー。

卒業生のみならず在校生も参加するため、とにかく賑やかだ。

家の当主が集うパーティーとはまた趣が違う。

高い天井に施された石膏の装飾。吊されたシャンデリア。柱頭の細やかな彫刻と、変わったところは見られない。

それでも十代の若者ばかりが集まっているからか、オーケストラの音色に合わせて会場に漂う空気が弾んでいるように感じられる。

明るい話し声や笑顔がきらきらと輝いていた。

流れる涙もまた、この場の彩りに花を添える。

「うっ、うっ、お姉様ぁ、寂しいですぅ」

「学園で会うことがなくなるだけよ」

後輩が卒業を迎える先輩の胸に縋る様子も、卒業パーティーでは定番だった。

小柄なピンク髪の少女――シャーロットの飴《あめ》色の瞳からは止めどなく涙が溢れ続ける。

「ほら、目が腫れてしまうわ」

クラウディアがハンカチで頬を優しく拭うも、焼け石に水だ。

けれど心配になると同時に嬉しくもあった。

こうして泣くほど自分を慕ってくれているのだ。嘘偽りないシャーロットの思いに胸がほっこりする。

また別の面では前進が見られて、クラウディアも気を抜くと目が潤みそうだった。

今日のシャーロットはレモンの香りがしそうな黄色いドレスを着用しているのだが、デザインに錯視を用いるような特別な装飾は施されていない。

大きな胸がコンプレックスであるシャーロットにとって、自分の体形に合わせたドレスを着ることはずっと苦痛だった。どうしても胸が目立ってしまうからだ。

寒い時季なのもあってデコルテの露出は控えめだが、無理に胸を圧迫して小さく見せるようなことはなかった。

卒業パーティーのように見知った顔だけが集まる催しでは、動じなくなってきているのだ。

それは彼女のコンプレックスが少しずつ快方へ向かっている証しだった。

しかし一向に泣き止まないシャーロットへ片眉を上げる人もいる。

「いい加減、気持ちに整理をつけなさい。ディーのドレスを台無しにする気ですの？」

扇を口元に当てながらルイーゼが苦言を呈す。

けれど声音からは心配する気持ちが滲み出ていた。

「ルイーゼお姉様ぁ……」

「もう、この子ったら」

励まされているとわかったシャーロットが、今度はルイーゼに抱き付く。眉をひそめられながらも、振り払われることはない。

ルイーゼは藤の花を思わせる紫色のドレスに、白い手袋を合わせていた。ドレスの裾に白いファーが付けられているからか、動くたびにスカートが軽やかに揺れる。

シャーロットから解放されたクラウディアは、会場全体へ視線を巡らせた。

後輩をなだめる先輩の姿がそこかしこで見受けられる。

（お兄様の卒業を見送り、今度は自分が送り出される立場になるなんて、不思議な心地だわ）

逆行前の卒業パーティーで、クラウディアは断罪された。

それも含めると四回目になる。

学園に留年はなく、本来なら存在しない回数だ。心がふわふわするのも仕方ないかもしれない。

（何より、新しい門出を祝うものだものね）

クラウディアにとっては特に意味のあるものだ。落ち着かなくて当然だった。

学園生活一年目は大変というより、問題と向き合う日々だったけれど、屋敷とも社交界とも違う生活は楽しかった。

学園内ではあまり身分や派閥にとらわれないのが大きかった。

おかげで交友関係が一気に広がった。

(学園で会えなくなるだけ)

シャーロットに言ったことを胸の内で繰り返す。

その言葉に当てはまらない人物がいることもクラウディアはわかっていた。

該当する顔が頭に浮かんだとき、当人が視界の端に映る。

「あぁ、ここは暖かいな。だから春の花々も顔を出しているのか」

「ごきげんよう、ラウル様」

一通り挨拶を済ませたラウルが現れる。

ラウルの言う通り、クラウディアは春の花をイメージしたピンク色のドレスを着ていた。ただ一色ではなく、イエローやブラウン系のグレーも取り入れて、季節と釣り合うようシックにまとめている。

ラウルはバーリ王国の正装姿だった。

力強い深緑の上着が彼の緩やかなクセのあるダークブラウンの髪とよく調和している。

その隣に立つ副官のレステーアも男性用の正装に身を包み、綺麗な笑みを浮かべていた。

「はじめてクラウディアと会ったのがここだったな。レステーアの男装を看破したときには目を見張ったのを覚えてる」

懐かしそうに語るラウルへ首肯する。

（わたくしは衝撃で目を見張りましたけど）

娼婦時代、身請けを申し出てくれた相手との予期せぬ再会に心底驚いた。

「そのあとダンスにお誘いいただきましたわね」

「そうだ、ずっとオレにとって苦痛でしかなかったダンスに」

女性が苦手だと知っていたので、不用意に近付かないよう注意していたのを思いだす。

ラウルにとってはそれが心地良かったらしい。

すっ、とクラウディアの前でダークブラウンの頭が軽く下げられる。

「オレとダンスを踊っていただけるだろうか」

差し出された手に自分の手を重ねることで、クラウディアは応えた。

シルヴェスターとの一回目のダンスは既に終えている。

まだ挨拶に対応しているシルヴェスターからは口の動きだけで断ってもいいぞと言われたけれど、友人からの誘いを断るわけがない。

空いているスペースへ移動し、互いにポジションを取る。

新たに音楽が奏でられれば、自然と体が動いた。

「あのときにはもう特別な存在になっていたように思う。何せずっと踊っていたかったぐらいだ」

「全く気付きませんでしたわ」

足を止めていれば告白の内容に照れたかもしれない。幸い、ステップがその熱を取り去ってくれた。

前世の記憶があるクラウディアにとって、ラウルとの一方的な再会は驚きの連続だった。

（シルに会ったことがあるのか指摘されたときは肝が冷えたわね）

ラウルが、クラウディアの事情を知るわけはなく。

軽やかなステップと共に会話が続けられる。

「心を掴まれたと自覚したのは、クラウディア主催のお茶会に出席したときかな」

あそこまで好みだった席はないと、ラウルは笑いながら断言した。

「クラウディアの心遣いが身に沁みた」

「喜んでいただけて何よりですわ」

「キミはいつだってオレの欲しいものをくれる。気遣いだったり、言葉だったり。そのたびに思うよ、オレには何が返せるのかって」

愛する心以外に。

目が合い、そのビターチョコレートの瞳に甘さを感じる。

（ずっと思ってくださっているのね）

今も昔も心変わりすることなく。

ラウルが何か返す必要はない。彼が一番欲している心を、自分は贈れないのだから。

「キミが好きだ、クラウディア。もう聞き飽きたかもしれないが」

ありがとうございます、と笑みで応える。

それしか、できない。

眉尻が下がりそうになるけれど、ラウルに気にした様子はなかった。

「いつまでも待っているよ」

優しい言葉と共にダンスは終わった。

卒業パーティーを終えれば、次に控えているのはシルヴェスターとの婚約式だ。

ラウルの耳にも入っているだろうに、終始話題に上ることはなかった。

間を置かず、レステーアにダンスを申し込まれる。

「我が君と踊る栄誉をいただけますか」

「あなたも相変わらずね」

青髪の男装の麗人《れいじん》。

レステーアとこのような付き合いになるとは想像もしていなかった。

時計の針は止まることなく動き、以前とは違う道をクラウディアへ示す。

逆行してから、早くも四年の歳月が経っていた。

王太子殿下と王弟殿下は睨み合う

卒業パーティーがあった夜、ラウルは滞在している大使館へ帰ることなく王城に留まっていた。

シルヴェスターから飲もうと誘われたからだ。

シルヴェスターの自室へ招かれるのは、これがはじめてではない。けれど夜に足を踏み入れたことはなかった。

広い部屋の中心部にだけロウソクが灯され、ぼう、とテーブルとソファーを照らす。

一人掛けのソファーに座るシルヴェスターに対し、ラウルは斜め前に置かれた二人掛けのソファーへ腰を下ろした。

シルヴェスターがグラスに琥珀色の液体を注ぐのを見守る。

間にあるテーブルにはつまみも用意されていた。

ロウソクの明かりが二人を酒と同じ色に染める。

「オマエから飲みに誘われるとは。身に余る光栄に涙が出そうだ」

「良い機会だから釘を刺しておこうと思ってな」

互いにグラスを持ち、乾杯する。

「もう刺してるだろ。オマエが計画する婚約式に反対していた貴族を呼び出したと聞いてるぞ」

「どこかの誰かが余計なマネをしなければ、呼び出されることもなかったろうに」

「サヴィル侯爵家とロジャー伯爵家からの寄付はどうやったんだ?」

予想がついているにもかかわらず、酒の肴《さかな》にしたいのかラウルが問いかける。

「簡単な話だ。将来の王太子妃と反目するより、よしみを結ぶことを選んだのさ」

「ご令嬢たちの仲を考えると妥当な選択か」

彼女たちの関係が表面上だけのものだったら、ことは簡単に進まなかった。

真実、クラウディアとルイーゼ、シャーロットの仲が良いから実現した話だった。

将来性が見込めるなら、早いうちから立場を表明しておいたほうが良いと両家とも判断したのだ。

婚約の話はもう覆らないともわかっていた。

クラウディアの活躍を見ればさもありなん。

普段からの立ち振る舞いに加え、アラカネル連合王国との件では国に利益をもたらした。

令嬢に限らず、当主であっても容易にできることではない。

「オレが買収したヤツ以外の反対派はどうした？」

他にもいただろう、とラウルが水を向ける。

「全員から賛同を得るのが難しいことぐらい、お前もわかっているはずだ」

「まぁ普通は無理だな」

貴族にはそれぞれしがらみや思惑がある。

ニアミリアを婚約者候補に迎えるか否かでも意見が割れたぐらいだ。

議会運営において満場一致を迎えることはほぼない。

でも、とラウルはにやりと笑う。

「オマエはさせたんだろ？」

クラウディアが関わることで手を抜くはずがないと、シルヴェスターの性格をよくわかっていた。

「想像に任せる」

「切札は見せないか」

お互い会話から握ってる情報量を推し量るのはいつものことだった。

（買収した貴族から詳細は聞いておらぬようだな）

それもそうか、と納得する。

ラウルから得た利益の全てを吐き出すことになったのだ。わざわざ大負けしたと喧伝する貴族はいない。

（あやつらにも恥《はじ》はあったか）

大人しくしているなら問題ない。

ちなみにラウルの言う通り、残る反対派の貴族ともシルヴェスターは交渉していた。

だが一部の貴族たちから多額の祝い金があったことで、形勢は決まったも同然だった。

反対の理由は、盛大な婚約式にかかる費用にある。

祝い金によって国庫から出る金額が過去の分と変わらないとなれば、理由そのものがなくなってしまう。

後におこなわれた交渉はスムーズに終わった。

明るみに出たナイジェル枢機卿の件で、教会から砂糖に関する利権を得られていたのも大きい。

王家が新たに利権を手にしたことによって、顔色をうかがう者が増えていた。

大義名分があれば別だが、それがなくなれば話は早かった。

（全てディアの人徳と機転のおかげだな）

クラウディアが築いてきたものがあってこそ、まとまった話だった。

出来過ぎた婚約者に自然と口元が緩む。

反対にラウルは大きく唇を歪ませた。

「浮かれていると足をすくわれるぞ」

「心配しなくとも注意は怠っておらぬ」

国王からはもう一つ課題が出されていた。

シルヴェスターにとっては、こちらも解決せねば安心して婚約式を迎えられない。

けれどわざわざラウルに教えてやる義理もなかった。

「婚約式は盛大に、つつがなくおこなわれる。いい加減、お前も腹をくくれ」

「まだ婚約式だ。結婚式じゃない」

「ラウル」

ビターチョコレートの瞳を睥睨《へいげい》する。

(ここまで片意地を張る性格ではなかったが……ディアと出会って変わったか)

ラウルも正面からシルヴェスターを見つめ返した。

「クラウディアのオマエへの気持ちを認めていないわけじゃない。だが逃げ道ぐらい用意していても良いだろう?」

「自分への慰《なぐさ》めのためにもか?」

「否定はしない。だけど、なぁ、雁字搦《がんじがら》めにだけはしてやるな」

「何が言いたい」

「誰しも色んな選択肢があって然るべきだ。オマエはすぐ一つしか選べなくする」

自覚はあった。

交渉ごとでも、選択肢が複数あるかのように勘違いさせて、その実、一つしか残していないのは常套手段《じょうとうしゅだん》だ。

思い人であるなら、なおのこと自分だけを見ていてほしい。

（ディアの瞳に映るのは私だけでいい）

強く、願う。

時に身のうちにある炎が爆《は》ぜ、心が火傷《やけど》を負ってしまうほどに。

ロウソクの火が揺れて、顔に影を落とす。

ラウルの真摯《しんし》さが、それを際立たせた。

けれど。

「杞憂《きゆう》だ。ディアはもう誰にも囚《とら》われない」

義母妹《フェルミナ》がいた頃は違ったが、トラウマは既に克服《こくふく》されている。

自分がどれだけ退路を断っても、きっとクラウディアは思いもよらぬ方法で新しい道を見つけるだろう。

誰よりも強い意志を、青い瞳に宿して。

「お前の助けなど必要としていないさ」

「そうかもしれないな」

今度はラウルが睫毛《まつげ》を伏せる番だった。

グラスの中の酒が揺蕩《たゆた》う。

「でも何かせずにはいられないんだ。わかるだろ？　オレでも力になれると証明したい」

一番に自分を頼ってほしい。

愛する人の特別でありたい。

恋をすれば、誰もが心に抱く感情だった。

「私もお前も、このような感情を持つようになるとはな」

「ははっ、確かに」

以前――クラウディアに出会うまでは、誰かに寄り添う自分など想像もできなかった。

ラウルに至っては今でも女性が苦手だ。

「こうも変えられるものなのだな」

その存在一つで。

どれだけ頑張っても敵いそうにない。

同じ思いを抱く二人の会話は、夜遅くまで続いた。

王太子殿下は騎士団長令息と話し合う

「おはようございます。って、珍しいですね、シルがまだ支度を整えていないなんて」

「お前相手に身綺麗にする意味を見出せなくてな」

トリスタンに憎まれ口を叩くシルヴェスターは、シルクの寝衣の上にガウンを羽織った姿だった。

昨夜ラウルと飲んだ酒が抜けきれず、動く気力が湧かなかったのだ。

「ひどっ、親しき仲にも礼儀ありって慣用句知ってます？」

トリスタンは傷ついた表情を見せるも、すぐににこやかになる。ラウル相手に飲み過ぎたのをわかっていた。

昨夜ラウルが座っていた席に、トリスタンが腰掛ける。

テーブルの上にあるのは酒とつまみから紅茶と軽食に替わっていた。

酒が抜けたらすぐに動けるよう、次なる問題についてトリスタンと話し合う。

「婚約式への反対は収まった。残りも片付けるぞ」

「不穏分子が集まるとされる村についてですね、それも領地を越えて複数あるとか」

「王都郊外に一つと南部にも存在しているのは把握している。だがさすがに他の領地までは調べが足りていない」

貴族の領地は、領主に権限がある。

王族だからと勝手に動けば反感を買い、他の貴族からも信用を失うことになるため、おいそれと介入することはできなかった。

「だとしても将来、火種《ひだね》になる可能性があるのなら解決すべし、というのが国王のお考えだ」

シルヴェスターとしても異論はない。

問題になるであろう芽を摘み取ることは大事だ。

見逃して後悔しても遅いのだから。

「村の問題点は閉鎖的な思想によるんですよね」

「ああ、全てを村内で完結させ、村を理想郷と銘打っている。唯一神を信仰していることから教会とは反目していない。今のところ税金も問題なく納めているが、納税には批判的だ」

村外へ金を流出させるのは、彼らにとって考えに背く行為だった。

それでも支払いを怠らないのは、余計な詮索《せんさく》をされないためだと考えられた。

実際、村の存在が明らかになったのは近年のことである。

「昔から存在していたんでしょうか」

「わからぬ。村への調査もはじまったばかりだ。判明している村の所在地から、領主が把握しにくい領地境に他の村も構えていると推測される。最大の留意事項はナイジェル枢機卿が接触していたことだ」

目下の敵である人物の名前に、トリスタンが眉根を寄せる。

「あの人、どれだけ活動的なんですか」

「謹慎中にもベンディン家を動かすぐらいだ。常に動いていないと気が済まぬのだろう」

これはニナが把握していたナイジェル枢機卿の動きと、ハーランド王国が抱えている懸念事項を照らし合わせた結果、判明した。南部にも同様の村があるとわかったのも、ニナからの情報だ。

加えて王都郊外の村に関しては、遺恨のある犯罪ギルド「ローズガーデン」――旧ドラグーン

——が持っていた情報とも符合《ふごう》した。

「犯罪の証拠を掴めていないのが痛いな」

うまく擬態しているのか、村の様子だけを見れば平穏そのものだった。

おかげで大々的な捜査がおこなえず、横の繋がりを把握できずにいる。

ナイジェル枢機卿の活動範囲を鑑みても、他に同様の村がないとは言い切れない。

この状態で不用意に刺激してしまうと、独自の思想から予期せぬ反乱が各地で起こる可能性があった。

「何かしているのは確かなんですか？」

思想は自由だ。

どれだけ特殊な考えを持っていても、頭の中だけで済むなら問題にはならない。

「ああ、人を攫《さら》っている気配がある」

「えっ⁉　大事じゃないですか！」

「あくまで気配でしかないのが悩みの種だ」

どうやら対象は貧民に限られているらしく、被害届が出された形跡は一度もない。

そしてある日突然、村に人が増え、消える。

引っ越したと言われればそれまでだが、どうにもきなくさい。

行商人に扮して数か月に一度村を訪れていた調査員によれば、増えてから消えるまでの間隔がやけに短いのだ。前の訪問時にいた村人がいなくなっているのである。

中には、一家で村へ引っ越してきたにもかかわらず、一人だけいなくなっていたこともあった。

村人に尋ねれば何かしら答えが返ってくるものの、素直に納得できたためしがない。

もやもやとした不快感が残り続ける、という所感が報告書には記されていた。

調査を続けたかったが、三回目のときに次の訪問を断られた。

「現在、直接村へ行く機会はなくなっている。ただ最近になって動きが掴みやすくなってきた」

きっと何かしら役目を担っていたナイジェル枢機卿が国外追放されたため、綻びが生じているのだ。

「ずっと村の生計は、農業、狩猟で賄われていると考えていたが、薬も製造していることがわかった」

「薬ですか」

「鎮痛薬だな。町の薬屋に卸しているのが確認された」

貴族にはお抱えの医師や薬師がいるが、平民はそうはいかない。

体調が悪くなったときは、薬屋で薬を買って対処するのが一般的だった。

「えっと、基本的に村外とは関わらないのが理念でしたよね？」

関わりがあるなら、村内で完結しているとは言えない。

「納税かナイジェル枢機卿への献金のためか、金を稼ぐ必要があるのだろう。薬屋の証言では、質は良いらしい。下町で売られる薬の中には粗悪品も多いと聞くが、購入者から苦情が来たことはないそうだ」

「うーん、それだけ聞くと、不穏分子が集まっているようには感じられませんね」

「だが不可解な点があるのも事実だ。これを」

手元にあった書類の一つをトリスタンへ渡す。

そこには似顔絵が描かれていた。

「探偵、ですか？　いかつい人ですね」

「人相だけでなく体格も大柄らしい。どうやらその男も件《くだん》の村を調査しているようだ」

「あれ？　でも探偵の仕事って人の身辺調査とかですよね？　調査対象が村にいるっていうことですか？　もしかして失踪者を捜してるとか……」

「その可能性はある。失踪者の身内が警《けい》ら隊だけに任せられず、探偵を雇うこともあるらしいからな。村を調査している以上、無視はできない。男の足取りを調べるよう調査員に通達しておいた」

別の視点から、村について取っかかりを得られるかもしれないと考えたのも理由の一つだった。

なるほど、とトリスタンが頷く。

「僕にそれを話すってことは、結果が届いたんですね？」

「依頼内容についてはわかっていないが、男の移動経路が判明した。この一年、居場所を転々と替えている」

おおよその時期と滞在場所が記された書類を新たにトリスタンへ手渡す。

「どういうことでしょう？　調査対象が村にいるなら、一か所に留まって調査を続けると思いますけど」

「失踪者の足取りを追っていた線はあるが、それにしては動きがおかしい」

「東から西に移動して南下。北上してまた南下ですか」

「ちなみに調査員が男を知ったのは南部でだ。足取りを追っていたにしては、一度での移動距離が長過ぎる。まるで次の目的地を知っていたみたいじゃないか。一探偵が領地を越えて調査しているのも気になる」

「領地を越えてって……言われてみれば大がかりですね」

再度トリスタンは手元の書類に目を通す。

シルヴェスターと共に行動するトリスタンにとって、領地どころか国すら越えて捜査するのは不思議なことではない。現に調査員は南部へも派遣されている。

だから移動経路を見ても、すぐにはその奇怪さに気付けなかった。

将来国を預かる王太子とは違い、探偵は民間人にすぎないのだ。

「依頼主はよほどの資産家らしい」

調査費用は依頼人持ちだ。

長距離の移動、滞在となれば、当然費用はかさむ。平民に払える額ではない。

(貴族か商人か)

「探偵が調査対象の足取りを追っていた場合、調査対象も領地を越えて移動してるってことですよね」

「そうだ。調査対象が行商人なら探偵の動きもそうおかしくない、か……」

トリスタンの意見を聞き、考えをまとめる。

(行商人が村から薬でも買っていたか?)

農作物の場合もあるが、それなら他でも買える。探偵があの村に行き着く理由にはならないように思えた。

「直接、探偵に話を訊く必要がありそうだ」

「どんな理由があるにしろ、探偵も村について調べているわけですからね」

「偶然の一致か、それとも」

最初から村に関することを調べていたのか。

「簡単に口を割ってくれることを祈ろう」

シルヴェスターの言葉にトリスタンが苦笑を浮かべる。

探偵という職業柄、依頼内容を他者に明かすのは御法度だ。依頼主が資産家であれば尚更である。

「貴族が依頼主の場合、ややこしいことになりそうですね」

現状、シルヴェスターが王家直轄領外でおこなっている捜査は内密のものだ。

他の貴族にバレて邪魔されることだけは避けねばならなかった。

悪役令嬢は王太子殿下と打ち合わせる

麗《うら》らかな昼下がり。

適度に暖められた部屋へ、柔らかな日差しが降り注ぐ。

そんな中、ソファーで並んで腰を落ち着けていると、ときめきよりも安心感が勝った。

膝が触れたままシルヴェスターの肩に頭を預けて、目を閉じたい誘惑に駆られる。

（ダメよ、忙しいにもかかわらずシルも時間をつくってくれているのだから）

二人の前には書類が所狭しと並んでいた。

全て婚約式に関するものだ。

紆余曲折を経て開催時期は慣例通りとなったが、シルヴェスターが盛大に執りおこなうと決めたため、相応の準備が必要になった。

「ほとんどわたくしの独断で決めたけれど、良かったかしら？」

「ああ、任せっきりにしてすまぬ」

シルヴェスターが別件で忙しいため、婚約式の舵《かじ》取りはクラウディアが担当した。

さすがに王家の仕来《しきた》りに沿うところは決められず、こうして今日、場が設けられたのだ。

王城から相談役が派遣されてはいるものの、シルヴェスターの意見も取り入れたかった。

何せ二人の式なのだから。

（わがままだったかしら）

珍しくシルヴェスターに疲れが見えていた。

顔に落ちる影が濃い気がする。

時間をつくれたなら、休んでもらったほうがいいかもしれない。

「少し休まれます？」

「ん？　それほど顔に出ているか？」

シルヴェスターが顎を撫でながら首を傾げる。

目が合うと、黄金の瞳が優しく細められた。

「クラウディアを前にして、気が緩んだのかもしれぬな。大丈夫だ、ディアが思っているほど酷くはない」

それに、と言葉が続く。

「私も少しは準備に参加したい。ようやく君を私のものだと宣言できるのだ」

「わたくしも、シルはわたくしのものだと宣言できるのね」

熱のこもった視線を向けられ、頬が熱くなる。

何か言葉を返さないと照れから沈黙をつくってしまいそうだった。

(先ほどまで和やかさを堪能していたのに、急に意識させるんだから)

指の背で頬を撫でられる。

離れ際、人差し指が下唇を軽くさらっていった。

次いで手を握られ、甲にキスが落ちる。

「私の血も、肉も、すべて君のものだ。これが結婚式でないのが残念でならない」

「きっと、あっという間ですわ」

規模や豪華さでいえば、婚約式の比ではない。

元々、婚約式は大々的におこなわれていなかった。だから盛大にやるといっても、前例より、と枕詞《まくらことば》がつく。

それでも最近のクラウディアは準備に忙殺されていた。

婚約式でこれなら、結婚式ではどうなるのか。

あえてこれ以上は想像しないようにしている。

「慣例通りなら立場にふさわしいか見極める期間を、全て準備にあてられるのが救いだな」

婚約者候補だったサヴィル侯爵家とロジャー伯爵家が支援に回ったほどだ。

クラウディアの適性を疑う者はいない。それを面白くないと感じる者はいるとしても。

「心躍る面もあるが、息つく暇もないのは考えものだ」

「パルテ王国の件が無事に落ち着いて何よりですわ」

ハーランド王国はこれで緊張が緩和された。

気になっていたことが片付き、クラウディアとしては婚約式に集中できる。

「周囲が君を放っておかないと聞いているが？」

「まぁ、招待状は増えましたわね」

皆、未来の王太子妃とお近付きになりたくて仕方ない様子だ。

ロイド侯爵家の失脚により、旗頭がなくなった貴族派がより顕著だった。

一部は後ろ盾を求めて、クラウディアのみならずリンジー公爵家の誰かしらと接触できないかと躍起になっている。

「気持ちは察するが、あまり騒ぎ立ててほしくないものだ」

余計な波風を立てられては困る、とシルヴェスターはテーブルへ体を向ける。

「さて、ディアが気になっているところを決めていくか」

「ではこちらの――」

書類を一緒に見ながら話を進めていく。

二人で事務作業をするのははじめてじゃない。

いつもと違い、自然と頬が緩むのは、これが二人の未来に関することだからか。

(わたくしばかりをよく見せようとするのは困りものだけど)

人々から隠せないのなら、いっそ見せびらかしてやるとシルヴェスターは豪語する。

おかげで折に触れてバランスが大事だと説き伏せなければならなかった。

けれど、それも楽しい。

シルヴェスターに迷いがないからか、順調に未採決項目はなくなっていった。

「ディアはもっと欲張っていいと思うが」

「それはこちらの台詞です。シルこそ王太子という立場をお忘れではなくて?」

書類を束ねていると、頃合い良く新しい紅茶が運ばれてくる。

淹《い》れ立ての香りに、肩に入っていた力が抜けた。

「ここから動きたくなくなるな」

「お時間の許す限り、ゆっくりしていってくださいませ」

シルヴェスターが閉鎖的な思想を持つ村について捜査していることは知っていた。

それが国王からの課題であるのも。

ナイジェル枢機卿が関わっていると聞けばクラウディアも気になったが、婚約式の準備に専念してほしいと言われて否はない。

ただ進捗はクラウディアの元にも届けられている。

背中をさすると、シルヴェスターがもたれてきた。

（ふふ、肩に頭を預けられるのはわたくしのほうだったわね）

愛する人の隣で微睡《まどろ》みたい気持ちが一緒だったことに笑みが漏れた。

頭を受け止めながら、さらりと流れる銀髪を手で梳《す》く。

精神的な支えになれていたら嬉しい。

今までも内々には婚約者だったが、遂に世間へ発表される時がきた。

いつかトリスタンが言っていたという言葉が頭に浮かぶ。

自分は剣でシルヴェスターを守ることはできても、心の奥にまで手が届かない。けれどクラウディアなら逆に、それができる、と。

適材適所と言ってしまえばそれまでだ。

しかしこの話をシルヴェスターから聞かされたとき、クラウディアは感極まった。

誰でもない、トリスタンに自分が認められていることがわかったから。

トリスタンは剣しか振れないと言うけれど、彼はシルヴェスターの幼馴染みだ。一緒に過ごした時間はクラウディアよりずっと長い。

そんな彼に、自分ならシルヴェスターの心に寄り添えると思われていると聞き、目頭が熱くなるほど嬉しかった。

名実ともにそうでありたい。

これからはハーランド王国の人々からもシルヴェスターを支える人だと思ってもらえるように。

瞼が下り、黄金の瞳が隠されるのを見る。

美しい銀色の睫毛が、白い肌に影を落とすのを。

彼の支えになりたい。

(いえ、なるのよ)

決意が胸から指先へじわりと広がっていく。

願うのではなく実行に移すのだと、考えを改める。

人はいつだって変われる。

他人を変えることは難しくても、自分のことは自分の自由だ。

ぱちぱちと力を込めて瞬く。

クラウディアの視界の端で、確固たる思いが煌めきとなって弾けた。

悪役令嬢は業務を欠かさない

春の日差しが足下にまで届こうとしていた。

花がつぼみを付けているのを見ると、もうすぐだ、という気持ちが強くなる。

シルヴェスターとの打ち合わせから、時間が流れるのはあっという間だった。

婚約式に出席する来賓の情報を覚えては、仕立てたドレスの最終調整などをし、婚約式まであと一週間となってもクラウディアは忙殺されていた。

会場は王城なのに、屋敷までもがバタバタと忙《せわ》しない。

そんな中、クラウディアの姿は貴族街にあった。

ヘレンと同じ侍女姿で。

息抜きも兼ねて、自分がトップを務める犯罪ギルド「ローズガーデン」の定期報告を受けに赴いていた。

侍女に変装しているのは、男装姿であるローズの正体がバレるリスクを避けるためだ。

本来なら人目を忍んで夜に動くのだが、いかんせん今は自由に動ける時間が限られていた。

真昼にローズとして動くのは悪目立ちする。

報告の手法も変えているので侍女にならなくても良かったが、この時期、クラウディアは注目の的だった。

今までは貴族令嬢にすぎなかったが、もう町の皆が王太子の婚約者であることを知っている。

正式な発表はまだでも、これだけ準備していれば噂が広がるのは早かった。

素のままだと衆目を浴びるため、主人から使いに出された侍女を装うほうが街に馴染んだ。

「良い天気で……良い天気ね」

ただヘレンにはまだ馴染んでないようで、言葉遣いがぎこちない。

「晴れの日に出かけられて嬉しいわ」

「わたしも。息抜きにはちょうどいいもの」

ぐっと何かを呑み込むようにして、ヘレンはクラウディアと調子を合わせる。

使用人が使う馬車から降りると、待ち合わせ場所である飲食店へ向かう。

飲食店は中心地から外れた場所にあった。

以前シルヴェスターへの手土産を買った菓子店の近くだ。

護衛騎士も一人付いているが、いつもの如く空気と化していた。

店内へ入り、普通に注文する。

間食を取るのにちょうどいい時間だったため、ヘレンと二人で甘味を頼んだ。

待ち合わせていると言っても、構成員の姿はない。

「待っている間に新聞でも読みましょうか。買って来るわね」

そう言ってヘレンが席を立つ。

けれどすぐ新聞を手に戻ってきた。

「向こうの席のお客さんが読み終えたのをくれたわ。会話が聞こえていたみたい」

「あら、親切な人がいるものね」

並んで座ったヘレンと一緒に新聞を広げる。

正面に護衛騎士を座らせているので、傍目にも不自然ではない。

すると新聞の間から馬券が落ちてきた。今日の日付だ。

どうやら前の持ち主は競馬帰りだったらしい。

という体で、馬券が挟まっていたページを開くと、紙面の一部が故意に改変されていた。上から別の紙を貼り付けているだけだが。

報告を受け取ると馬券を挟み直して新聞を閉じる。

あとは何事もなく間食を楽しんだ。疲れた頭に糖分が染み込んでいく気がする。

店を出ると、見知らぬ男から声をかけられた。

護衛騎士が警戒するが、すかさずヘレンが大丈夫ですと宥《なだ》める。新聞をくれた人だった。

「すみません、馬券を新聞に挟んだままだったのを思いだして」

「ええ挟まっていましたわ。そのままにしてありますのでどうぞ」

「ありがとうございます」

貰った新聞を、そのまま返す。

言うまでもなく派遣されたローズガーデンの構成員だった。

「名残《なごり》惜しいけれど帰りましょうか」

暖かい日差しが降り注ぐのにつられ、このままウィンドーショッピングに出かけたい気持ちが膨らむ。

このあとの予定を考えると自制せざるをえないけれど。

少しだけ散歩がてらに歩く。

あえて馬車は離れたところに停めてもらっていた。

歩き出した途端、少年の高い声が耳に届く。

「すみません！　助けてください！」

何事かと思う前に、少年はクラウディアの後ろに隠れようとした。

護衛騎士の手が伸びるけれど、クラウディアが庇う。

怯えた様子に悪意を感じなかったからだ。

何も持たず、乞うように胸の前で手を組んでいるのもあって護衛騎士も了承した。

もしどちらかでも手が隠れていたら危険があると判断され、引き剥がされていただろう。

クラウディアの意を酌《く》んで、ヘレンも通りから少年の壁になるよう移動する。

人通りがあるので、すぐには見つからないはずだ。

（誰かに追われているの？）

それとなく視線を巡らすと、確かに怪しい動きをする男がいた。帽子を被った男は、何かを捜すような素振りを見せる。

貴族街にいるだけあって少年の身なりは良い。

切羽詰まった表情から、かくれんぼをしているわけではないと知れた。

（イタズラでも見つかったのかしら）

歳は十二歳ぐらいだろうか。顔にはまだ幼さがある。

カナリアのように黄色を濃く感じられる髪が、綿毛よろしくふわふわしているのが特徴的だった。

丸眼鏡の奥からは鮮やかな緑色の瞳が覗いている。

茶色のベレー帽に白いシャツ。ベージュのベストを着て、下は半ズボンだ。

まだ寒さが少し残っているせいか膝が赤くなっていた。

追っ手らしき人物が離れたところで、事情を聴こうとクラウディアは少年に振り返った。

瞬間。

「うわぁっ⁉」

何かに驚いた少年がバランスを崩す。

そして不運にも路上に落ちていたチラシに足を滑らせた。

清掃が行き届いている貴族街では珍しいことだ。もしかしたらどこかの店舗から飛んできたばかりかもしれない。

咄嗟に護衛騎士が少年の腕を掴んだおかげで転ばずに済む。

大丈夫か、と護衛騎士が声をかけるも、状況は大丈夫ではなさそうだった。

少年の声を聞きつけた追っ手が足を止めたのだ。

「あ、ありがとうございます。あの、とりあえずこっちへ！」

体勢を立て直した少年に手を引かれて移動する。

クラウディアたちが壁になっていたので、幸いまだ小柄な少年の居場所まではバレていない。

導かれた先で、人通りを避けるように停められた幌《ほろ》馬車を見つける。

荷物を搬入中なのか、荷台の柵と簡素な木の階段が下ろされていた。

躊躇なく少年は荷台へ上がる。

「ここなら隠れられます」

幌馬車は荷台が布で覆われている。その布は円形に曲げられた木の骨格で支えられており、中にはドーム状の空間があった。

確かに紛れ込めば人の目は避けられる。

しかし荷台へ上がる階段が地面に着かず、宙に浮いている仕様なのもあってためらってしまう。

（戸惑っている場合ではないわね）

立ち止まっているのを追っ手に見られれば怪しまれるかもしれない。

少年の手を借りつつ、クラウディアも荷台へ上がる。さらにヘレンが続いた。

（柵と階段が下りている以上、すぐに動き出すことはないでしょう）

きっと少年も同じことを考えたのだろう。荷台にあった木箱の影に身を潜める。

護衛騎士は、御者が馬の手綱を握っているのを見て事情を話しに行ってくれた。

「ところで――っ」

どうしてこうなったの？　と少年に訊こうとしたとき。

おもむろに幌馬車が揺れる。

外で護衛騎士が止まるよう叫んでいるのが聞こえた。

御者は自分が呼び止められていると思わなかったのか、加速を続け、完全に走り出してしまった。

「どうしましょう⁉」

ヘレンが焦る。

傍ではぶら下がったままの木の階段がガタガタと音を立てていた。

悪役令嬢は不運に見舞われる

「荷台に人がいるよ！　停まってー！」

「停まってください！」

御者に向かって叫ぶ少年に倣い、クラウディアたちも声を上げる。

けれど走行による風音や御者台のすぐ後ろに積まれた馬の飼料が壁になってしまっているのか、速度が落ちる気配はない。

しばらく三人で叫び続けたものの、どうしようもないと諦める。

荷台の床に腰を落とすと、少年は被っていたベレー帽ごと頭を抱えた。

「ぼくはなんて運が悪いんだ！」

気持ちはわからないでもない。

ただ追っ手をやり過ごせれば良かっただけだというのに。

「まさかの展開だわ」

「ディー、どうしましょう？」

ヘレンも予想外のことに眉尻を下げる。

護衛騎士が追って来ようとしていたけれど、人の足では到底無理そうだった。今はもう姿すら見えない。

「とりあえず停まるのを待つしかなさそうね」

御者に声が届かない以上、手はないと苦笑を浮かべる。

速度が緩めば飛び降りられそうだが、ケガを負ってまでする必要はないだろう。

「すみません、ぼくがここに隠れようと提案したせいで」

「気にしないで。ついて行ったのはわたくしたちの判断だから」

「そうよ、見つかるわけにはいかなかったでしょうし」

しょげる少年をヘレンと二人で励ます。

いきなり見知らぬ人から頭を撫でられるのは不快かと思い、ぽんぽんと軽く肩を叩いた。

「よかったら追われていた事情を教えてくれるかしら？　力になれるかもしれないわ。そういえば、自己紹介をしていなかったわね」

積み荷を少し退かしてスペースを作る。

荷物の搬入で付いた土で荷台は汚れていたが、気にせず腰を下ろした。

不規則に揺れる荷台で立っているほうが大変だ。

そんなクラウディアにヘレンがおろおろとした様子を見せたので、大丈夫よと笑う。

居住まいを正し、ヘレンと二人、リンジー公爵家の使用人であることを少年に告げる。

「ディーって呼んでくれたらいいわ」

「わたしのことはヘレンと」

「はい、あの……失礼ながら、ディーさんは、クラウディア様ですよね？」

申し訳なさそうに指摘され、ヘレンと一緒に目を瞬かせる。

少年とは、さっきはじめて会ったところだ。

面識はないのに、どうして正体がバレたのか。

（彼が一方的にわたくしを知っていた可能性はあるけれど）

言わずもがな、クラウディアは著名人である。

絵姿も売られているくらいだ。

少年が知っていてもおかしくはない。

だが現在のクラウディアは曲がりなりにも変装していた。

普通、貴族令嬢、それも上級貴族の公爵令嬢が侍女に扮するなど考えもしない。

「どこで気付かれたの？」

「ヘレンさんと違い、手が荒れてないなって思って」

白くしなやかな指にはかすり傷一つなく、爪はやすりで綺麗に整えられていた。

身嗜みに気を使っているともとれるが、艶やかで形の良い爪にはくすみもない。

ここまで見れば、雑用をしていないだけではなく、丁寧に時間をかけてケアされる立場の人間であることがわかる。

「高貴な方であるのは間違いないと確信しました。そしてどこのご令嬢がお忍びで街に出ているのか考えて、身に着けている制服に目が行ったんです」

揃いの侍女の制服にはある特徴があった。

「祖父から聞いたことがあったんです。一般的に使用人の制服は自分で市販品を用意するのが当たり前だけど、例外的に支給されるところがあると」

王家とそれに連なる家。

リンジー公爵家は過去に王家の姫が降嫁している。

これらの家の制服はデザインが異なるものの、仕立屋は一緒だった。

「王家御用達の仕立屋で仕立てられた制服には、デザインに店の特徴が出るんです。祖父は支給される制服に憧れを持っていてデザインについてもよく知ってました」

先に納得を見せたのはヘレンだった。

「他家の侍女から言われたことがあるわ。わたしもその制服が着たいって」

支給された制服を着ていることは名家で働いていることを意味し、働き手の間では一種のステータスになっていた。

一見すると代わり映えしない制服でも、歴《れっき》とした違いがあるのだ。

デザインに店の特徴が出るのはドレスも一緒で、クラウディアも少年の言葉がストンと胸に落ちた。

少年は制服のデザインにまさか、と思い、至近距離から見たクラウディアの容姿が決定打になったと言う。

「クラウディア様の美貌は、なんていうかズバ抜けてるんです！　あ、でも侍女に扮するのは良いアイデアだと思います！　人は無条件で制服を信じますから」

いわゆるメイド服と呼ばれる装いをしていれば、誰もが侍女の職に就いているものだと考える。

少年のように意識して観察されれば気付かれるかもしれないが、人混みに紛れている分にはバレないだろうと。

「美人がいるな、と見はしても、それこそクラウディア様本人だとは夢にも思いませんよ！」

「なるほど、今後の参考にさせていただくわ。あと、まだ他の人にはバレたくないから、できたら口調は崩してもらえるかしら？」

制服についてもそうだけれど、砕けた口調で話しかけられている相手が貴族だとは誰も考えない。

身分に対する固定観念を利用することで人を欺けるのは、少年の言った通りだ。

ヘレンにも同じお願いをしている。決して友人として対等に振る舞ってほしいという願望からだけではない。決してない。

「あっ、そうだね！　気が回らなくてごめん」

理由に見当がついたのか、すぐに少年は対応してくれた。

(頭の回転が速い子だわ)

先入観に惑わされず、クラウディアを観察していた点も含めて聡《さと》いと言える。

「わたくしの事情だから、むしろ謝るのはこちらのほうよ」

少年のほうがクラウディアに合わせてくれているのだ。それに言い当てられた点を改善できれば、より良い変装ができる。

クラウディアが感心と感謝を笑みに変えると、少年はフンスッ、と鼻の穴を膨らませて言い放った。

「ぼくはキール、探偵なんだ！」

腰に手を当て、胸を張る姿が微笑ましい。

（弟がいたらこんな感じなのかしら）

隣に座るヘレンの視線にもクラウディアと同じ思いが込められていた。

「平民だけど、腕は確かだよ！　さっき驚いて転びかけたのは、ディーさんの正体に気付いたからなんだ」

助けを求めた相手が、侍女に扮した公爵令嬢だったため、思わず反応してしまったのだという。

「貴族街には依頼人への報告のために来たんだ。けど怪しい追っ手の気配を感じて逃げたんだよ。多分、相手は今受けている依頼の関係者だと思う」

「そんな危険な依頼なの？」

「うーん、申し訳ないけど、依頼内容については喋れないんだ」

「守秘義務のためね」

「そう！　依頼人の秘密はきっちり守らないと！」

「普段は下町のほうで活動しているのかしら？」

平民の身分で、報告へ貴族街に来ただけならそうなのだろうと、一応の確認をするためだけにした質問だった。

キールは黄色い頭を左右に振って答える。

「生まれも育ちも東部だよ。両親は牧場をやってて、今もそっちにいる」

思いがけない答えにヘレンと顔を見合わせる。

東部の最西端から来たのだとしても、王都までの距離を考えると信じられなかった。

「さすがに一人で王都まで来たわけではないわよね？」

「あー、うん、同行者はいるよ。競馬に行ってるっていうか邪魔だから行かせたというか……彼なら放っておいても大丈夫！」

「キールを一人置いて、競馬に行ったたって言うの⁉」

子どもを残して⁉　とヘレンが憤慨する。

慌てたのはキールだった。

「いや、あの、ぼくが行ってって言ったの！　うちで育てた馬が出るから。貴族街ならぼく一人で出歩いても大丈夫だと思ったし」

「不用心よ！」

キールの家では競走馬が育てられているらしい。

そんなことより貴族街でも子ども一人は危ないとヘレンが目尻をつり上げる。

「うう、ぼくもまさか追っ手がいるなんて思わなくて……」

「今回が特別なケースなのは確かよ。でも気を付けなきゃダメよ」

キールは賢いんだからわかるでしょ、とヘレンは反省を促す。

どれだけ安全な場所でも、子どもが一人で出歩いている状況が許せないようだ。

クラウディアも反論はなかった。

(微妙なところではあるわね)

社交界ではデビュタントを迎える十四歳から成人と見なされる。

その観点からいっても、キールは子どもだ。

でも貴族は成人しても一人では出歩かない。護衛騎士を付けない場合でも、使用人が同伴する。

同じ感覚で叱っていいものか。

キールが育った町では普通のことなのかもしれない。

家が牧場なら、都市部から離れた場所で暮らしている。

人口が過密する都市部ほど重犯罪が多くなる傾向にあり、逆に農村部であるほど、人々はのどかな生活を送っていた。

リンジー公爵家の領地でも、その傾向は窺える。

(でもサニーのこともあるわ)

娼館でケイラの付き人をしている女性を思いだす。彼女は貴族街でも客らしき男に絡まれていた。

また立ち寄った菓子店では、身分の関係で退店を迫られていたことを鑑みると、ヘレンの心配もよくわかった。

悪意を向けられたとき、子どもが一人だったらと思うと心が痛む。

(キールなら上手くかわしそうだけれど)

それはそれ。

今回だって同行者がいれば違っただろう。

素直にヘレンの言葉を聞いているキールを見るに、彼も叱られる理由には思い当たる節がありそうだった。

「ごめんなさい」

しゅんと項垂れる様子は、耳を下げた子犬を連想させる。

殊勝なキールに、ヘレンは改めて笑顔を向ける。

「口うるさくして、ごめんなさい。けど貴族街も心根の優しい人ばかりじゃないから」

「うん、今後は一人で出歩かないようにするよ。ヘレンさんがぼくのことを心配してくれてるのもちゃんと伝わってるよ！」

「いい子ね」

ついそんな言葉がクラウディアの口をついて出ていた。

ヘレンが笑顔で首肯する。

「はい、キールくんはとてもいい子です」

「えへへ」

クラウディアとヘレン、双方から面と向かって言われ、キールの頬が赤く染まる。

柔らかな頬が色付くとクラウディアの心も温かくなる。

予想外の出来事に焦りはした。

ガタゴトと音を立てる振動が響き、体は時折痛みを訴える。

それでもクラウディアにはキールとの出会いが、きまぐれな神様からの贈り物に思えた。


日が暮れてきたところで、ようやく幌馬車は停まった。

途中、速度は落ちたが、ずっと走りっぱなしだった。馬たちも疲れたに違いない。

硬い床の上でずっと揺られていたため、三人とも立ち上がるのにも一苦労する。

ゆっくりと荷台から降り、大地に立ったときには感動すら覚えた。揺れない地面って素晴らしい。

三人揃ってお尻をさすりながら周囲を見渡す。

場所は馬の水飲み場のようだった。

水が張られた長い木の桶が置かれており、その先には馬を繋ぐための柵もある。

町はずれに設けられているようで、辺りは静かだ。

なだらかな坂を下った先に、建物が並んでいるのが見える。あそこが町の入り口だろう。

「乗っていたのは体感で二時間ぐらいかな」

「わかるものなの？」

「今までの経験からお尻の痛さと、日の傾き加減で大体わかるよ」

平民がよく利用する馬車は、貴族のものより設備が足りていない。

時刻表に従い、一定の路線を走る乗合馬車も同様で、幌馬車の荷台のように座席は板張りであることがほとんどだとキールが教えてくれる。

「旅行者用の乗合馬車だと何時間も乗るからね。自前でクッションを用意するのが普通なんだけど、ぼくの時は使えなくなっちゃって」

「あら、災難だったわね。何があったの？」

「具合の良くない人がいて、敷いてるときに運悪くぼくのところに吐いちゃったんだよ。だから捨てるしかなくてさ」

とんだ不運に、まあ、とヘレンも口に手を当てる。

「しかも一緒に来てたやつは準備不足でクッションを持ってきてなかったんだ！　だから二人でお尻の痛い思いをしたよ」

どうやらその人物とは、よく行動を共にしているらしい。王都へも一緒に来て、キールが競馬へ行かせた人だった。

身分に関係なく子どもは一人で遠出できない。

旅にはお金がかかるし、人攫いなど事件に巻き込まれる可能性があるからだ。

文句を言いつつも、同行者にするぐらいは認めているのが微笑ましかった。

「傭兵崩れなんだけどさ、図体だけデカくて全く使えないんだ」

「傭兵って、パルテ王国のかしら？」

「そうだよ。戦争が嫌になって逃げだした小心者さ」

当時のことを思いだして腹が立ってきたのか、キールは唇を尖らせる。

その仕草が可愛らしく、状況から張り詰めがちな空気を和ませてくれた。

でも、と気を引き締める。

「のんびりしていないで、日が完全に暮れる前に御者と話さないといけないわね」

幌馬車の御者台へ向かうと、御者は馬に飼料を与えていた。

当然ながら突如現れたクラウディアたちに驚く。

「は⁉　え？　荷台に乗ってた？」

「すみません、走り出すとは思わず、かくれんぼに使ってしまって」

自分とヘレンはリンジー公爵家の使用人で、キールは世話を任された子どもだと伝える。

身分を明かそうかとも考えたけれど、御者の人となりがわからない以上、念のために隠した。

打ち明けるのはいつでもできるし、不用意に騒ぎを大きくしたくない。

（今頃、屋敷は大騒ぎでしょうけど）

これについてはクラウディアも反省するばかりだ。

忙しい時に、余計な手間を増やしてしまった。

「ご迷惑は承知の上で、来た道を戻っていただけませんか？　手間賃はご用意させていただきます」

「なるほど……」

御者は二十代ぐらいの青年だった。

ベージュのシャツに茶色のオーバーオールと、装いを茶色でまとめている。

正面からじっと眺められて居心地が悪い。

土で汚れた荷台に乗っていたのもあって、現在のクラウディアは薄汚れている。

疲れも出ているので、とても公爵令嬢には見えないはずだった。

「わかった。引き返すから、荷台に戻ってくれ」

「え、今からですか？」

「そうだ、早いほうがあんたらも良いだろ？」

言うなり、御者は馬に与えていた飼料を戻しはじめる。

どう表現すべきかわからない違和感を覚えていると、キールに袖を引かれた。

「ディーさん、逃げたほうがいいと思う」

「それって……わかったわ」

キールもおかしいと感じたようだ。

話し合っている時間はない。

ヘレンも状況を察し、三人で荷台へ戻るフリをする。

そして幌馬車の陰へ入り、御者の視界から外れたのを確認して、スカートの裾をたくしあげた。

坂を走って、眼下の町を目指す。

三対一と数字の上では勝っていても、男の力量はわからない。

美しい体をつくるため鍛えてはいる。クラウディアもヘレンも疲れてはいるが、一般的な令嬢より体力に自信はあった。

だとしても荒事とは無縁なのだ。

身に付けている護身術も相手を怯《ひる》ませている隙に逃げるもので、制圧するものではない。

「あっ⁉　待てっ、お前ら！」

逃げていく三人に気付いた御者が血相を変えて叫ぶ声が聞こえる。

一度も振り返ることなく、町に向かって一心不乱に三人は走った。

「人目があるところを目指そう！　そしたら下手に手は出せないよ！」

キールの言葉に同意し、活気が感じられる町中を目指す。

御者も幌馬車を放置できないから、すぐには追って来られない。

（下り坂で良かったわ）

足が絡まないよう注意しながら、無事に三人で町へ入ることができた。

まだ空に明るさが残る中、街灯が点きはじめているのが目に映る。

先ほどまでいた馬の水飲み場は静かだったけれど、町中には賑わいがあった。

人通りも少なくない。

御者が追いかけて来ないのを確かめながら息を整え、通りを観察する。

「宿屋がやけに多いわね」

通りに面した建物のほとんどが宿屋の看板を掲げていた。あまり見ない光景だ。

「行商人や旅人向けに特化した町なのかもね。町外れに馬用の水飲み場もあったし」

「だから休みに来る人で賑わっているのね」

時間的に人も食事時だ。

キールが黄色い髪を揺らして、走ってきた道を振り返る。

「多分、あの御者は追っ手の一味だよ」

「どうしてそう思ったの？」

「服装が似通っていたんだ。全体的に茶色かったでしょ？　ぼくもだけど、あいつはシャツまでベージュだった」

言われてハッとする。貴族街で見かけた帽子を被った男も茶色い装いだった。

「ぼくが調べているところの関係者がそうなんだ。不用心だった。荷台の柵が下りていたのは、すぐにぼくを運び入れるためだったんだ」

続けてキールは御者が幌馬車を走らせた理由を推測する。

「ディーの護衛騎士に声をかけられたのを、見咎められたと勘違いして焦って逃げたんだ」

「仲間を置き去りにして？」

「うん、人攫いするぐらいだから、予め何かあったときの対応は決めてると思う。仲間とはどこかで落ち合うんじゃないかな」

「それがこの町なのかしら」

「多分ね。馬を休ませるために寄ったのは確実だよ。なのに、おかしいよね？」

キールの問いかけに、クラウディアとヘレンは首を縦に振って答えた。

「御者はすぐに引き返そうとしたわ」

「ずっと馬を走らせていたんだ、馬にも休憩がいることくらい御者をしてたらわかるよ」

さらに言うなら夜道を走るのは困難を極める。

町の外には街灯がないからだ。

王都を中心に道が整備されているといっても、夜道は真っ暗だった。

夜行性の動物が飛び出してきたら避けようもない。

果たして御者はクラウディアたちを荷台に戻して、どうしようとしていたのか。

「町へ入らなかった理由も気になる。特にここは休憩場所として評判が良いみたいだし」

人通りはしばらくなくならなそうだった。

通りから見える建物のほとんどが宿屋ならば町で休むのが妥当だ。

「なのに御者は町外れに幌馬車を停めた。お金に余裕がないのか、後ろめたいことがあるのかどっちかだよ。それに」

一呼吸置いて、キールがベレー帽ごと頭を抱える。

「あぁ、ぼくはなんて運が悪いんだ！」

幌馬車が走り出したときにも聞いた台詞だ。

キールは目を伏せて、ごめんなさいと謝る。

「ぼく不運体質なんだ。日常的に間の悪いことが多くて……今回はディーさんとヘレンさんを巻き込んじゃった……」

追っ手から隠れるために乗り込んだ幌馬車が追っ手のものだったなんて、確かに運が悪過ぎる。

だからといってキールを責めようとは思わない。

「幌馬車に乗り込んだのはわたくしの判断よ。あなたが気に病むことではないわ」

クラウディアは、キールの提案を断ることもできた。

「最善策を言うなら、わたくしが身分を明かし、その場で保護すれば良かったのよ」

「ディーさんも目立ちたくなかったから侍女の格好をしてるんでしょ？　なのに、ぼくを助けてくれて……最善策は結果論にすぎないよ」

「ふふ、励ますつもりが逆に励まされてしまったわね」

「だってディーさんは何も悪くないもん。正直に打ち明けると、ぼくには打算があったんだ」

「打算？」

「公爵令嬢と知り合いになれるかもしれないって」

幌馬車に隠れる前から、キールはクラウディアの正体を見抜いていた。

その上で一緒に隠れようと手を引いたのは、少しでも長く関係を持ちたかったからだという。

「ドキドキする時間を一緒に過ごせば距離が縮まるって言うでしょ？　チャンスだと思ったんだ。運が悪いクセに！」

浅はかだったという告白を聞きながら、クラウディアはそっとキールの手を握る。

成長しきっていない手は、女性であるクラウディアと比べても小さい。

にもかかわらず、手入れされていない手は皮が厚く、ごわつきを感じる。

そこからキールの苦労と頑張りが読み取れた。

「キールが自分を責める必要はないわ。でも不運体質だというのなら、手を繋いでおきましょう？　こうしておいたら、一人だけ捕まったりしないはずよ」

ヘレンも良い考えだと手を繋ぐ。

「これなら転ぶ心配もないものね」

「ぼく、そこまで子どもじゃないけど……でも、ありがとう」

幼子扱いをするヘレンにキールは頬を膨らませたものの、手が解かれることはなかった。

耳が赤くなっているのを見て、クラウディアとヘレンは一緒に微笑む。

「気を取り直して、これからのことを考えましょう」

町はずれから町中までの道は一本道だ。

今のところ御者が町に入った様子はない。

（それも暗くなってしまえばわからないわ）

「警ら隊に助けを求めれば話は早いのだけれど……」

「でも、難しいよね？」

丸眼鏡越しの緑色の瞳に見上げられる。

キールはクラウディアの事情を把握しているようだった。

「貴族社会だと、特に令嬢が人攫いに遭うなんて致命的でしょ？」

キールの言う通り、令嬢が誘拐された場合、それは傷物《きずもの》になるのと同義だった。嫁の貰い手がなくなり、ほとんどが修道院へ自主的に入ることになる。

ヘレンがキールに頷く。

「心情的には警ら隊の元へ行きたいけど、わたしも慎重になったほうがいいと思うわ。どこに反対派の息がかかった人がいるかわからないもの」

シルヴェスターが反対派を治めたといっても、付け入る隙があれば相手は容赦なく突いてくる。身分を偽ったところで、警ら隊の目を誤魔化せるとは思えなかった。

「そうすると王都までの移動手段をどうするかね」

「乗合馬車が出ているはずよね？　一番早い便に乗るのはどうかしら。少しならわたしに持ち合わせがあるわ」

貴族街でクラウディアが買い物をする場合、基本的に公爵家へ請求書を送ってもらう。だから直接、金銭のやり取りはしないのだけれど、今日は侍女に扮していたのでヘレンが気を利かせて用意してくれていた。

ヘレンの提案にキールも頷く。

「うん、それが良いね」

方針が決まり、乗合馬車の停留所へ向かう。

乗合馬車は時間を決めて定期的に運行されている。

そのため停留所に行けば、時刻表が置いてあった。

すぐにお目当てのものは見つかったが、キールがお決まりとなりつつある台詞を口にする。

「ぼくはなんて運が悪いんだ！」

一番早い便でも、出発が昼からだったのだ。

御者やその仲間の存在がある以上、のんびりはしていられない。

どうやら町の利用者のほとんどが移動手段を持っているため、運行が少ないようだった。

「行商人や旅人が多いとなると、そうなるわよね……」

自前の馬があるのに、乗合馬車を利用する人はいないだろう。

クラウディアは途方に暮れそうになる心を叱咤《しった》し、意識して顔を上げる。

気落ちしている姿をキールに見せれば、ますます彼が自責の念に駆られると思ったからだ。

「次策を考えましょう」

それに一人でない分、心強かった。

三人で話し合えば策が見つかるはずだ。

最後の手段として、警ら隊に助けを求めるというのもある。

意識的に前を向いていたのが良かったのか、ある行商人がクラウディアの目に留まった。

「あの人は、もしかしたら王都へ行くのではないかしら？」

行商人はクラウディアたちとは逆の方向から町へ入ってきたように見えた。

ということは王都から来たのではない。

引いているのは木の土台に柵を付けた荷馬車だ。荷台に木箱が積まれていることからも、これから商売をしに行くのではと推測できる。

「また逆方向へ引き返す可能性もあるけれど、軽く話をしてみる価値はありそうだわ」

「うん、うん、良いと思う！」

「じゃあ今度はわたしが話してみるわね」

クラウディアばかりを矢面《やおもて》に立たせられないと思ったのかヘレンが名乗り出る。

話す内容を三人で打ち合わせて、クラウディアはヘレンに主導権を預けた。

行商人は四十代ぐらいの男性だった。

自分で手綱を握り、二頭の馬を動かしている。

ヘレンの呼びかけには気さくに答えてくれた。

「ああ、王都へ行くよ。うちはエバンズ商会と取引があるからね」

思いがけない取引先の名前にヘレンが目を丸くする。

「本当ですか!? 凄いですね!」

「今は飛ぶ鳥を落とす勢いだけど、うちとの付き合いはその前から、先代のじいさんのときからあるんだよ。いや、男爵家の人をじいさん呼ばわりするのは悪いか」

ヘレンが相槌を打ったのに気を良くした行商人が豪快に笑う。

彼にとってエバンズ商会との付き合いは自慢のようだ。

「古くからのお付き合いなら、とても信用がおありなんですね」

「もちろん! 商人は信用が一番だからね!」

「きっとエバンズ商会も頼りにされているんだと思います。これは興味本位なんですけど、どういったものを扱われているんですか? ほら、エバンズ商会といえば化粧品が有名でしょう?」

「ああ、今はそうだね。だけど昔は日用品や小回りの利く土産ものなんかが知られていてね。うちが仕入れてきたのもそうさ」

土産ものの運搬で南西部にも知見があることなど、行商人はエバンズ商会についてよく知っていた。

(取引があるのは嘘ではなさそうね)

南西部といえば、ブライアンが案内してくれた元サスリール辺境伯領が頭に浮かぶ。

ハーランド王国、パルテ王国を越えて紛争地帯を行き来している従業員がいるのも、行商人は知っていそうだった。

内部にも詳しくなければわからない情報だ。

「というのも、うちは南西部がメインでね。去年は散々だったけど、その半面、格安で良い品が手に入ったんだよ。これだから商売はやめられない！」

ヘレンが聞き上手だからか、行商人は特にこちらを疑うことなく喋ってくれた。

元サスリール辺境伯領の状況については、クラウディアが誰よりもよく知っていた。

現在は一時的に王家預かりになっているが、パルテ王国と隣接している土地柄、頃合いを見て適任者に辺境伯が叙爵される予定だ。

エバンズ商会と取引のある行商人なら大丈夫だと、クラウディアはヘレンへ合図を送る。

「実は折り入って相談があるんですが……」

乗る馬車を間違えてしまい、朝一で王都へ戻りたいのだと話を持ちかける。

行商人は驚きを隠さなかったものの、親身になってくれた。

「それは大変だったね。元々うちも朝一で出る予定だから、送るのは構わないよ」

「ありがとうございます！　とても助かります！」

「ただ荷台に乗ってもらうことになるけど」

「大丈夫です！　遅くなってしまうほうが問題ですから」

ヘレンの満面の笑みを受けて、照れた行商人が頬をかく。

「多少持ち合わせはあるので、運賃は支払わせてください」

「困ってるだろうに、いいのかい？」

「はい、信念を持って商いをされている方ですもの。安心して支払わせていただきます」

「ははは、そこまで言われちゃ受け取らないわけにはいかないね」

会話の感触では、タダでも送ってくれた気はする。

けれど、信用できそうな相手なら、運賃を渡そうと事前に決めていた。

お金を支払うことで、クラウディアたちを「仕事相手」と認識させるためだ。

無償の親切心は、見返りを求める心に変化しやすい。自分はこれだけやったんだから、相手も誠意を見せるべきだと。

薄汚れているとはいえ、クラウディアもヘレンも容姿に優れている。下心が生まれるきっかけはいくらでもあった。

それが仕事相手なら、下心を抱いても理性が働くようになる。

運賃の支払いは自衛も兼ねていた。

（絶対ではないけれど、潰せる芽は潰しておかないとね）

乗合馬車と同じ金額をヘレンが支払う。

「宿は決まっているのかい？　まだだったら女性にも安心なところを紹介するよ」

「助かります！　お願いできますか？」

行商人がずっと愛用している宿があるという。防犯がしっかりしているので少し値は張るが、紹介なら割り引いてもらえるとのこと。

「何から何までありがとうございます！」

「今日は疲れただろうから、ゆっくり休むに越したことはない。受付でうちの名前を出したら対応してくれるよ」

行商人は先に荷馬車を預けるらしく、ここで別れることとなった。

ついでにこの町についても教えてくれる。

行商人や旅人の休憩場所として特化しているのは間違いなさそうだ。

「見ての通り、宿屋が並んでるだろ？　すると一軒一軒、厩舎を用意する場所がなくなってね。ちょっと離れたところに共同でデカい厩舎をこさえることにしたのさ」

おおよそ宿屋五軒に対して、一つの厩舎が建てられているという。

「共同で管理して厩舎専門の人間を雇えば、馬の世話や防犯も任せられるし、費用は持ち寄りになるからね」

「宿屋さんにとっては、自前で持つよりお得なんですね」

「そういうこと。専門の人間がいるから、客も安心して荷馬車を預けられる。だからうちも遠回りになるとわかってても他へ行けないんだよ」

町は王都から見て北西にあった。

南西部の行商人にしてみれば、無駄に北上することになる。

「急がば回れってなぁ。長いこと旅をしてると、やっぱ安心には代えられなくてね」

それじゃあ、と手を振る行商人に応え、三人は紹介された宿屋へ向かった。

行商人と同じ宿屋を利用するのもあって、出発前に声をかけてくれることになっている。

「良い人だったね！」

話が上手く進み、キールは上機嫌だ。

「ヘレンが聞き上手なおかげで、色々教えてもらえて助かったわ」

「お喋りが好きな人なのよ」

「否定はしないけど、終始気持ち良く話してらしたのは見ていたらわかるわ」

「ディーの目の付けどころが良かったんでしょう。エバンズ商会と取引があるとわかったときは、心底驚いたのよ？」

「あれにはわたくしも驚いたわ」

まさか開口一番に知人の名前が出てくるとは。

「ぼくはよく知らないけど、有名な商会なの？」

「エバンズ商会はディーを女神として崇めているの」

「はえっ⁉」

「ちょっとヘレン！　変なところだけ教えないでちょうだい！」

間違いでないのが頭の痛いところだけれど、端折《はしょ》り過ぎである。

「事実ではあるんだ？」

「……商品は良いのよ。ただ少し偏《かたよ》った考え方をする人がいてね」

「次期当主であられるブライアン様が、それはそれはディーを信奉《しんぽう》しておいでで」

「ヘレン、面白がっているでしょう？」

「ええ」

即、肯定されて返答に窮《きゅう》する。

頬を土で汚したままのヘレンがくすくす笑う姿に怒りなんて湧いてこないけれど。

侍女に変装している今だからこそできる軽口の応酬だった。

空を見上げると、知らぬ間に星が瞬いていた。

闇《やみ》の帳《とばり》が下りている。

「防犯面に期待できるなら、宿屋に急いだほうが良さそうね」

いつまでも楽しい時間を過ごしていたい。しかし自分たちは今、怪しい人物に追われている身だ。

「行商人と同じ宿にして良かったわ。護衛も一緒なのよね？」

「ええ、そう言っていたわ」

行商人は自分の身を守るため、護衛を一人雇っていた。

正直、護衛の人数は心許《こころもと》ないけれど、同行者が増えれば追っ手も手を出しにくくなるはずだ。

キールと手を繋いだまま紹介された宿屋へ入る。

行商人の名前を出すと、すぐに部屋が取れた。

別々の部屋を取る気には到底なれず、三人で一つの部屋にする。

三人分どころかベッドは一つしかなかったけれど――。

「ご夫婦やカップル向けのお部屋で、ベッドはセミダブルをお一つご用意しております。お客様方なら、三人一緒に寝られるスペースは十分にありますよ」

「ではそこでお願いするわ」

隣からキールのえっ、えっ、と戸惑った声が聞こえてきたが、ここは我慢してもらう。

「別料金になりますが、お食事もご用意できます。外へ出られますか？」

「いいえ、こちらで食べるわ」

「では時間になったらお声がけさせていただきますね。料金は前払いでお願いします」

割引されたのもあって、所持金がなくなることはなかった。

準備の良いヘレンには感謝しかない。

取った部屋が二階なので三人揃って階段を上がる。

宿は通りに面しているうちの一軒で、レンガ造りだった。

距離を空けることなく両隣にも宿が立っているため、窓があるのは通りに面している部屋だけだ。

生憎クラウディアたちが泊まる部屋にはなかった。

窓がないと換気や光源が気になるものの利点もある。部屋の温度を一定に保てるのだ。外からの影響が少なくなるので防音効果もあった。

歴史があるのか設備は古そうだけれど、清掃が行き届いているおかげで不快感はない。

預かった鍵でドアを開く。

壁が厚いらしく室内は静かだった。

これなら会話が外へ漏れることもないだろう。

「案外ゆとりがあるわね」

調度品はベッドとベッドサイド用のミニテーブルぐらいかと思っていたが、他にもクローゼットと一人掛けのソファーが二つ置かれていた。

三人で室内を行き来してもぶつからない。

クラウディアの感想に、キールが丸眼鏡越しに目を瞬かせる。

「てっきり狭いって言うのかと思った。貴族の屋敷って凄く大きいでしょ？」

ヘレンが頷く。

「公爵家ともなると、それはもう。わたしが住んでいる使用人寮の部屋でもここより広いわ」

「ヘレンの部屋は二人部屋じゃない」

「半分で考えても広いわよ」

「全然想像がつかない……」

うーん、と唸るキールにヘレンが笑みをこぼす。

「気持ちはわかるわ。わたしもはじめて公爵家を訪れたときは、夢を見ているようだったもの」

「大袈裟、とも言い切れないわね」

真実、公爵家の屋敷は大きい。

屋敷に限らず庭園を有する敷地も広大だった。

都心にあるため、領地に比べて広さを確保できないにもかかわらず、である。

上級貴族の名は伊達《だて》ではない。

「でもディーさんにこの部屋が狭いっていう感覚はないんだね？」

「この町の宿なら、これぐらいかなと思っただけよ」

感覚について深く掘り下げられると困ってしまう。

逆行してから歳月が経った今でも、娼婦時代の感覚は消えていなかった。

娼館で下積み時代に過ごした部屋は、宿の部屋よりももっと狭かったのを覚えている。

（売上が良い順に、広い部屋を使えるようになるのよね）

とはいえ、探偵を自負するキールも、そこまでは推理できないだろう。

「へぇー、なんかディーさんって、ぼくの中の貴族像とは違う感じがする。あっ、悪い意味じゃないよ！　良い意味でだよ！」

「親しみやすいっていうことなら嬉しいわ」

「そう、それ！　エバンズ商会の次期当主が女神と讃《たた》えるのもわかる気がするんだ」

「女神云々《うんぬん》については忘れてくれると嬉しいのだけれど？」

すっかり印象に残ってしまったようだ。

ふふふ、とヘレンが笑いを漏らす。

（気を張ってばかりもいられないわね）

外にはまだ追っ手がいる。

だからといって、ずっと警戒もしていられない。

まず集中力が続かないし、休めるときに休むことも大切だ。

宿にいる間は大丈夫だろうと不要な力を抜く。

そしてヘレンの脇腹を突いた。

「もう、ヘレンのせいよ」

「きゃっ⁉　わたしは本当のことしか言ってないわよ！」

「だったらブライアンが誰を好きなのか――」

言ってもいいのね？　と口に出すことはできなかった。ヘレンに手で口を塞がれたからだ。

「わざわざする話じゃないわ」

「ブライアンって、もしかしてエバンズ商会の次期当主の人？」

「キールは気にしなくていいのよ」

自分のことは棚に上げるヘレンを半眼で見つめる。

思いがけず遠出することになってしまったけれど、その分、普段ならありえない時間を過ごせていた。

姦《かしま》しさに、誰ともなく笑い声が上がる。

三人の夜は賑やかに更けていった。

少年探偵は考えを述べる

キールの家は、小高い丘の上にあった。

共に牧場を営む親戚たちの家も見える距離に建てられている。

窓の外には、いつでも馬がいた。

天気の良い日は牧草を食んだり、のんびり寝転ぶ姿が見られたけど、彼らの特徴は足の速さにあった。

牧場では主に軍馬が飼育されていた。

注がれている愛情こそ同じでも、競走馬の飼育は足の速い馬を育てられるという宣伝のためだった。

おかげで評判を聞きつけた貴族が直接買い付けに訪れることもある。

牧場では子どもといえども肉体労働を課せられた。

敷地内に住む同年代のいとこたちも、朝早くから馬の世話に駆り出されていた。

けれどキールだけは違った。

いとこたちが汗水流して働いている頃、キールは祖父と机に向かう。

教養を身につけるためだ。

幼い頃から呑み込みの早かったキールは、子爵家で執事を勤め上げた祖父に才能を見出され、勉学に励むこととなった。

「お前なら、いつか支給された制服を着られるかもしれん」

キールが期待に応えると、祖父は決まってこう口にした。

貴族の家で働く使用人は、与えられる給金で市販されている安い制服を買うのが一般的だ。制服といっても消耗品である。すぐ汚れて摩耗するものに大金はかけられない。

制服にお金をかけられるのは管理職だけだった。

しかし限られた上級貴族の家では、給金から差し引かれることなく上等な制服が支給されるという。平の使用人から執事にまでなった祖父にとって、支給される制服は憧れの対象だった。

優秀な孫に、祖父は自分の夢を託したのだ。

一人特別扱いされるキールを、いとこたちがやっかむことはなかった。

彼らにしてみれば強面《こわもて》の祖父から難しい話を延々聞かされるほうが、肉体労働より苦痛だったからである。

キールが勉学に楽しさを見出していることも知らず、いとこたちはキールの労をねぎらった。

しかし歳を重ねるにつれ、キールもある一つのことに苦しさを覚えはじめた。

ずっと家に引きこもっているのが我慢ならなくなったのだ。自ずと本を持って出かけるようになった。

すると肥《こえ》だめに落ちたり、真冬に清掃用の水を頭から被ったり――どちらのときも本だけは守り切った――と、運の悪さが露呈しはじめた。

町へ出るとより顕著《けんちょ》になった。

通りかかったタイミングが悪く、イタズラの犯人に間違われたり、飼い猫を盗んだ嫌疑をかけられたり……。

その都度キールは、身の潔白を証明するため奔走した。真犯人を捕まえ、猫の隠れたお気に入りスポットを見つけ出したこともあった。

はじまりは不運でしかなかったが、不思議とキールはやりがいを感じていることに気付いた。

祖父に出された課題で満点を取るような。

それからキールは口に出して嘆《なげ》くようになった。

「ぼくはなんて運が悪いんだ！」

キールにとってこれは解決すべき事件がはじまる合図であり、不運を乗り越えてみせるという気概の表れでもあった。

数々の事件解決によって、町の警ら隊の中でもキールが有名になった頃。

ある貴族の使いが家を訪ねてきた。

てっきり最初は馬の買い付けだと思われたが、求められたのはキールの頭脳明晰さだった。

依頼は他言無用の上、危険が付きまとう。内容を聞く前に、受けるか断るか決めてほしいと言われた。受ける場合は、すぐに家を出て調査に専念してもらうことになるとも。

この時には勝手に助手を名乗る図体がデカいだけの同行者ができていたものの、家族は猛反対した。

それでもキールは受けた。

「だって放っておいても、そのうち巻き込まれるよ」

家族がこの言葉に反論できないほど、キールの不運さは度を越していた。

タイミング悪く巻き込まれるより、貴族の支援を受けて調査をはじめるほうがずっと良い。

最終的に家族は折れるしかなかった。

祖父が憮然《ぶぜん》と腕を組む。

「お前には執事の道に進んでほしかったんじゃがなぁ」

「いやだよ。ぼく、一か所に留まってるの苦手だもん」

どれだけ運が悪くても、家に引きこもるという選択肢をキールは選ばなかった。

出立前に一つだけ確認しておきたくて、キールは現役を引退しても姿勢の良い祖父を見上げる。

貴族のことなら祖父に聞け、というのは町でもお馴染みの文句だ。

「うちが害されることはないよね?」

「依頼内容を聞くのはお前だけじゃから大丈夫じゃろう。それにうちの馬を欲しがる貴族は多い。腹を探られたくない輩ほど、手出しはしてこんよ」

祖父が執事を務めた子爵家以外にも、馬好きの貴族の中でキールの家は有名だった。

家に何かあれば噂になる。

今回の依頼人が秘密裏に調査を進めたいことは、現時点の申し出からもわかることだ。たとえ噂であっても余計な詮索《せんさく》は望んでいない。

「馬好きに派閥は関係ないからの。わしもできることはしておく。ちゃんと教えた関係図は頭に入っとるか？」

「うん、王族派、貴族派、中立派でしょ。どの家がどこに所属してるかは把握してるよ」

「最新の情報ではないが、ないよりマシじゃ。いざというとき助けを求める手立てにもなろう」

キール、とシワだらけの大きな手に頭を撫でられる。

「不運に負けるでないぞ」

「もちろん！　何があっても乗り越えてみせるよ！」

家を出たあとは、貴族の使いに要望を出せば、宿泊先など必要なものは揃えられた。

「坊ちゃんのことは、助手のオレが守るっす！」

「戦場から逃げ出した人に言われてもね。それにまだ助手って認めてないよ」

貴族の使いは、あくまで依頼人である貴族との連絡係でしかなく、調査は同行者とおこなう。

同行者は、隣にいる頼りない大男だけだった。


それでも今回の依頼のように出所が怪しいものを調べるときは、彼のいかつい見た目が役に立った。

また誰も子どもが調査しているとは考えないので、いい隠れ蓑《みの》になってくれている。

ただ相談事には向いていないので、キールにとって彼は同行者止まりだった。

（領内の裏市場に出回ってる薬の調査かぁ）

媚薬《びやく》、洗脳薬なるものが流れているらしい。その製造元について調べるのが、貴族からの依頼だった。

警ら隊の仕事だと思うけれど、どうやら調査結果を公的な記録には残したくないようだ。

依頼人、デミトル伯爵家は薬の流通で利益を得ている。調べるよう言われた薬は、何かしら利権に関わるものだと推測できた。

(貴族派は最近ゴタゴタしてるって話だけど)

派閥内で問題が起きても、利益追求に余念がないのは見習うべきなのか。

(もしものときの逃げ込み先も考えておかなくちゃ)

デミトル伯爵が怪しい薬について調査していると知った以上、依頼を達成しても無事に帰れる保証はない。

いかんせん自分は運が悪いのだから。

お決まりの台詞を口にしながら調査を進めていると、ある村の存在が浮き彫りになった。

媚薬なんていう眉唾《まゆつば》ものの薬は昔から存在しているけれど、調査対象の薬は効果があり、茶色い見た目をしている。

それと同じ特徴を持つ薬を、立ち寄った町の薬屋でも見つけたのがきっかけだった。薬屋で売られていたのは媚薬ではなく、鎮痛薬だったが。

平民は病気やケガをすると薬屋を頼る。だからといって効き目があるとは限らない。結局は自分の体力勝負になるのが常だ。

でも気休めにはなる。定番のものなら効果もある程度期待できた。

だが立ち寄った薬屋で売られていた鎮痛薬は、とてもよく効くというのだ。町でも評判で、入荷するとすぐ売り切れるという。言うまでもなく、運良く手に入れたのは同行者だった。

その鎮痛薬も茶色かった。

悲しいかな、平民が手にできる薬で「効果がある」というのは立派な特徴になる。

これらの共通項に目を付け、製造元を探った。

裏市場では足が付きにくいが、薬屋は別だ。何せ店は動かない。仕入れ元を教えてもらえなくても、大体入荷するであろう時期を見計らって、張っていれば良かった。

そして一つの村に行き着いた。


同行者が、町へ出てきていた村人たちに話しかける。

「皆さん見事に茶色一色っすねぇ」

「私どもにとって茶色は、天の恵みなんです」

「そうなんすか？　はじめて聞く考え方っす」

「ふふふ、あなたも村で過ごされれば、すぐに理解できるようになりますよ」

勘がやめておけ、と警告を発した。

同行者も、あれは戦場でハイになってるヤツの目っすよ、と言って大きな体を震わせた。

キールたちは深入りせず、調査は村の外からに留めた。

（村の規模と薬の流通量が合わない……）

領内の裏市場で出回っている薬の量は、デミトル伯爵が掴んでいた。そこに町へ卸す鎮痛薬も加わる。

見つけた村は小さく、せいぜい二十世帯ぐらいしかない。

村人全員が薬の製造に従事していても、まかなえる量ではなかった。

（なら、他にもあるんだ）

個人だからこそ、キールたちは小回りが利く。

けれど逆に広域的な情報を得るのは難しい。

足りない部分については遠慮なくデミトル伯爵を頼った。

調査過程を報告し、独自の知見や情報をもらう。何せ薬の流通についてはデミトル伯爵の専門分野だ。

それと自分たちの調査結果を照らし合わせ、他の村の位置にあたりを付けた。

デミトル伯爵の要望もあり、調査は領地外にも及んだ。

（きっと伯爵は最初から領地外でも薬が流通してるのを知ってたんだ）

となると規模は計り知れない。伯爵ほどの人が秘密裏に調査するのも頷けた。鎮痛薬だけでも、デミトル伯爵の下で製造、流通ができれば莫大な利益を生むだろう。

（問題は、媚薬や洗脳薬の類いも効果があるってところだけど）

デミトル伯爵はこれらをどうするのか。

陰鬱《いんうつ》な考えが浮かんで仕方ないが、さすがにキールの手に負えるものではなかった。

（先に領地内に調査範囲を絞ったのは、そちらのほうが情報を得やすいからかな）

広大な砂漠から石ころを捜すのと、手にすくった砂の中から捜すのでは効率がだいぶ違う。

現にキールたちは関係先である村々に辿り着いた。

(わざわざ外部に依頼したのは、伯爵が調べてることすら誰にも気取られたくないからだよね)

ますます無事に家へ帰れる気がしない。

でもキールは諦めず調査を続けた。

自分の手に情報が集まれば集まるほど、切札が増えると知っていたからだ。

貴族社会で平民が生き抜く方法については、祖父からみっちり教え込まれていた。

転々と滞在先を替え、遂には王都へ向かうことになる。

(まさか王都でも出回ってるなんて)

怪しい薬の存在は警ら隊も掴んでいるようだが、いかんせん王都は人口密度が高い。比例して犯罪も多く、怪しい薬だけを捜査している暇はないようだった。

王都へ出向くにあたり、今までは連絡係を通しての報告だったが、貴族街で直接デミトル伯爵と会うことが決まった。

キールにとってはデミトル伯爵こそがラスボスだが、まだ村の全容が掴めていないことから、猶《ゆう》予《よ》はあると考えていた。

どうも今までにキールが見つけた村々は手足のような存在で、頭ではないようなのだ。

薬の製造はどの村でもおこなわれているが、頭を押さえない以上、デミトル伯爵は薬を独占できない。

（頭を見つけてからが、ぼくの正念場か）

一緒にいても邪魔なだけなので、同行者は競馬へ行かせた。折しも家の馬が出場するので、それとなく現在の居場所と無事を伝えてもらうためでもあった。

茶色のベレー帽にベージュのベスト。

どこか件の村人を彷彿とさせるキールの装いは、村人に会ったとき、親近感を抱いてもらうのが狙いだった。

あえてシャツを白くしているのは、まだ彼らのコミュニティーに属していないからだ。

村人には独自の思想があり、規定がある。

教えを知らないよそ者が勝手に踏襲すれば、逆に反感を買う恐れがあった。

だからあくまで一般的に見てもおかしくない組み合わせに留めている。

デミトル伯爵への報告は、何の問題もなく終わるはずだった――、

「ぼくはなんて運が悪いんだ！」

――道中、自分に狙いを定めている村人と目が合うまでは。

（まさか貴族街に入って来られるなんて！）

平民は、許可証がないと貴族街へ入れない。

他の領地なら賄賂《わいろ》も通用するが王都は別だ。

どうやら村人には伝手があるらしい。

（ていうか、何でぼく⁉）

調査は同行者とおこなっていた。

いかつい大柄な男と。

基本的に皆、探偵は同行者のほうだと思う。キールは単なる付属品に見られるのが常だった。

偶然か、それともキールを捕まえれば同行者も捕まえられると考えたのか。

何にせよ、明確な意思を持って追いかけてくる相手からは逃げるしかなかった。

相変わらず運の悪さは健在だったけれど。

（ディーさんと出会えたのは、ぼくの人生の中で数少ない幸運だ）

いかつい見た目と腕力しか取り柄のない同行者よりも頼りになる。

最初に目を引いたのは、触れたら綿のように柔らかそうな手だった。

到底雑用をしているとは思えない艶のある指先を持った侍女に違和感を覚えたのだ。

視線はさらに下り、スカートの裾に行き着く。

（サーキュラースカート？　えっ、まさか）

祖父は上級貴族の家で支給される制服のデザインについても詳しかった。

どうやら昔、付き合った女性から教わったらしいけど、それはともかく。

サーキュラースカートはウェスト部分を中心にして広げると、綺麗な円形になるのが特徴だ。

その分、裾が広がって波打つフレアスカートよりも裾幅が広い。

これは裾始末が難しくなるのを意味していた。

裾が円形になっているということは、縫い代を折ると、折って上にきた生地のほうが幅があり余ってしまう。

美しく処理するには技術を要した。

シワなく仕上がった裾、それが決まった間隔で波打っているのを見て動揺が走る。

このデザインを用いるのは王家御用達の仕立屋だった。

恐る恐る視線を上げ、変装では隠しきれない美貌を目の当たりにしたとき、キールは心臓が止まるかと思った。

緩やかなクセのある黒髪に意志の強さが窺える青い瞳。

絵姿と伝聞に聞く公爵令嬢その人だとわかったときは、実際に一瞬止まったかもしれない。体のバランスを崩したぐらいだ。

変装に制服を選ぶこと、言葉遣いを崩させることなど着眼点が良いのは高等教育を受けているからだろうか。

逃げ込んだ町で王都へ向かう行商人を見つけたのだってそうだ。

知り合いの商会の取引相手だったのはたまたまかもしれないけれど、あたりを付けた条件が良かったから結果として表れた。

(所作は綺麗なのに、どこか貴族らしくないって感じるのは何でかな)

侍女に扮しているのを抜きにしても。

幌馬車の汚れた荷台に腰を下ろすのにも躊躇しなかった。

商いの信念を持っている相手にお金を払って交渉した以上、襲われる可能性が低くなったとはいえ、下心の交じった視線にクラウディアは動じなかった。

祖父から教わった貴族令嬢の姿とはまるで違う。

(ぼくの話も真剣に聞いてくれるし)

クラウディアと会ってから、軽んじられたと感じたことは一度もなかった。

握られた手は、綿どころか絹を連想させるほどだというのに。

平民の子どもでも、ちゃんと一人の人間として扱ってくれる。その事実に胸が温かくなった。


(でも三人で寝るのは、さすがに……)

町に追っ手がいる状況から、同じ部屋で過ごすことに否はなかった。

でも、でも、と戸惑いが消えない。

部屋に置かれたセミダブルのベッドを見ると、顔が熱くなる。

(さすがにぼくでも意識するよ!?)

だって男の子だもん!

隣に座って話すのと、寝るのは違う。

人間、三大欲求を満たす時が、一番無防備になるとされている。睡眠はそのうちの一つだ。

女性二人の無防備な姿を見ることになる。また、自分も晒すのだ。

あわあわして当然だった。

ふうー、と深く息を吐く。

悲しいかな、現実はキールに冷や水を浴びせた。

「キールは気にしなくていいのよ」

姦しい二人のやり取り。

クラウディアとヘレンは、キールを全く意識していなかった。

（それはそうだろうけどさ！）

歳の離れた弟に見られているのは薄々感じていた。

ちゃんと向き合ってくれるとはいえ、二人から自分がどう映ってるかぐらいは察せられる。

どう見ても子どもだ。

声変わりだってまだしていない。

（なのに寂しく感じるのは何でかな）

男とは何か。

とりとめない考えを巡らせながら、キールは夕食をとることになった。

宿屋の食堂で夕食をとり終わっても答えは出なかったけれど、頭を切り替えて追っ手についての情報を二人と共有しておくことにした。


部屋に戻り、あえてベッドに腰かける。

そうすれば見ることで意識するのを防げた。

キールが話をしようとしているのを察したクラウディアとヘレンは、部屋にあった一人掛けのソファーにそれぞれ腰かける。

「依頼内容については話せないんだけど、考えをまとめたいし、二人にも知っておいてもらったほうが良いかなって」

もしものときのために。

キールがクラウディアとお近付きになりたかったのは、自分の身を守るためでもある。

リンジー公爵家が公明正大なのは知っていた。

いざというとき、情報を持って逃げ込めば助けてもらえるかもしれない。

「まず追っ手は荒事に慣れてないと思う。慣れてたらぼくを取り逃がさないだろうし、ぼくの知る限り、彼らは一般人と大差ないから」

独特な思想を持っていても、犯罪ギルドに与《くみ》しているわけじゃないのだ。

村での彼らの生活は他と変わらなかった。

キールの発言を聞いて、クラウディアが、確認なのだけれど、と軽く手を挙げる。

「調査対象は集団なのね？」

「うん、そう。軽く接触したこともあるよ。茶色で統一した服装といい、変わってる感じはするけど、悪人かって訊かれたら悩むかな。暴力的な人たちではないから」

「では今回は彼らにとって特例なのね。キールが狙われたのは、調査していたからかしら」

「理由はそれしか思い当たらない。彼らにとって、ぼくの存在は不都合なんだ」

知らない間に、村人たちが実力行使に出るような事実を掴んでいたのか、このまま放置すれば掴まれると考えたのか。

（案外、頭にあたる村の場所に近付いてるのかもしれない）

既にいくつか村は発見している。

村人たちの動きは、キールが核心に迫っているという事実の裏返しでもあった。

「やはり警ら隊へ行ったほうがいいかもしれないわ。キールが特例なら、行商人ごと襲われる可能性だってあるもの」

「ディーさんの心配はもっともだけど、襲われはしないと思う」

「どうしてかしら？」

「さっきも言ったけど、彼らは荒事に慣れてない。それに加えて自分たちに捜査の手が伸びるのは避けたいんじゃないかな」

一番の理由は薬の存在だ。

クラウディアたちには話してないけれど、村人たちにとって村の収入源である薬が暴かれることを何より忌避《きひ》していると考えられた。

「だって個人で調査してたぼくを狙うくらいだもん」

平民が一人消えたところで、大きな騒ぎにはならない。

祖父をはじめ、家族はあらゆる伝手を使って捜査を訴えるだろうが、村人はキールの家が牧場を営んでいることすら知らないはずだ。

だから実力行使に出た。

本命は同行者のほうで、消えるのが二人になったところで大差なかった。

（洗脳薬も存在しているし……）

連れ去ったあと、独自の思想に染めることが可能なら、解放されるかもしれない。被害者が被害を訴えないなら事件に問えなくなる。

「ぼく一人ならどうとでもなったかもしれないけど、行商人のおじさんは有名な商会と取引があるんでしょ？　そうでなくとも行商人を襲うリスクは把握してるんじゃないかな」

貴族ほどでないにしろ、行商人が襲われたとなれば警ら隊も動かざるをえない。

放置すれば流通に支障が出るからだ。

経路の安全を確保するよう商人ギルドも圧力をかけるだろう。

村人たちも薬を卸している以上、そのあたりの動向を知らないはずがなかった。

クラウディアが頷く。

「他者の介入を嫌っているなら、キールの言う通り、襲われる可能性は低そうね。客観的に見ても、被害者の人数に比例して事件性は高くなるもの」

幌馬車の一件は、キールの不運にクラウディアたちが巻き込まれただけだ。

貴族街で目が合った村人は、あくまでキール一人を狙った動きしか見せていなかった。

「あと彼らの拠点についてなんだけど」

「心当たりがあるの？」

「明確な場所がわかってるわけじゃないよ。彼らが迂回路を取っていないなら、終着点は王都郊外の北部だと思う」

王都の裏市場でも薬が流れているとわかった時点で、今までに見つけてきた村から、条件に合う場所を予めピックアップしていた。

村は領地を越えて点在しているけれど、薬の流通は村がある領内に限られる。

幌馬車を持っていても、行商人のように長距離を移動するノウハウを持っていないからだ。

その代わり、領内には村が複数あるのが常だった。村同士の距離は近かったり遠かったりと規則性はない。

活動範囲は最大で、村から二日程度の距離だと推測できた。

「御者台の裏に積まれてた飼料もそれほど多くなかったから」

他、荷台に積まれていたのは日用品だった。

薬を売った金で購入したのだろう。

それが本来の幌馬車の用途で、人攫いはついでに近いように感じられた。

こういった面からも荒事を専門に活動していないのがわかる。

「キールは本当に探偵なのね」

しみじみと吐き出されたヘレンの言葉に、キールは目をむいた。

「嘘だって思ってたの!?」

「嘘というか、失礼ながら外見と職業が上手く符合《ふごう》しなくて」

ヘレン曰く、愛らしい少年が危険を冒して調査をおこなっていることが受け入れがたいのだという。

一緒に御者から逃げてきたところだが、常日頃から彼がそうだとまでは想像できないとも。

クラウディアも同意なのか、苦笑を浮かべていた。

「まぁ子どもなのは事実だし、信用してもらえないのは、これがはじめてじゃないけどね」

「信用していないわけじゃないのよ?」

「キールが賢いことはすぐにわかるものね」

頭脳と年齢が釣り合わないのはキールも感じていた。何せ同世代の子どもたちとは、全く話が合わないのだ。

だから仕方ないかとも思う。気を付けていても、人は先入観から逃れられないものだ。

「わかってくれたなら、これ以上は気にしないことにするよ」

目に見えてヘレンがほっとする。

(この人たちはどこまで人が良いんだろう)

子ども相手に真剣に取り合ってくれるのだ。

見た目から大人に侮られることが多いキールにとって、クラウディアのみならずヘレンの対応も新鮮なものだった。

(主人が良い人だと、侍女もそうなるのかな)

話が一段落したところで、ヘレンからベッドメーキングすると言われてベッドから退く。本職だけあって手際が良い。

並んで眺めていたクラウディアがヘレンに話しかける。

「今夜の運動は軽いものだけにしておきましょうか」

「運動？」

今から何をするのかと、思わず首を傾げた。

そんなキールにヘレンが顔を向ける。

「キールも一緒にやる？」

「え、まぁ、一緒にできるなら？」

断る理由が見つからなかったので、キールもクラウディアの指示に従って体を伸ばした。

どうやら寝る前に柔軟体操をするのが二人の日課らしい。

「美しい体形を保つのに必要なのよ」

「ぼくにも必要なのかなぁ？」

特にバストアップの運動については、いらない気しかしない。

かといって一人でじっとしていると目のやり場に困るので、彼女たちに付き合う。

次第に体がぽかぽかしてきた。

「早いけれど、明日に向けて寝ましょうか。キールは真ん中で良いわよね？」

「ふぇっ⁉」

これが一番収まりが良いと思うの、とクラウディアから提案される。

ヘレンはすぐに快諾した。

当のキールは頭が沸騰して何も考えられない。

気付いたときには、ベッドの上で美女二人に挟まれていた。

（ぼく一体どうなってるの⁉）

家族以外とベッドを共にしたのは、これがはじめてだ。

（は、はじめてが公爵令嬢とその侍女だなんて……っ）

世の男性全員から嫉妬されてしまう。

二人から男として意識されていないからこそ、この状況があるのだけれど。

細かいことはいいんだよ！　と細胞が叫んでいた。

（うぅ、ドキドキして寝られるかな）

照明を消すと、窓のない部屋は真っ暗になった。

けれど寝る前におこなった運動で、二人が母親と比べものにならないくらい綺麗な体をしているのは目に焼き付いている。

その気配がすぐ隣にあるのだ。

（ううぅ、ぼくは）

解れたはずの体が緊張で硬くなった。

（ぼくは、なんて――）

今夜はじめて、キールはきまぐれな神様に感謝を捧げた。

悪役令嬢は予想を裏切られる

長時間、幌馬車に乗っていた疲れもあって、ベッドに入るなりクラウディアは意識を手放した。

起きたあとの表情を見るに、ヘレンとキールも同じだったようだ。

行商人から声をかけられ、宿で軽く朝食を済ます。

厩舎までは行商人の護衛も含めて五人で向かった。

「いやぁ、早くに動いて正解みたいだよ。下手すると足止めをくらいかねない」

「何かあったんですか？」

ヘレンが行商人に訊ねる。

「昨日の夜、早馬《はやうま》が来ていたみたいでね。内容まではまだ伝わってないけど」

どこかの町から連絡が届けられたようだ。

詳細はわからないけれど、盗賊の類いが出たというものではないらしい。

それでも昼には検閲がはじまるかもしれないという。

予定の遅れは行商人にとって痛手だ。

早く王都でゆっくりしたいとおじさんは笑う。

クラウディアたちも心から同意した。

厩舎に到着すると、想像以上の大きさに驚く。

共有とは聞いていたものの、軒を連ねる宿屋を合わせたぐらいの広さがあった。

行商人が警備員に挨拶して、荷馬車を厩舎から出す。

行商人と護衛は、御者台に並んで座った。

荷台は柵を設けただけの簡素な造りだが、長距離を移動するだけあって、全体的に骨組みがしっかりしていた。

(大丈夫よね?)

幸い天気は良く、雨を降らしそうなどんよりとした雲は見当たらない。

一抹の不安を覚えるのは、追っ手が御者の一人だけではないからだろうか。

もし仲間と落ち合っていれば、どれだけの数になっているかわからないのもある。

荷台へ乗り込みながら何もないことを願った。

(まずはキールを保護しないと)

貴族街へ報告に来ていた以上、キールの依頼人は貴族だと考えられる。

そもそも貴族でなければ、キールのような外部の人間に、貴族街へ入るための許可証を発行するのは難しかった。

追っ手の存在を知っても依頼人の貴族が調査の継続を望めば、介入して止める腹積もりだ。

キールの意見も聞く必要はあるが、危険が伴う調査を見過ごすことはできない。

公爵家が間に入れば、相手も無理は言えないはずだ。

「良い見晴らしだわ」

「こうして荷馬車も出入りするから、特に厩舎周りの道幅は広く造られてるんだね」

キールの答えに頷く。

不審者がいたらすぐ気付けるよう、防犯を意識して通りは設計されていた。

(わたくしたちのことも、よく見えるでしょうね)

あえて声には出さない。

無駄に不安を煽りたくなかった。

もう荷馬車は出発したのだ。

心配するのはお尻の痛みだけでいい。

「そういえば町に早馬が来ていたと言っていたわね。わたくしたちのことかしら?」

「多分そうじゃないかな」

公爵令嬢が予期せず連れ去られてしまったのだ、周辺に通達があって然るべきだった。

「ただディーさんの名前は出されていないと思うから、どこまで拘束力があるのかわからないけど」

「侍女を捜しているだけだったら、せいぜい目撃情報を集めるぐらいね」

「もしくは事件の容疑者として捜せば……うーん、それだと拘束力は増すけど、不当な扱いを受けかねないか」

「事件の証人として保護する、というのが順当そうだわ。強《あなが》ち間違いでもないし」

「ああ、それだ！　もう町は出ちゃったけど。早馬の詳細がわからない以上、下手に近付けないよね」

問い合わせて藪蛇《やぶへび》にならないとも限らない。

追っ手が潜伏している以上、警ら隊の発表を待ってもいられず、クラウディアたちは出発するしか手立てがなかった。

「これからは硬い床との格闘だわ」

「うん、揺れは昨日よりマシだけど、乗ってる時間は倍ぐらいになると思う……」

「そんなに⁉」

ヘレンが声を上げる。

皆、昨日の痛みがまだ残っていた。

「馬の速度がゆっくりだから。このペースで、間に休憩も入れたらね。昨日は馬に無理をさせてたから、これが普通なんだけど」

家が牧場を経営しているだけあって、キールは馬に詳しかった。乗馬も得意だという。

「速い馬をお求めなら、ぜひ当家にご相談ください！」

「わたくしはそれほど詳しくないけれど、お兄様が聞いたら喜びそうだわ」

「ヴァージル様は馬がお好きだものね」

それから色んな話に花を咲かせたものの、日が高くなるにつれて、やはりお尻が痛くなる。

休憩を挟んでも、これればかりはどうしようもなかった。

「今後、公爵家の馬車に乗るときは感謝を忘れないようにしないといけないわ」

「ぼくは乗ったことないけど、全然違うの？」

「そうね、心地良く乗れるよう設計されているから。キールも王都へ着いたら乗る機会があると思うわ」

「わっ、楽しみ！」

暗に公爵家へ連れて行くと伝えてもキールは素直に喜んだ。

公爵家との縁なら誰もが望みそうだが、巨大な権力を前に萎縮《いしゅく》してしまう者もいる。

権力闘争に巻き込まれないよう、あえて距離を置くという考え方もあるのだ。

クラウディアとお近付きになりたいと考えたキールは、単に縁が欲しかったのか、理由があってのことなのか。

彼の口癖と関係なければいいと思ったときだった。

突然、荷馬車が停まる。

予定外の振動に、キールが御者台に向かって叫んだ。

「何かあったんですかー？」

「道に倒木がね。どかすからちょっと待っててくれ」

木はさほど大きくないらしい。

馬は跨《また》げるけれど、荷馬車の車輪が越えられないようだった。

道沿いにある林から強風で飛ばされてきたのだろうか。

行商人と護衛が御者台から降りようとしたところで、荷台に人影が現れる。

「きゃああっ⁉」

「何だお前らは⁉」

ヘレンの叫びと護衛の威嚇が重なる。

事態の急変に心臓がバクバクと早鐘を打った。

目に力が入り、瞳孔が開くのがわかる。

キールを背中へ庇ったのは、ほぼ無意識だった。

「女性と子どもを渡してくれたら手荒なマネはしない！」

「そうだっ、大人しくしろ！」

荷馬車を五人の男たちが囲んでいた。

全員、茶色の服装だ。中には昨日見た御者の姿もあった。

まさか手を出してくるなんて、とキールが唇を戦慄《わなな》かせる。

しかしすぐに男たちへ向かって声を荒げた。

「こんな目立つことをしてタダで済むと思ってるの⁉　村にも捜査が入るよ！」

「うるせぇっ、元はといえばおまえらが悪いんだろうが！　ちょこまかと嗅《か》ぎ回りやがって！」

御者が血走った目で荷台へ上がってくる。

キールを睨み付けていた御者だったが、クラウディアを視界に収めるなり薄ら笑いを浮かべた。

(吐き気がするわね)

下卑《げび》た嘲笑《ちょうしょう》に鳥肌《とりはだ》が立つ。

充血した目が、異質さと不快感を与えた。

昨日話しかけた時点では、どこにでもいる青年でしかなかったというのに。

今や臭気すら纏っているように感じられた。

「やっぱ良い女だよなぁ」

欲に溺《おぼ》れた目で腕が伸ばされる。

指一本でも触れられたくない、そう思ったときには足が勝手に動いていた。

御者の股間《こかん》を強《したた》かに蹴り飛ばす。

「おごっ⁉」

一瞬で御者は頽《くずお》れたが、仲間も荷台へ上がってきていた。

幌馬車とは違い、荷馬車に屋根はなく、柵で荷物の転落を防いでいるだけだ。

横から力任せに乗り込んだ男が、キールの腕を取る。

「放せっ！」

「キール！」

すかさずキールの手を握るも、クラウディアも別の男に捕らえられた。

「ディー！　待って、ディーを助けて！」

ヘレンの声に顔を向けると、彼女は強引に馬へ乗せられていた。

行商人に雇われていた唯一の護衛によって引っ張り上げられたようだ。

行商人と護衛は荷台から馬を放し、それぞれ単独で馬に乗っていた。

護衛の仕事は行商人を守ることだ。追加でヘレンだけでも助けてくれたことを、よしとしなければばならない。

「すまないっ、すぐに助けを呼んで来る！」

そう叫ぶと、行商人と護衛はヘレンだけを連れて走り去った。

馬が土煙を上げる。

待って、行かないで！

本音では、そう訴えたかった。クラウディアたちのことも助けてほしかった。

しかし数では釣り合いが取れていても、力の差は歴然だ。

行商人と護衛の判断を責められない。

残されたクラウディアとキールには為す術がなかったとしても。

互いを人質《ひとじち》にされてしまえば抗うこともできず、大人しく状況を観察する。

すぐに害されるわけではなさそうなのが救いだった。

立ったまま腕を掴まれている二人の元へ、リーダーらしき男が近付いてくる。

「手荒なことをするつもりは……君は⁉」

クラウディアの顔を確認したリーダーの男は驚愕し、次いで目尻をつり上げた。

急所を蹴られて荷台で蹲《うずくま》っている御者の元へ向かい、何事かを怒鳴り散らす。

（何だって言うの……？）

意味がわからずキールと顔を見合わせた。

逃げられないよう拘束はされているものの乱暴に扱われることはなく、他の男たちもリーダーの怒気に戸惑っていた。

「はぁ、こうなっては仕方ない。とりあえず村へ帰ろう」

クラウディアとキールは静かに連行され、林の中に隠されていた幌馬車へまた乗ることとなった。

怪しい御者は舌なめずりする

（へへっ、ようやくオレにも運が向いてきたな）

明け方、空の一部はピンク色に染まっていた。

馬の水飲み場では逃がしてしまったが、次は逃がさないと町の共有厩舎を見張る。

（まさかあのガキが乗ってるなんて思うかよ）

しかも王都に仲間たちを置いてきたところで、自分一人しかいなかった。

子どもだけならまだしも、大人の女が二人もいたら上手く対処できるわけがない。

（だから、あんときは仕方なかったんだ）

なのにリーダーを気取るルノーには、合流するなり溜息を吐かれた。

（置き去りにされたのを、いつまでも根に持ってんなよ）

不測の事態が起これば、一人だけでも村へ帰るか、後に仲間と合流すると事前に決めてあった。

剣を携帯しているやつに声をかけられれば、誰だってヤバいと思うはずだ。

取り決めに従っただけだというのに、何が不満なのか。

(だけどアイツの天下も、もう終わりだ)

何せ自分はあの公爵令嬢を見つけたのだから。

水飲み場で話しかけられて、すぐに気付いた。

先生から警告と共に聞かされていた人物像と丸っきり同じだったから。

(美人だとは聞いてたけど、ありゃ凄い)

土で薄汚れていても、村の女たちより何倍も綺麗だった。

先生が欲しがっていたのも頷ける。

(上手く渡せれば、オレの評価もうなぎ上りだ)

最近ルノーばかりが目立って気に入らなかった。

ちょっと顔が良いだけで、村長の覚えもめでたい。

幸せは公平に分け合うものだ。

村ではそう教わるのに、これではあんまりじゃないか。

統率力はまた別の話なのはわかっている。でないと村に村長がいる意味がない。

だからこそ探偵の子分だけじゃなく、公爵令嬢も捕まえることで自分の力を示すのだ。

(先生に認められたら、新しい村の村長になることだって夢じゃない)

村で世帯数が増えると、新しい村を構えるのが習わしだった。

先生が国を出てからは造られていないが、連絡は取れるのだから、今まで通り場所さえ示してもらえればいい。

（オレの理想郷を造るんだ）

そうなれば、もうルノーから指示されないどころか、自分が指示する側だ。

（先生が飽きたら、オレの村に公爵令嬢を貰えるかな）

産まれる子どもたちは、きっと皆可愛いだろう。

（想像じゃなく、現実にしてみせる）

合流した仲間には、子どもと一緒に美人の女がいるとしか伝えていない。

（横取りされてたまるか、オレが真っ先に捕まえて手柄を立てるんだ）

当初の標的は探偵の子分だけだった。

大柄な探偵を捕まえるのは、さすがに骨が折れる。

子分を捕まえるだけでも探偵を牽制できると村の意見が一致し、実行に移すこととなった。

村へ人を連れてくるときは豊かさを理由に交渉するのが常だったが、子どもだけなら、いつもの手順から外れても大して難しくないという結論に至ったのだ。

だから追加で女も攫おうと提案したとき、ルノーは渋った。

（まぁ結局オレの意見が通ったんだがな。ざまぁみやがれ）

仲間たちも、そろそろ新しい村人が欲しくなっていたのだ。男ではなく、女の村人が。

無理をすれば村に迷惑がかかるかもしれないとルノーは言ったが、むしろ村のために、今こそ無理をするときなのだ。

先生が国外へ出てから、村への人の流入が減っていた。

自分たちで細々と確保は続けていたが、めぼしい成果が出ているとは言い難かった。

（オレのほうがルノーより皆のことをわかってる）

女が美人だと知れると、置き去りしたことに文句を言っていた仲間たちも機嫌が良くなった。

最終的にルノーが折れ、提案者である自分がこうして厩舎を見張っている。

町中で聞き込みできたら話は早いのかもしれない。しかし村民以外と関わると、折角浄化した体が毒される危険があった。

薬を売るとき、日用品を買うときも、人との接触は極力避けているというのに。

（あのときの口ぶりから、王都へ帰りたがってるのはわかってんだ）

この町の乗合馬車は昼からしか運行しない。

自分から逃げた以上、のんびり昼まで待っているとは考えにくかった。

朝一で王都へ向かうとあたりをつけ、仲間たちは先に襲撃場所で待機している。

あたりが外れたら、ずっとここで出てくるのを待つことになるだろう。

昼になっても自分が仲間と合流しない場合は、仲間のほうから来てくれる手筈になっている。

そうしたら見つけ次第、捕まえてしまうのもありだ。

最早探偵の子分よりも、公爵令嬢が本命になっていた。

（頼むから出てきてくれよ）

空が白みはじめる中、村特製のタバコに火を付けた。

村外に出る村民だけに持たされる気付け薬だ。

外に溢れる毒から身を守ってくれる。

「はあーっ」

肺から全身へ、体の隅々まで癒やされるのを感じる。

(大丈夫、オレならやり遂げられる。そして新しい村の村長になったら公爵令嬢を迎え入れるんだ)

空が七色に輝いて見えた。

その時。

「やった！　やっぱりオレは正しかった！」

目当ての人物が厩舎に入るのを見る。

他にも二人増えていたが、こちらも仲間を併せて五人いるのだから問題はない。

彼らよりも一足先に馬を走らせ、襲撃場所で待機していた仲間と合流する。

「来るぞ！　予定通りで問題ない！」

「わかった。じゃあ手筈通りに……おい、お前もしかしてタバコを吸ったのか？」

「あん？　いいだろ、毒から身を守るためだ」

「だとしても、あまり吸い過ぎないよう言われてるだろ。判断が鈍るぞ」

「うっせぇな、大丈夫だよ。オマエはオレのかぁちゃんか何かか？」

相変わらずルノーは口うるさい。

幌馬車の荷台を林に隠し、移動は馬だけでおこなう。

手頃な木を切り倒して道を塞げば準備完了だ。


ことは予定通り進んだ。

女を一人取り逃しはしたが、目当ての子どもと公爵令嬢は手に入れられた。

(くっそ、あの女、許せねぇ……っ。でも上手くいった)

痛みで蹲りながらも、愉悦で唇が歪む。あとは先生に引き渡すだけだ。

万々歳だというのに、ルノーはこちらを気遣うこともなく怒鳴りつけてきた。

「お前っ、彼女が誰かわかってるのか⁉」

(うるさい、わかってるに決まってるだろうが)

「先生が警告していたのを忘れたとは言わせないぞ！」

そうだ、国を出ることになって、今まで通りの支援ができなくなるからと色々言われた。

そして公爵令嬢が欲しいとも。

「はぁ、こうなっては仕方ない。とりあえず村へ帰ろう」

(最初から黙ってそうすればいいんだよ)

結局ルノーは折れるのだ。

怒鳴ってきたのは、やっかみだろう。

(オレが大物を見つけたから焦ってるんだな)

築いてきた地位が奪われると危機感を募らせているに違いない。

帰路の間もルノーの不機嫌は続いた。

「本人には手を出すなと言われていたのに。先生が欲しがっていたのは公爵令嬢の情報だけだ」

しまいには先生の言葉を曲解しはじめる。

案の定、仲間たちに動揺が広がった。

「ルノー、どうするんだ？　このまま村へ連れて帰って大丈夫なのか？」

「おい、不安を煽るなよ」

「バカッ、ミスをしたのはお前だ！」

「はぁ!?　オレは間違ってねぇ！　大体、オマエらだって乗り気だったじゃねぇか」

「それは美人がいるっていうから……公爵令嬢だって知ってたら乗らなかったさ」

「じゃあオマエは公爵令嬢との儀式には参加しないんだな？」

「べ、別にそうとは言ってないだろ！」

「いい加減にしろ！　論点がズレてる！」

仲間を言い負かしたタイミングでルノーが割って入る。

自分に都合が悪くなるとこれだ。

まだ主導権を握っていると信じ、ルノーは今後について語った。

「とりあえず村まで連れ帰って、先生に判断を仰ぐ。俺たちじゃ手に負えないからな」

「逃がすのはダメなのか？　危害は加えてないだろ？」

「襲ったことに変わりはない。どちらにせよ子どもは逃がせないんだ」

いつの間に仲良くなったのか、公爵令嬢は探偵の子分と手を握り、一時も離れなかった。

「俺たちの顔も見られてる。下手に連れ回すより村で囲っているほうが安全だ」

「じゃあいつも通りってことか」

村では頃合いを見て、新しい村人を迎える。

外から連れて来るため、皆すぐには村の教えに慣れない。それだけ毒に侵されているのだ。

けれど儀式を経て身を清めれば、次第に馴染んでいった。

公爵令嬢もそうなる。

「ああ、だが儀式に関しては先生からの返答を待つ必要がある」

「先生も参加されるかな？」

「どうだろう、先生は国内に来られないから……」

論点がズレていると言っていたわりに、儀式の話になっていて辟易する。

詰まるところルノーも公爵令嬢と儀式をしたいのだ。

（やりたいのは同じなのに、自分だけ違う、みたいな顔しやがって）

ルノーのこういうところが好きになれなかった。

幸せは公平に分け合うもの。そのためにも欲求に正直であるべきだというのに。

（やっぱりオレのほうがリーダーに向いてるな）

高みの見物よろしく、ルノーと仲間たちのやり取りを眺める。

「子どものほうは、まだ大人になっていなさそうか？」

「多分な。声変わりもしてない」

「だったらしばらくは公爵令嬢と一緒にしておいて、予定通り、少しずつ他の子たちと慣れさせていこう」

外で生まれ育った者は、子どもといえども注意を怠れない。

悪い考えを村の子たちに吹き込むかもしれないからだ。

毒されている具合を確かめて、まずは教育からはじめるのが習わしだった。

とはいえ、荒療治は強い拒否反応を引き起こしやすかった。

公爵令嬢と一緒にしておくのは悪くない判断だ。心の拠り所があれば、教育にも耐えられる。

（早く公爵令嬢と儀式できねぇかなぁ）

大人は教育より儀式をするほうが慣れやすい。

村への理解度が深まれば、仮に外の連中が妨害してきても、公爵令嬢自ら撥ね返してくれる。

先生からの返答が、待ち遠しかった。

悪役令嬢は幸せの村に辿り着く

ようやく幌馬車が目的地に到着する。

道中は、何とも不気味だった。

男たちが殊更親切だったからだ。

クラウディアを眺める視線は欲望にまみれていたものの、ただそれだけで。

幌馬車の揺れが大きくなると、体を気遣われてクッションを渡された。悪路ではあまり役立たなかったけれど。

検問を避けるため、途中、彼らは整備された道ではなく独自のルートを通った。

（本来わたくしは予定になかったようね）

男たちの会話から推測するに、クラウディアは攫う対象ではなかった。

彼らの目的はキールだけだったのである。

何かしら手違いがあったらしい。

だからといってキールを乱暴に扱うこともなかった。拘束もすぐ解かれ、逃げないよう監視だけされていた。

指示を受け、幌馬車を降りる。

日が暮れる一歩手前だった。

オレンジ色のグラデーションが闇に溶けていくのが映る。

（休憩があったとはいえ、半日も移動していたの？）

時間の経過を実感すると膝が笑いそうになった。もう体力の限界が近いのだ。

キールもすっかり大人しい。

軽口を言っていられる状況ではないけれど、彼の明るい声が恋しかった。

降りた先では人が集まっていた。

長身の女性が一歩前へ出る。

「ようこそ、幸せの村へ。私は村長のウルテアです」

村長は四十代くらいの迫力のある美人だった。

藍色の長髪に黒い瞳は夜を宿しているようで、口元にあるホクロが魅惑的に映る。

他の村人同様ベージュのシャツを着ているが、惜しげもなく第二ボタンまで開けられており谷間が覗いていた。

上から茶色いオーバーオールを纏っていても、胸やお尻がはち切れんばかりの豊満さを訴えてくる。

村長から溢れ出る色気に疲労が相まって頭がクラクラした。

「長い時間、幌馬車の荷台に乗っていて疲れたでしょう？　そちらのご夫婦のお宅でお休みになって」

辛うじて視認できる薄明かりの中、村長が示した軒先に男女が立っていた。

暗がりで色は識別しにくいが、彼らも茶色で統一された装いなのが窺える。

クラウディアとキールが顔を向けると、夫婦は揃って頭を下げた。

旦那が口を開く。

「どうぞゆっくりしていってくれ」

「わたしたちにも子どもがいるから、不便はないと思うわ」

続けて奥方がキールへ笑いかけた。

断れる空気では到底なく、案内されるまま家の中へと入る。

ロウソクがともされているものの、本数が少ないのか全体的に暗い。

「そうだわ、移動中は食事もままならなかったでしょう？　軽食を用意するわね。あなたは追加のお布団を部屋に運んでちょうだい」

用意されていた部屋は、布団がぎりぎり三組敷けるぐらいの広さだった。先の宿屋で借りた部屋より狭い。

調度品は、クローゼットと小さなテーブルが一つ。そして布団が一組敷かれていた。察するに、元々キール一人のための部屋だったようだ。クローゼットの中には茶色で統一された服が一式だけあった。

「薄汚れても、着替える気にはなれないね」

服を見たキールが舌を出す。質も、着用しているもののほうが良かった。

ほどなくして、旦那が布団を運んでくる。

「二人で使うには狭いけど、寝泊まりするには十分なはずだ。トイレの場所は聞いたかな？　喉が渇いたらキッチンにある水差しの水を飲んでくれていいからね」

受け取った布団を敷いていると、今度は奥方がサンドイッチを作ってきてくれた。カップには温かいスープも入れられている。

「ありがとうございます」

「いいのよ、外での移動は大変だったでしょう？　今夜はゆっくり休んでね」

クラウディアとキールが村に来た経緯を聞いていないのだろうか。

夫婦からは邪気が全く感じられなかった。

キールと部屋で二人きりになるなり、目を見合わせる。

村長の態度といい、不可解なことばかりだ。

「どうして客人として接せられているのかしら？」

「ぼくにもまだわからないけど、逃げられそうにはないよね」

「そうね、あのご夫婦がわたくしたちの見張り役でしょう」

愛想が良いからといって気を抜くのは早計である。

加えて、クラウディアたちには土地勘がない。

近場にいる野生動物もわからない以上、無策で逃げればどんな目に遭うかわからなかった。

「食べ物は大丈夫かしら？」

小さなテーブルに置かれた二人分の食事を見る。

「部屋を用意しているぐらいだし、ぼくたちを殺す気はないと思うよ。薬を飲ませて何かする気でも、こんな回りくどいことはしないでしょ」

多勢に無勢。クラウディアたちに拒否権はないのだから何をするにしても命令すれば済む話だ。

荷馬車でもそうだったが、すぐに危害を加えるつもりはないらしい。

「では食べておきましょうか。いざというときに動けないのは避けたいわ」

「同感。食べられるときに食べておくべきだよ」

それでも慣れない状況に警戒心が勝り、サンドイッチを口へ入れるのには勇気がいった。

「うん、おいしいよ」

躊躇なくパクつくキールを見て、やっと口を開ける。

一口分を咀嚼《そしゃく》して呑み込んだ途端、急激にお腹が空腹を訴えた。

（緊張で気付かなかったのね）

あとは抵抗なくサンドイッチを食べ終える。

スープを飲み干し、ふう、と息を吐けば人心地つけた。

「食器を返してくるわ」

「ぼくも行くよ！」

キールと手を繋ぎ、そろりと部屋を出る。

言わずもがな家の中を観察するつもりだ。

（子どもがいると言っていたわよね？）

気配が感じられず首を傾げる。

寝るには早い気もするけれど、もう夜だ。

ロウソクを節約しているなら日が暮れると同時に就寝していてもおかしくない。

都市部では考えられないが、農村部では日の出に合わせて暮らすところもある。

（部屋数は多くないみたいね）

玄関から入ってすぐがダイニングキッチン、そこを通り抜けると廊下があり、廊下からは三つのドアが見える。

玄関の正面、一番奥の突き当たりにあるのがトイレ。右手側にあるのがクラウディアたちの部屋だ。残りはあと一つ。

そこに夫婦と子どもがいることになる。

「ちょっとぼく行ってくるね」

言うなり繋いでいた手を離し、キールは用途不明の部屋のドアを開けた。

「トイレってここだったっけ？」

「ここじゃなくて一番奥のドアだよ」

「あ、ごめんなさい！」

旦那の声が返ってきて、すぐに閉じる。

何を見たのかキールの顔は訝しげだ。

「ねぇ、子どもの姿が見当たらなかったんだけど」

「トイレに行ってるのかしら？」

「確認してくる」

キールはそのままトイレへ向かうが、子どもはいなかった。

「奥さんは子どもがいるって言ってたよね？」

「ええ、わたくしも聞いたわ」

「死角にいたのかなぁ」

「部屋が暗かったなら、見落としたのかもしれないわ。寝ていたら静かでしょうし」

「布団にはいなかったけど、この暗さで見落としたのはあるかも」

廊下を歩く分には問題ないけれど、明かりが届かない場所は真っ暗闇だった。

持っていた食器をキッチンへ置いたところで奥方が顔を出す。

「あら、わざわざ持って来てくれたのね。ありがとう」

「いえ、こちらこそご馳走さまでした。おいしかったですわ。料理がお上手なのですね」

「お口にあって良かったわ。そろそろロウソクの火を消そうと思うんだけど、入り用のものはある？」

答えたのはキールだった。

「塗り薬ってありますか？　長時間座っていたからお尻が痛くて……」

「まぁ！　気が利かなくてごめんなさい。あとで部屋へ持って行くわ。この村の薬は良く効くのよ」

「ありがとうございます」

「ふふ、坊やは礼儀正しいわね」

奥方に見送られて部屋へ戻る。

「ぼくたちが部屋から出てきたのを察して様子を見に来たのかな？」

「かもしれないわね。小さな家だから物音も聞こえやすそうだわ」

「家の人が起きているうちに抜け出すのは無理っぽいね」

抜け出せても外に人がいないとは限らない。

「今日のところは大人しくしておきましょう。お尻は大丈夫？」

「あれは薬を貰うための方便、って言いたいところだけど、同じ姿勢でいたから腰まで痛いよ。ディーさんは？」

「実はわたくしもなの」

クッションを渡されたとはいえ、乗っていたのは荷台だ。まず人が乗るように設計されていない。急いでいたのもあって、途中の悪路では揺れも縦へ横へと酷くなり、公爵家の馬車に慣れた身には辛く、拷問のようだった。

「ちょうど良かったね。奥方も言ってたけど、この村の薬は効くだろうから」

「知っているの？」

「まぁね。布団に入ったら話すよ」

奥方が持って来た薬は茶色いクリーム状のものだった。鎮痛薬だという。

薬を患部に塗り終わるとキールは丸眼鏡を外し、布団の上で胡座《あぐら》をかいた。その状態で掛け布団を頭から被る。

「ディーさんも入って。こうすれば布団で話し声を遮断できるから」

なるほど、と頷いてキールに身を寄せた。

額がくっつくほど近寄れば、小声でも会話に困らない。

「ぼくが不運体質なのはもう知ってるよね？　探偵をしているのは、この体質を逆手にとって利用するためでもあるんだ」

「た、逞《たくま》しいわね」

不運を嘆きはするものの、キールに悲愴感はなかった。

だから強い子だと思っていたけれど、想像を超えていてびっくりする。

「事件に巻き込まれるようになったのが理由の一つでもあるけど、不運のおかげで核心に迫ることができるんだ」

表面的な問題でなく、事件の裏に隠れた真実を暴けるのだという。

「人間の裏側を見ることも多いから危険な目にも遭うけど、この通り！　ぼくは乗り越えてきた！」

心配が顔に出ていたのだろう。

にっこりと笑顔を向けられる。

「で、本題に戻るけど、この村が依頼主の求めている村だと思う」

キールは既にいくつか似た村を探っていたが、核心は突けなかったらしい。

そんな中、新たに見舞われた不運。

「ぼくはこの村を調べたい。もちろん助かるのが最優先だけど」

「わたくしも協力していいかしら？」

「いいの⁉」

クラウディアの申し出に、キールは肩を弾ませた。

「というのも、わたくしも他人事ではないようなの」

キールが調査しているという集団の特徴は、シルヴェスターから聞かされていた問題の村の特徴と似通っていた。探偵の存在もそうだ。

偶然ではなく、この二つは同じものではないかと考えていたところだった。

(同一なら、ナイジェル枢機卿が関わっていることになるわ)

クラウディアとしても村の存在は到底見逃せない。

詳細を知れるなら願ってもないことだった。

「ディーさんが協力してくれるならとても心強いよ！　もうわかってると思うけど、ぼくが調査していた集団っていうのが、この村のことね。正確には、点在している他の村も含めるんだけど」

村では薬を製造していることをキールが新たに教えてくれる。

先ほど奥方が持って来た鎮痛薬がそれだ。

「他にも媚薬、洗脳薬が製造されて、裏市場に流されてる」

「何ですって⁉」

これは初耳だった。

村については、閉鎖的な思想を持つ不穏分子の集まりということしか知らない。

情報が少ないのは、捜査方法が限られているからだ。

危険なものを製造している証拠を掴めれば大々的に捜査できる。

やはり調べるしかないと、クラウディアは拳を握った。

「調べてきた内容から、薬は村でも使われてる。ただ日常の食べものに混ぜるっていうよりは、特別な儀式で使われるみたい。鎮痛薬はわからないけど、媚薬や洗脳薬には常習性があるようなんだ」

「麻薬のようなものなのね」

「うん、だから頻繁には使われないんだ。儀式っていう単語が出てきたら要注意だよ」

儀式に参加させられそうになったら何がなんでも逃げないといけない。

対抗手段も調べておく必要があった。

「身に危険が迫るまでは、助けを待つほうが安全だと思う」

「村から出られても、土地勘のない場所でさまようことになるものね」

もしクマなどの危険な野生動物がいたら目も当てられない。

「逃げるのは手段と機会を得てからにしましょう。それまでは逃走を念頭に置いて情報収集ね」

「話が早くて助かるよ」

どこかの大男とは大違いだ、とキールが呟く。使えないという同行者のことだろう。

「キールの同行者もさぞ心配しているでしょうね」

「ディーさんのところの比じゃないよ」

「人を思う気持ちに差はないわ」

王都にいる人たちのことを考える。

きっともう大騒ぎどころではない。

（ヘレンが気に病んでいないと良いのだけれど）

一人だけ助かったことで自分を責めていないことを切に願う。

思考に沈むと、どうしても視線は落ちていった。

「ごめんね、ぼくのせいで……」

「言いっこなしよ。キール、これはわたくしの選択の結果なの」

平時において、クラウディアは人より多くの選択肢を持っている。

公爵令嬢という立場から制限を受けることもあるけれど、生活で不自由を感じたことはない。

望み、選べる立場にいるのは確かなのだ。

だからこそ他の人もそうであってほしいと願う。

そういう社会にしたい。

実現するのが困難であっても諦めたくはなかった。

「不運は避けようがないわ。でもこうしてキールと出会えたのは幸運よ」

「ぼくも、ディーさんと出会えたのは幸運だって思ってた」

へへっと照れ笑いするキールの目には薄ら涙が浮かんでいた。

(強がっているからといって、不安でないとは限らないものね)

キールの背中に腕を回し、抱き締める。

「大丈夫、わたくしたちなら乗り越えられるわ」

「うん！　必ず無事に、この事件を解決してみせるよ！」

羽毛のように柔らかい黄色い髪に触れ、クラウディアも癒やされる。

話が一段落すると、どちらともなく寝落ちしていた。

侍女は慟哭する

昼前にはリンジー公爵家の屋敷にヘレンの姿があった。

憔悴《しょうすい》したまま医師の診察を受け、応接間へ通される。

(どうして、どうして……っ)

クラウディアではなく、自分だったのか。

助かるべきなのは主人であり、友人であり、妹のような存在の彼女なのに。

間近に王太子との婚約式だって控えている。

きまぐれな神様の残酷さに、ヘレンは叫びたくなった。

(わたしが取るべき行動を間違えたから?)

あのとき、こうすれば良かった。では、このときは?

考え出したらキリがない。

侍女に扮するクラウディアに合わせて、気さくな態度を取っていたのも罪のように感じられた。

友人でもある侍女に支えられながら応接間へ入る。

中ではクラウディアの兄であるヴァージルが待っていた。

ヘレンにとって誰よりも大切な人と同じ黒髪と青い瞳を見て、滂沱《ぼうだ》の涙が流れる。

全身から力が抜けた。
(あぁっ、ディー！　クラウディア様！)
どうして自分だけ助かってしまったの。どうして、自分なんかが。
堰《せき》を切ったように溢れる感情を止められず、その場で泣き崩れる。
床を目の前に嗚咽《おえつ》しか出てこない。
視界も定まらない中、影が落ちた。
次の瞬間には侍女とは違う、力強い腕に肩を抱かれる。
「失礼」
その言葉と共に体が宙に浮いた。
ソファーへ運ばれる。
「ヴァージル、さま……っ」
横抱きにされ、黒髪が頬をかすめる。
主人の、クラウディアの色を見て、気付いたらソファーに座るなり縋っていた。
「わたしに罰を、クラウディア様をお守りできなかった罰をお与えくださいっ」
ただ存在しているのが辛かった。
苦しかった。
息をするのも。
クラウディアがいない場所で、生きていられない。

彼女の力になると誓ったのに、自分は何もできなかった！

「お願いします、どうか……」

「落ち着かないか！」

ドンッと壁が殴られたようだった。

実際には、ヴァージルが声を張り上げただけだ。

鼓膜がビリビリと震え、一瞬涙が止まる。

両肩を力いっぱい掴まれ、反射的に体が縮こまった。

「君はディーの何だ⁉」

「じ、侍女にございます……」

「だったら仕事をしろ！　クラウディアはここで君に自分を責めろと命令したのか⁉」

「いいえ、いいえ……っ、クラウディア様は、そんな……」

「命令をするはずがないだろう。聡明な君なら、今、ディーが望んでいることがわかるはずだ」

「クラウディア様が、望まれていること……」

「自分を責めるな、ヘレン。君にはすべきことがあり、君にしかできないことがある」

「わ、わたしに何が……」

「ディーを助けることだ。現在、俺たちは後手《ごて》に回っている。ディーを助けるには君からの情報が必要不可欠だ」

呆然とヴァージルを見上げる。

この瞬間までは、一人だけ馬に乗せられときに見えた、取り残されるクラウディアとキールの姿が目に焼き付いて離れなかった。

瞬きと共に涙がこぼれ落ち、眼前にいる人物の存在を認識する。

よく見ると、自分と変わらないくらいヴァージルも疲弊しきっていた。

クラウディアを思う気持ちは、彼も負けていない。

(ヴァージル様も、ずっと、ずっと、辛い気持ちでいらっしゃる……)

朝まで一緒にいた自分とは違い、昨日の昼から、彼はクラウディアを捜すべく奔走していたのだ。

そして傷心しながらも、青い瞳には強い意志が宿っていた。

見覚えのある瞳に、頭が晴れていくのがわかる。

「取り乱して、申し訳ありませんでした」

「いや、無理をさせている自覚はある。だが今は一刻の猶予もない」

「わたしが持っている情報を全てお話しします」

クラウディアの護衛騎士から同じ話は聞いているだろうが、ヘレンの目線で昨日からの出来事を順に話していく。

振り返り、言葉にする中で、ヘレンは重大なことに気付いた。

(どうしてもっと早くお伝えしなかったのかしら!?)

探偵として調査していたキールは、調査対象が住む村にあたりをつけていた。

襲撃されてパニックに陥ったことで、記憶が飛んでいたようだ。

「北部にある村か、重要な手がかりだな」

「お伝えするのが遅れて申し訳ありません」

「君に落ち度はない。悪いのは全てディーを連れ去った者たちだ」

ヴァージルが手の平に爪を食い込ませる勢いで拳を握る。

苦痛を耐える姿に、つい寄り添いたくなった。

(立場を弁《わきま》えなさい)

相手がクラウディアなら、手を重ね、身を寄せて慰めた。

けれど彼はそれが許される相手ではない。

「こちらではどのように動いているかお訊きしても?」

「ああ、昨日すぐに検問《けんもん》をおこない、王都から出る馬車を止めた。しかし相手のほうが早かった。

それから周辺へ早馬を出し、外へ向かう馬車を止めるよう通達した」

事前要請のない命令に対応するには時間がかかる。人手が確保できていないからだ。

そのため、ある程度内容を制限する必要があった。

今回の場合、とにかく遠くへ連れて行かれないことが優先された。

ただ公爵令嬢が連れ去られたとは公表できない。

それゆえ、事件の重要な証人を保護するためだと伝えられた。

「あのまま町に留まり、警ら隊の指示に従えば良かったのですね」

「だがそのような余裕はなかったんだろう?　相手も別の手段に出ていたかもしれない。この検証

いたい」

「ニナをクラウディアの影武者として立てることになった。早速ヘレンには彼女の傍に付いてもら

そう言って、ヴァージルはヘレンに前を向かせた。

後悔するためではなく、次に活かすために。

は全て終わってからで良い」

「かしこまりました」

いつだってクラウディアの傍らにはヘレンがいる。

それは当人たちでなく、周囲にとっても共通認識になっていた。

ヘレンは背筋が伸びるのを感じる。

自分が傍にいることで、ニナをクラウディアだと騙《だま》せるぐらい存在を認められているのだ。

侍女としてこれほど嬉しいことはなかった。

(わたしにはまだやれることがある)

クラウディアのために。

だったら全力を尽くすしかないじゃないか。

ヘレンが応接間を出るとき、もう支えは必要なくなっていた。

公爵家令息は手の平に傷を作る

錯乱するヘレンの姿は自分を見ているようだった。

表面上は取り繕っているが、クラウディアが連れ去られた——当初は事故と考えられた——報告を受けてから、心はずっと恐慌状態だ。

暴風雨が心臓をかき乱し、ともすれば豪雨が涙となって現れそうだった。

何本、万年筆を折ったかわからない。

進展のない報告を受けるたびに、短く揃えられている爪が手の平にうっ血を残す。

（愛しの妹はどこにいる？）

これからはずっと傍にいると母の墓前で誓った。

今でも昨日のことのように思いだせる。

愚かだった自分に区切りを付け、新たな一歩を踏み出すと誓った日。

結局、それからも傍で励まされていたのは自分のほうだった。

はじめて紅茶を淹れてくれたときの幼い笑みが頭に浮かぶ。

手に触れられそうなほど詳細に思いだせるのに、ここにクラウディアはいない。

（俺は、無力だ）

思考の沼へ沈みそうになる。
ヘレンへ向けた言葉は、自分に言い聞かせるものでもあった。
たとえ無力でも、クラウディアが待っているなら、茨《いばら》の道でも進む。
再度、拳を握った。
もう遅れは取らない。
その場でヘレンからの報告を書面にまとめているところで来客が告げられた。
シルヴェスターとトリスタンだ。
出迎える間もなく、二人が応接間にやって来る。彼らも一分一秒が惜しいのだろう。
「ヘレンから情報はあったか」
「今まとめたところだ」
まだインクが乾ききっていない報告書をシルヴェスターへ渡す。
二人が目を通している間、眉間を揉《も》んだ。
昨日から一睡《いっすい》もできていない。
体力には自信があるが、荒ぶる心を静めるのに精神力を要した。
父親は何事もなかったように見せるため日常を演じている。
捜査の指揮はヴァージルに一任された。
(普段と変わらないのが逆に怖いな)
トリスタンには精神的な疲労が浮かんでいたが、シルヴェスターは平然としていた。

書類を読む姿は、王城の執務室と変わらないように見える。

（いや、無に近いのか）

真剣な表情をしているようでいて、感情が全く読み取れない。

長い付き合いの中である程度、機嫌を察する自信はあるのに。

感情を押し殺した先に何があるのかは考えないようにした。わざわざ虎の尾を踏む必要はない。

ふむ、とシルヴェスターが頷く。

「北部か。話が繋がってきたようだな」

「場所に見当が付くのか⁉」

「おおよそは。間違いがないか確かめよう」

「確かめるって、どうやって……」

「ある男を競馬場で捕まえていてな。そいつは探偵の助手を名乗っている」

「キールという少年の助手か！」

まだクラウディアがいなくなる前。

競馬場で一人の男がシルヴェスターの手の者に連行されていた。

不穏分子が集まる村を探っている探偵が、王都に来ていると掴んだのだ。

しかし男は探偵でなく、あくまで助手だという。

「それ以上は口を割らず、困っていたところだ。探偵も連れ去られたとなれば、彼からも情報を聞き出せるだろう」

男は村を捜査するための手がかりでしかなかった。

けれど村にクラウディアが連れて行かれた可能性が高いとなれば話は変わってくる。

村の閉鎖的な思想で、ナイジェル枢機卿以外に頼る相手がいないのは既にわかっていた。

教会と結託しているわけではなく、修道者とも関わりがないとなれば、向かう先は自分たちの村しかなかった。

村では以前から人を攫っている疑いもある。

できるならヴァージルも直接、男に訊ねたい。

（ここは耐えるときだ）

事情聴取をシルヴェスターに任せて、見送る。

ヴァージルはクラウディア捜査の責任者だ。

有益な報告が上がってくる可能性がある以上、屋敷を離れるわけにはいかなかった。

書類仕事で焦燥をやり過ごす。

荒れ狂う感情を制御しきれず新たに万年筆を折りかけたとき、トリスタンが一人でやって来た。

「シルは別途、指揮にあたっています」

クラウディアの捜査はヴァージルと連携しておこなっているが、元々追っていた村の関与が明らかになったため、そちらの調査員も足並みを揃えるよう動いているという。

「僕は助手を名乗る男の調書を持って来ました。早く知りたかったでしょう？」

「ありがとう。心遣いに感謝する」

「どういたしまして。書面でわかりづらいところは僕が説明します」

探偵――キールも連れ去られたと知った男は、すぐに口を割ったという。

自分にできることは何でもするから助け出してくれと、涙ながらに語ったことも記録されていた。

(気持ちは同じか)

シルヴェスターが睨んだ通り、キールは他の村の所在地も掴んでいた。

その共通項から王都郊外の北部にも村があるとあたりを付けた。

「場所が判明したのならすぐに動けるのか」

「それが……ここへ来る前に父と相談したんですけど、少し根回しが必要そうで」

「なっ――!」

トリスタンに怒鳴りかけて、言葉を呑み込む。

彼が悪いわけじゃない。それどころか、先に騎士団長である彼の父の元へ赴き、部隊を動かせるよう対応してくれていた。

(この一刻を争うときに政治が足を引っ張るのか!)

根回しが必要な理由は、少し考えればわかった。

王都郊外の北部といえば、それは領地境を意味する。

王都のある王家直轄領と北で面しているのはトーマス伯爵領だ。

王族派であるものの、かの家はリンジー公爵家に対し良い感情を持っていない。

昨年、当主が亡くなり、子息が伯爵家を継いでも家風は変わらずだった。

今もまだ気が立っており、周囲の動向に敏感だ。先代の当主が殺害されたのだから事情は理解できる。

そこへ根回しもなく部隊を動かせばどうなるか。

リンジー公爵家の私兵を向かわせようものなら、烈火の如く怒りを露わにするだろう。

「話はつきそうか？」

「できるだけ早く終わらせます。村の規模が大きくないので、少ない部隊編成で隠密に動かす予定です。トーマス伯爵に気取られたら、必ず口出しをしてくるでしょうから」

「想像に容易いな。単に不穏分子を制圧するためだといっても、確認のため自分の私兵も同行させろと言うに決まっている」

トーマス伯爵領に限らず、領地境というのは他勢力に対し敏感な土地だった。

国内だから、というのは関係ない。平民レベルでも隣家の木の枝が越境しているなど、敷地に関する諍いが絶えないぐらいだ。

悪感情を持っているとなると尚更である。

声高に反対を訴えてはいないものの、婚約式に水を差すぐらい喜んでやる。

「報告してくれて助かった。一歩前進したのは確かだ」

「このまま一気に畳《たた》みかけましょう」

「もちろんだ」

トリスタンの言葉に励まされる。

（いつもは頼りないクセに）

男気《おとこぎ》を見せられた気がして、赤毛を乱暴にかき回した。

「うわっ、ちょっと!?」

「お前も成長してるんだな」

「褒めるなら丁寧に褒めてくださいよ！」

ずっと臓腑《ぞうふ》が締め付けられているように痛い。

でもようやく暗雲に一筋の光が見えてきた。

すぐにでも助けに行きたい気持ちを、未来を考えることで堪える。

自分の勝手な行動でクラウディアの今後に泥を塗るわけにはいかない。

妹には、誰よりも幸せに婚約式を迎える権利があるのだから。

（必ず、助け出す）

拳を握る。

もう手の平の感覚は麻痺していた。

悪役令嬢は少年探偵と村を調べる

人の動く気配で目が覚めた。

家人が外と中を行き来しているのか、頻繁に玄関のドアが開閉している。

熟睡できたのか頭はスッキリしていた。

すぐ隣に温もりがあるおかげで安心できたのかもしれない。

(あのまま話しているうちに眠ってしまったのね)

あどけない寝顔のキールに癒やされる。

起こさないようそっと離れ、手ぐしで髪を整えているとキールももぞもぞ動き出した。

「ん、ディーさん、もう起きてたの」

「先ほどね。お水をもらってくるわ」

「一緒に行くよ」

寝起きはどうしても喉が渇くものだ。

まだ覚醒しきっていないのか、ふわふわな黄色い髪を揺らしながらキールは立ち上がる。

ベレー帽を被りはしたが丸眼鏡を忘れていた。

床に置かれていた丸眼鏡をはい、と手渡す。

「ないと困るわよ」

「んー、実は困らなかったり……」

丸眼鏡をかけながら、キールはへへっと笑う。

「伊達なんだ」

「そうなの？　すっかり騙されていたわ」

「眼鏡をしてると知的に見えるでしょ？」

「なくてもキールは知的よ」

「皆、ディーさんみたいにわかってくれたら良いのに」

滲み出る知性に気付いてくれる人が少なくて、とキールはうそぶく。

それでもまだ体に力が入らないようで、クラウディアはキールの手を取って部屋を出た。

キッチンへ向かうと、ちょうど帰ってきた奥方と会う。

窓から入る日差しの中で見る彼女は、ベージュのシャツに茶色のスカート、その上から茶色いエプロンを着けていた。

「おはようございます」

「おはよう、よく眠れたかしら？　顔を洗うのには、そこの桶とタオルを使って。今日は天気が良いから朝食は外で皆と取りましょう」

キッチンにある作業台へ目を向ければ、水の張られた桶とタオルが置いてあった。

奥方は暖炉にかけてあった鍋を手に、また外へ出ていく。

木製の作業台は玄関から入って左手側の壁沿いに置かれている。

作業台の前に立つと、目の前の窓から外の様子が窺えた。奥方と同じように女性が手に鍋を持って移動している。

作業台の上には桶の他にも、キッチンツールが並べられていた。

右手側には暖炉がある。

昨夜は既に火が消されていたので、存在に気付かなかった。

「一軒家ってこういう間取りなのね」

逆行前の娼婦時代は娼館で共同生活を送っていたため、一家族だけの生活は未知の領域だ。

「そうだね、玄関から入ってすぐにダイニングキッチンがあって、そこから各部屋に分かれるのが多いよ」

「水はこれを使っているのかしら？」

作業台の横に水がめがあった。そこだけ床が一段下がっていて石畳が見える。

「うん、汲んできた水をここに溜めて生活に使ってるんじゃないかな。ぼくの家もそうだし。石畳の奥に排水溝があるから、使った水はそこへ流すんだ」

「なるほど、勉強になるわ」

「ディーさんに必要な知識かはわからないけど」

キールはクラウディアが公爵令嬢であることを知っている。近々王太子の婚約者になることも。

そんな高貴な人が下々の生活を知ったところで役立たないのでは、とキールの顔が語っていた。

「様々な暮らしを知ることは大切よ。そこから学ぶことも多いわ。わたくしの経験上、知識は多いに越したことがないのよ」

「確かに、知識は武器になるもんね」

たくさんの不運に見舞われてきたキールは、その都度、持ち前の頭脳と知識で乗り越えていた。

身に覚えがあるのか、うんうんと頷く。

極力作業台を濡らさないよう注意しながら顔を洗う。髪を梳くブラシが欲しいところだけれど、見えるところにはなかった。

（このまま手ぐしで我慢するしかないかしら）

一応あとで奥方に訊いてみようと思いながら、キールと手を繋いで玄関を出る。

窓はあるものの家の中は影になっていたようで、日の光が眩しく感じられた。

近くにいた人から声をかけられる。

「おはよう、良い朝だね。朝食はあそこの広場で集まって食べるよ」

指で示された方へ視線を向けると、既に人で賑わっていた。昨晩見かけなかった子どもたちの姿もある。

民家の並ぶ通りを抜けた先が広場になっていた。

パッと辺りを見る感じ、村の世帯数は二十ほどだろうか。

どの家も一階建てで、白い漆喰《しっくい》の壁に茅葺《かやぶ》き屋根がかかっている。

ドアも窓枠も着色されず、素材の木がそのまま活かされていた。

だからか、壁に描かれた花の絵が際立って見える。

白地に赤やピンク色の花が咲き乱れているのがとても可愛らしい。

造りは一緒でも家ごとに描かれている花が違うので、明るいうちは家を間違えることはなさそうだ。

世話になっている家の壁にはピンク色のコスモスが描かれていた。

地面には背の低い草が緑の絨毯となって広がっている。ただ人が行き交うところだけは土が顔を覗かせて道を造っていた。

　広場近くにある建物だけ大きさが三倍ほど違う。平屋なのは他の家と同じだが、ドアも片開きではなく、両開きだった。

　そこから椅子が外へ運び出されている。

　集会所なのかな、と隣でキールが首を傾げる。

　広場へ着くと、既に机がくっつけて並べられていた。複数の机を合わせて長机にしている。

　コの字形に設置された長机にはベージュの布が被せられ、その上に料理と食器が置かれていく。

　村人たちの手際は良く、あっという間に人数分の椅子も並べ終わった。

　奥方に手招きされて近付けば、隣に少女の姿があった。長い茶髪を結っておさげにしている。

　身長はキールと同じぐらいで、歳も近そうだ。

「紹介するわ、娘のアイラよ」

「はじめまして、アイラです」

　ダークブラウンの瞳には強い意志が感じられ、ハキハキとした声が耳に届く。

　クラウディアとキールの挨拶が終わると、アイラが席へ案内してくれた。

　村長を中心に、家族ごとに座る場所が決められているようだ。

　アイラの隣にクラウディアとキールは並んで腰を下ろした。

　全員の着席を見届けた村長が口を開く。

「天の恵みに感謝を」

おっとりとした艶《つや》のある声が響き、村人たちもそれに倣《なら》った。

合唱というよりは各々で呟き、食事に手を伸ばす。

慣れていないクラウディアとキールには、奥方とアイラが皿に惣菜を盛ってくれた。

素朴な木の皿にマッシュポテトと挽肉の炒め物、そして小麦粉を練り、薄く延ばして焼いたパンが添えられる。

朝食が終わったあと、ヘアブラシはなかったものの、クシを借りることができた。

台所で食器を片付ける奥方に、ダメ元で訊ねてみる。

「天気も良いし、村を見て回ってもいいかしら？」

「ええ、大丈夫よ。子どもたちも広場で遊んでるんじゃないかしら」

てっきり家に留まるよう言われると予想していた。

キールとは一緒に調査しようと決めたが、村人が快く思うはずがない。

けれど許されたなら、と早速家を出る。

「幌馬車でもそうだったけれど、緩やかに軟禁《なんきん》されている感じね」

「ぼくたちが大人しいからかな？」

数の優位は村人のほうにある。

腕力の乏しいクラウディアたちが抵抗したところで、すぐに制圧できると考えられているのかもしれない。

「外部の人間が動き回るのは嫌がりそうだけど」

クラウディアたちはよそ者だ。

ましてやキールは村を調査していたから、連れ去られることになった。

村人たちは自分たちをどうするつもりなのか。

「不可解だわ」

「うん、その理由を探っていこう」

まずは村の全体像が知りたいと、昨日クラウディアたちが降り立った場所へ向かう。

道すがら、軒下で農具の整備をしている男性の姿が目に入った。

視線を感じるが、呼び止められることはない。

周囲を観察するに、幌馬車から降りたところが村の出入り口のようだった。

敷地の内外は腰ほどの高さの柵で仕切られている。

「隣接する林のほうに柵はないけど、これ、奥は行き止まりになってるよね？」

木が邪魔になって全ては見渡せないものの、村は崖下にあるらしく入口付近にも岩肌の壁がせり出していた。

壁は林のほうへ続き、自然の囲いができている。

柵の外の立地も気になるところだが、近付くと声をかけられた。

「危ないからそっちは行っちゃダメだよ！」

「はーい！」

キールが手を振って答える。

外へ出ないよう見張られていたようだ。

「でも何が危ないのかしら？　野生動物？」

「いっそ訊いてみる？」

クラウディアたちの世話を担当している夫婦をはじめ、村人の人当たりは悪くない。

村長自ら挨拶したり、誘拐犯とは思えない対応だった。

キールが先ほどの男性に訊ねる。

「柵の外は何が危ないいんですか？」

「何がって毒にまみれて……あぁ、そうか、君たちは外から来たばかりだから、まだわからないのか」

「はい、すみません」

「いや、いいんだよ。これから知っていくだろうしね。村に来たからには、もう安心さ」

「毒について教えてもらえますか？　あまり自覚症状がなくて」

「外にいればそんなもんさ。だけど気付かないうちに蝕《むしば》まれてる。儀式で浄化されてはじめて自覚するんだ、自分がどれだけ毒を溜め込んでたかね。毒に侵されると人は余裕がなくなるんだ。ちょっとしたことでイラついたり、だから村の外は諍いが絶えない。その点、村は幸せそのものだよ」

「ぼくたちも儀式をするんですか？」

「君はまだ子どもだから大人になってからだね。えっと、君はディーさんだっけ？　ディーさんは近々あると思うよ。日取りを決めるのは村長だから、いつになるかおれにはわからないけど」

舐めるような視線に、思わず顔を顰めそうになった。

またこの視線だ。幌馬車での移動中にも向けられていた。

下心を隠そうとしない男性の視線を、キールが遮ってくれる。

「もう一つ良いですか？　あそこの家だけ窓枠の色が赤いのには理由が？」

出入り口から最も近い家を指さす。

「ああ、あそこは村長の家だよ。わかりやすいだろ」

「確かに！　答えてくれてありがとうございます！」

「あはは、聞いてたけど君は本当に礼儀正しいね。うちの子にも見習ってもらいたいよ。悪さばっかりするんだ」

朝のうちに世話になっている奥方と男性が話をしたみたいだった。

キールが続けて訊ねる。

「野生動物はどうですか？　柵があるからオオカミとか出るのかなって」

「あぁ、どうだったかな、おれは狩りをしないから。村には入って来たことがないから安心していいよ」

クマなどにも触れてみたものの要領を得なかった。外については詳しくないらしい。

（あえて話さないのかもしれないけれど）

男性に礼を言って、その場を離れる。

「村外の情報は制限されているみたいね。大人がする儀式については嫌な感じしかしないわ」

視線が娼婦へ向けるそれだった。

儀式でクラウディアが何を求められるのか考えたくもない。

「近々って言ってたから、少なくとも今日、儀式があるってわけじゃないよね。何とか今日中に逃げる算段をつけなくちゃ」

「すぐに何かされるわけでないのは不幸中の幸いだわ。村長は儀式の日取りを教えてくれるかしら？」

家がわかったことだし、と今度はクラウディアが玄関のドアをノックする。

村長のウルテアはすぐに顔を出した。

明るい陽の下でも、濃厚な色香が溢れている。

「あら、何かご用かしら？」

「突然すみません。そこの男性に儀式の日取りは村長が決めると伺ったものですから気になってしまって……わたくしの体は毒に侵されているといいますし……」

「まぁ、可哀想に、不安にさせてしまったわね。村に来たからには大丈夫よ。毒がこれ以上体に溜まることはないわ。溜まった毒は儀式で浄化できるから心配しないで。あなたもすぐに幸せを実感できるわ」

「はい、それで儀式は……」

「できるだけ早くしたいのだけど、決定までにもう少し時間がかかりそうなの。日取りが決まり次第、お伝えするわね」

「わかりました。あと野生動物についても伺っていいですか？　先ほども訊いたのですけど、わからないようだったので」

「あぁ、前は猟師がいたんだけどね、引っ越してしまったから詳しくわかる人がいないのよ。クマはもちろん、イノシシとかもいたと思うわ。毒もそうだけど、村にいる分には安心してちょうだい」

どこまで本当なのだろうと思いながら、クラウディアは感謝の笑みを浮かべる。

「ご親切にありがとうございます」

「あなたももうこの村の住人だもの。慣れないうちは心配が尽きないと思うけど、何でも相談してちょうだい。村の人たちにもよく言っておくわ」

大丈夫よ、と別れ際には手を握って励まされる。

村長の対応からも、閉鎖的な思想の主軸が「毒」であるとよくわかった。

彼らは毒から身を守るために、村の内外を分けているのだ。

「外は怖いところだと教えているなら、野生動物の情報も鵜呑《うの》みにできないわね」

「うん、はったりかも。でも猟師がいないってことは、脅威が少ないんじゃないかな」

肉食獣に限らず、草食獣も畑を荒らす害獣になり得る。

外敵に村を荒らされる心配がないため、猟師がいなくても困らないのでは、と推測できた。

「村から出たい人にとっては朗報ね。わたくしたちに毒は関係ないから……永遠に儀式なんてしなくていいのだけれど」

「まったくだよ。独特の考えに頭が混乱するけど、調査を続けよう。こうしている間にも、きっと助けは来てくれるだろうし」

前へ進むために、望みを失ってはいけない。

歩きながら得た情報について意見を言い合う。

「村長は、わたくしがもう村の住人だと言っていたわ。そのわりに客人として対応されているのは、儀式を経ていないからかしら」

「それなんだけどさ、なんか村外の人が移住するのに慣れてるみたいだよね」

「もしかしてキールは知らないの？」

シルヴェスターの話に薬が出てこなかったため、調査はキールのほうが進んでいると思っていた。把握していないこともあるようだ。

「村では人攫いもおこなっているようなの。短期間に人が増えたり消えたりするそうよ」

「そうなの⁉　薬の製造や流通に焦点を当ててたからかな、気付かなかったよ」

キールは村を捜して移動していた。

一つの村に対する調査期間が短期間なら、村人の増減のタイミングに遭遇しなかったことも十分予想される。

「じゃあ外から人を入れることに慣れてるんだね」

「村に馴染ませるノウハウもあるから、軟禁状態で済ませているのかもしれないわ」

キールのことを連れ去ってどうするのかと思ったけれど、話を聞く限り、彼も村人として受け入れるようだ。

聞こえてきた子どもたちの声につられて、朝食を取った広場へ向かう。

途中、広場に面する建物の入口が開いているのが見えた。

女性が洗濯物を抱えて出てくる。

「集会所じゃないっぽいね」

一時的に集まる場所なら、洗濯物は出ない。

干されているのは全て子どもの衣服だった。茶色一色なのは大人と同じだ。

「お忙しいところ申し訳ないのですけど、少し良いかしら？　あ、お話を伺いたいだけなので、手を動かしながらで結構です」

手を止めてクラウディアたちを振り返った女性だったが、他の村人同様に嫌な顔はされない。

「何かしら？　わたし、難しいことはわからないの」

「いえ、ただ、この建物の用途が気になりましたの」

「なんだ、そんなこと？　ここは子どもたちの寮よ。子どもたちは親許《おやもと》を離れて、共同生活をするの。といっても親はすぐそこにいるんだけど」

寝泊まりを別にしているらしい。

だから昨晩、世話になっている家で娘のアイラの気配を感じなかったのだ。

「村の習わしなのよ」

そう言って、女性は話を終える。

どういう意図があるのかは、色々というだけで詳細はわからなかった。

女性自身、深く考えたことがないらしい。

広場には柵と同じ背丈の子が六人ほど集まっていた。五歳ぐらいだろうか。

歌を口ずさみながら的に棒を投げて遊んでいる。

「うーえのくーちはあーさいぞー、しーたのくーちはふーかいぞー」

地面には縦一列に円が三つ描かれていた。

一つ目の円から二つ目の円までには間隔があり、二つ目と三つ目の円は間を空けずに並んでいる。

子どもたちは三つ目の円から二メートルほど離れた位置に立っていた。

順番通り、一つ目の円が上の口、二つ目と三つ目が下の口のようだ。

キールが男の子に話しかける。

「どういった遊びなの？」

「棒を穴に入れるんだよ。穴の中に上手く棒が入ったら、高い点数がもらえるの」

投げていた棒を見せてもらう。

遠目にはただの木の棒に見えたけれど、手の平サイズの棒には装飾が施されていた。

棒は指三本分の太さがあり、第一関節ぐらいのところには一本の溝が横に彫られている。

そして棒の下部にはクルミが二つくくりつけられていた。

棒の全容に、クラウディアはぞっとする。

（嘘でしょう？）

儀式の話を聞いたばかりなのもあって、男性器にしか見えなかった。

それを小さな子どもが握り締めているのだ。

気が遠くなりそうだった。

子どもたちは遊んでいる内容を理解しているのだろうか。

「棒の上のほうに線が入ってるでしょ？　一回目はそれより下まで穴に入れちゃダメなんだ。二回目からは入れてもいいけど、玉まで入ると負けだよ」

他にも、投げる回数や棒が入る角度によって点数が付けられることを男の子は教えてくれた。

ゲームは加算方式で、最後に一番点数の多い人が勝ちだという。

造形に関して、あまりピンと来ていない様子のキールが救いだった。

冷静に耳を傾けている。

（男性の不快な視線からは守ってくれたけど、こういった知識には乏しいのかしら）

多感な年頃ではあると思う。宿屋でもクラウディアたちを意識していた。

あのときは状況や疲れから一緒に寝ないという考えは浮かばなかったけれど。

（振り返ってみると配慮に欠けていたわね）

今になって反省するクラウディアをキールが見上げる。

「ディーさん、これって性交を模した遊びだよね」

「そ、そうね」

ピンと来ていないどころか、キールはちゃんと理解していた。

「これも村の思想に関連しているのかな」

真剣な質問に、彼にとってこれが調査でしかないことを悟る。

村を分析する上で必要な知識としてキールは話を聞いていたのだ。

（動転した自分が恥ずかしくなるわ）

そういえば、と王城の図書館にあった民俗学の本を思いだす。

土着信仰の項目には、自然だけでなく、性器も信仰の対象になると書かれていた。

どちらも人にとって密接なものであり、また切り離すのが難しいものだと。

「情操教育を兼ねているのかもしれないけれど、思想とも結び付いていそうね」

大人がする儀式と、この遊びに関連がないほうが不自然だ。

試しにキールも参加して棒を投げてみる。

すると棒が落ちるのに合わせて、黄色い頭にも何かがべちゃっと落ちた。

鳥のフンだ。

ベレー帽を綺麗に避けて、キールの頭を汚す。

「うわっ、ぼくはなんて運が悪いんだ！」

「え？　白い汚れは運が良いんだよ？」

「え？」

自分とは正反対の子どもたちの反応に、慌てていたキールがきょとんとする。

クラウディアは深く考えないことにした。

「運が良くても、汚れは落とさないといけないわ。水場はどこかしら？」

「それならあっち！　林のほうに泉があるよ」

「ありがとう、じゃあわたくしたちは行くわね」

村に隣接する林へ向かう。

泉は村の入口とは逆方向にあるらしかった。

広場から離れて、改めて周囲を見渡す。

少し離れたところに厩舎と思しき建物、さらに遠くには石の建造物が見えた。

「あそこだけ雰囲気が違うね」

キールも同じところに目が留まったようだ。

「あとで寄ってみましょう」

「うん、今は早く頭を洗いたいよ！」

林に入り、土の匂いを感じると、茶色いお下げの子が視界に入った。

世話になっている家の娘だ。アイラ、と呼びかける。

「何をしているの？」

「枯れ葉を集めてるのよ。あとは乾燥した小枝とか。火種に使うの」

広場で遊んでいた子たちとは違い、彼女ぐらいの年齢になると仕事を任せられるという。

「他にも畑の世話や水汲みがあるわ。日中はやることが多いの」

「お疲れ様。本当はわたくしたちもお手伝いしなきゃいけないのよね？」

「あなたたちも村に住むの？」

「このままだと、そうなりそうだわ」

「そう……」

アイラが目を伏せる。

その反応は他の村人と明らかに違った。

「わたくしたちが住むと困るかしら？」

「困るのはあたしじゃないわ」

もっと話をしたかったけれど、アイラを呼ぶ声がする。

「行かなきゃ。あまり大人たちを信用しないで」

そう言い残してアイラは立ち去った。

「彼女だけ毛色が違うわね」

「村が普通じゃないことを察してるのかな？」

もしかしたら彼女になら話が通じるかもしれないと頭の隅に置いておく。

予想していた通り、林の奥は岩肌を覗かせる壁に囲われていた。

「こっちは逃げ場がないね」

「村の立地も閉鎖的なんて……他の村はどうだったの？」

「他はここまでじゃなかったよ。柵はあったけど、土地勘さえあれば逃げられるんじゃないかな」

辿り着いた泉では幻想的な光景が広がっていた。

両手を広げても足りないくらいの澄んだ水が、水底に転がる小石や水草の存在を教えてくれる。

木漏れ日が光のカーテンとなり、水面だけでなく苔むした岩や地面を撫で、それに応えるかのようにふんだんに水を含んだ苔が生命の輝きを見せていた。

自然の美しさに包まれ、ほう、と息を吐く。

「綺麗ね」

「ぼく、ここまで透き通った水を見るのははじめてかもしれない」

一時、訪れた理由を忘れて見入った。

「水で汚れを洗い流そうと思ったけど、気が引けるね」

「桶があるから、少し離れた場所で洗いましょう」

水汲み用だろう。折角なので使わせてもらう。

鳥のフンがついた髪の一房をよけ、水を流す。

「タオルをもらってくれば良かったわ」

「これぐらいだったら、撫で付けておけば乾くよ」

言うなり、キールは手ぐしで濡れた髪と乾いた髪を交ぜる。

「この泉の水が薬の製造にも使われてるんだろうね。綺麗な水が欠かせないらしいから」

他の村だと近くに清流があったらしい。

林を出たあとは厩舎を覗いた。

馬の他にもヤギがいて、男性と女性とで世話をしている。

厩舎だけ、他より人口密度が高い。

世話をしている女性の一人に注意される。

「馬には触れないでね。ケガするといけないから。足で蹴り飛ばされると大変なのよ」

「はーい」

素直にキールが返事する。

しかし接近はしないものの、馬の様子はしっかり見ていた。

幌馬車は二頭の馬で引かれていたが、厩舎には一頭しかいない。もう一頭はどこかで使われているようだ。

「厩舎にいた馬は、まだ昨日の疲れが残ってそうだったよ。今日一日休んだら癒えると思うけど、いないもう一頭のほうが心配だな」

馬にも休養が必要だ。

こまめに休ませないと疲れて動けなくなってしまう。最悪、死に至ることもあった。

「あまり無理をさせられてないと良いわね」

「うん」

それでも脱出となれば必要になるかもしれない。

背に腹は代えられなかった。

いざというときのために厩舎の間取りを頭に入れる。

「この人の多さを考えると、日中はどうにもならなそうだわ」

「言うまでもなく、見張りも兼ねてるよね。夜はどうかな?」

「キールは夜、馬に乗って走れそう?」

「月明かりがある夜だったら……幌馬車が通ってきた道を逆に辿れたら良いんだけど」

馬車に比べて馬単独のほうが操りやすいとはいえ、夜の乗馬は危険が伴う。

開けた場所ならいいが、林の中となるとスピードは出せない。暗がりで木の枝を判別するのはまず無理だからだ。

速度を落として注意しながら進むしかなく、下手すると歩いたほうが速い。

「道を知っていない限り、夜に馬を走らせようとは思わないね。ただそれが村人の常識だったら、夜のほうが見張りは少ないかも」

「連れて来られるのは土地勘のない人ばかりでしょうからね」

「まぁ、どっちにしろ夜に逃げる場合は自分の足のほうがいいだろうね」

厩舎を出たところで、お昼だと声をかけられた。

天気の良い日は外で集まって食べるのが基本のようで、また広場へ集まるよう言われる。

そこで襲撃を受けた。

キールと二人、頭から枯れ葉を盛大に被る。

何事かと振り返ったときには、きゃーきゃーと子どもたちが走り去っていた。

キールと視線を交差させ、頷く。

食事の前に、運動する必要がありそうだ。

悪い子は誰だー！　と追いかける二人の様子を、大人たちも微笑ましく眺めた。

子どもたちは無邪気で、村はのどかだった。

だからこそ異質さを感じずにはいられない。

あえてクラウディアたちが村に調子を合わせているといっても、人が攫われてきているのだ。

なのに村人には罪の意識が全くなかった。

(アイラだけ反応が違ったのよね)

子どもを追いかけながら、アイラが大人たちと昼食の準備をしているのを見る。

キールと同世代の彼女だけが、クラウディアたちと同じ感覚を持っているのだろうか。

もしそうなら。

(アイラにとってこの村の生活はどういったものなのかしら)

おかしいと胸に違和感を抱きながら暮らすのは。


昼食のあとは、キールと村はずれにある石造りの建物へ向かう。

民家と比べると高さがあり、堅牢な造りなのが興味を引いた。

用途を村人に訊いたら早いが、散策がてら自分で調べてみる。

「キールは何だと思う?」

「今度こそ集会所とか? 教会だったら食事に修道者も参加するよね」

この村の規模は大きくない。

地域に根付く教会の特性を考えれば、村人の集まりには必ず参加するだろう。

厩舎とは違い、付近に大人は見当たらなかった。

唯一、目に入った人影は、建物にほど近い林で枯れ葉を集めている子どもたちだった。

理由は建物に近付くにつれ判明する。

「崖上になってるんだね」

村から半円状に迫り出した地面の上に、件の建物はあった。

目的地まではなだらかな坂になっている。

「こちら側は袋小路だ」

坂を上った先は切り立った崖で、林とは逆の立地であるがために逃げ場がなかった。

落ちたらひとたまりもない。

監視の目がないことに納得する。

立っていると爽やかな風に吹かれた。

崖下には平野が広がっていて眺めは悪くない。

「良い景色だわ」

背の低い草がこのあたりの植生のようだった。

足元は鮮やかな緑色の絨毯で覆われ、深呼吸すると澄んだ空気が肺に満ちる。

風通しが良いからか、林の中で感じたような土臭さとは無縁だ。

景色を堪能してから建物へ向かう。

建物は長方形の上に三角屋根が載っているだけの素朴な造りで、外観に特徴的な装飾はない。

入り口は木造の両開きドアだが、片側は固定されていた。

施錠はされておらず、取っ手を押せばキィーという音と共に簡単に開く。

入ってすぐに建物の正体がわかった。

「礼拝堂だったのね」

長椅子が並べられている先に祭壇を見つける。

縦長の窓から入る自然光のおかげで中は明るかった。

二階がない代わりに天井が高い。

「修道者がいないなら、この礼拝堂は教会のものではないのかしら」

「それか村長が兼ねているのかも。小さい村だと兼任するって聞いたことがあるよ」

食事の際、村長が祈りを口にしていた姿が頭に浮かぶ。

ただ教会との関連は薄い気がした。

第一、教会の教えに則っているなら人を攫ったりしないはずだ。

外が毒にまみれているとも言わない。

独自の思想が強すぎて、関連性を見いだせなかった。

(ナイジェル枢機卿の動きは、最早教会と切り離して考えるべきでしょうし)

修道者さえ切り捨てる男である。

彼は教会に所属する自分の立場を利用しているにすぎない。

奥にある祭壇へ辿り着くと、左側の床に地下へ続く階段があった。

「下りてみる?」

「うん、折角だし！　あ、ちょっとだけ待って」
繋いでいた手を離し、キールが礼拝堂から出ていく。
一人残され、礼拝堂に静寂が満ちた。
心細さを覚えるのは、先ほどまで感じていた手の温もりがなくなったからか。
知らない土地の知らない場所だからか。
心に隙間風が吹くのを感じた。
しかしそれも束の間のことで、すぐにキールが戻ってくる。
「お待たせ！」
戻ったキールは、クラウディアへ先に下りるよう言い、あとに続いた。
階段を下りきり、目の前にあるドアを開く。
こちらも施錠されていないので、自由に見ても構わない場所なのだろう。
昼間であっても地下は薄暗かった。
その分、照明となるランタンが多く置かれている。
「これって……」
目に飛び込んできた大きな作業台に驚く。
礼拝堂には似つかわしくない薬瓶やピンセットなどの器具がところ狭しと並んでいた。
小さな引き出しが並ぶ薬棚は、調香師であるマリリンの店にもあったものだ。
乾燥し、茶色くなった薬草がそこかしこに置かれている。

「やっぱりこの村でも薬が作られてるんだ」

ふんふん、とキールがくまなく観察をはじめる。

「薬の粉末を吸わないように注意してね」

「はーい。簡単に中へ入れたから、危ないものは置いてないと思うよ」

ぼくとしては置いていてほしいけど、と穏やかではない発言が続く。

気持ちはわからないでもない。

決定的な証拠があったほうが、公的な捜査にも役立つのだ。

キールに倣い、クラウディアもその場にあるものをできる限り記憶する。

(すぐに手がかりが見つかったら苦労しないわね)

調合室の入り口を背に薬棚の引き出しを一つ開け、閉じたときだった。

「ここで作られる薬が村の特産なのよ」

「っ⁉」

突然、背後から声をかけられて肩が跳ねる。

振り返ると、藍色の長い髪をまとめた村長が、艶やかな微笑みを浮かべて立っていた。

(いつの間に来たの?)

気配なく現れた村長にキールも目を見開く。

「あら、驚かせてしまったかしら?　ごめんなさいね」

謝罪を口にしながら、村長はキールをぎゅうっと抱き締めた。

村長が屈んだおかげで、見事にキールの顔がシャツから露出していた谷間に沈む。

「ふごっ⁉」

何とか顔の角度を変え、呼吸を確保したキールだったがみるみるうちに茹で蛸《だこ》になっていく。

収まりが悪いのか、村長がごそごそと手を動かしていた。

クラウディアからは死角になって状況がよくわからない。

けれど震えるキールにただごとではない気配を察した。

「あのっ、キールが苦しそうですわ！」

そろそろ解放してあげてください、と村長の腕に触れる。

やっと抜け出せたキールは作業台に手をついて呼吸を整えた。

「私たちだけで楽しんでしまったわ。ほら、ディーさんも」

「えっ、いえ、わたくしは」

結構です、という言葉は村長の胸に消えた。

むわっとした体温に怖気《おぞけ》立つ。

気持ち悪さに、うっ、と喉が詰まるのを胆力で持ち直した。

村長の背が高いのもあって、胸でむにむにと頬を押される。

「いつでも私の胸に飛び込んできてくれていいのよ」

むにむにむに。

コルセットとは無縁の柔らかい弾力。

見た目通り、村長の体は出るところがしっかり出ていた。

解放されたあと、クラウディアも作業台に手をついて呼吸を整える。

「うふふ、二人とも初心《うぶ》ねぇ」

あなたの強引さに疲れただけです、とは言えない。

機嫌を損ねても良いことはないのだから。

改めてこの部屋について説明を受ける。

「もう察しているでしょうけれど、ここは薬の調合室よ。この作業台で調合した薬を村で使ったり、町へ出荷しているの」

村長は乾燥した茶色い薬草を手にする。

「薬は私が管理しているけれど、調合は村人もするわ。私を含め、皆が茶色い服を着ているのはそのためでもあるの」

使用している薬草は、乾燥させていなくても汁が茶色いのだという。

「調合の汚れが目立たないよう茶色を着だしたのがはじまりで今に至るわ」

服装も薬からきていた。村の特産だというだけのことはある。

（彼女にとっては媚薬や洗脳薬もそうなのかしら）

裏市場では薬が高値で取引されている。

でも村の暮らしぶりから裕福さは窺えなかった。

（隠し財産がないとは言い切れないけれど）

閉鎖的な村である。

財産の使い道がわからなかった。

（ナイジェル枢機卿の収入源になっている可能性は高そうだわ）

得るものがあるから、彼は村に関わっている。

洗脳薬は重宝していそうだが、ニナに使われた形跡はなかった。

ニナはつくり出された状況によって、命令を聞くよう追い込まれたのだ。

（洗脳薬のほうは、まだ効果が不十分なのかしら）

もっと調べなければ。

キールも同じ考えのようで、目が合うと頷きが返ってきた。

手を繋いで階段を上がる。

階段上部に広げられた枯れ葉が、カサリと音を立てた。

村長はほくそ笑む

「あぁ、なんて素晴らしいのかしら」

クラウディアとキールの姿を思いだし、熱のこもった声が出る。

豊かさを象徴するような緩やかなクセのある長い黒髪には艶があり、青い瞳に宿る煌めきは泉の水面を思い起こさせた。

成熟しきっていなくとも性欲を刺激する体は、正に村が求めているものだ。

胸の膨らみから腰のくびれ。丸いお尻にしなやかに伸びる足。細い指先に至るまで、美の概念を具現化したようだった。

クラウディアを連れて来たのは完全なミスだけれど、美しい彼女を前にしたら、これも天の導きのように感じられる。

「きっと村人に迎え入れろということだわ」

最初は懐疑《かいぎ》的でも、儀式さえしてしまえば考えは変わる。

公爵令嬢とて抗う術はないのだ。

従順になれば村が罪に問われても彼女自身が庇ってくれるだろう。

むしろ彼女の好意的な証言があれば、罪にすら問えない。

(私なしでは生きられない体になるのよ)

クラウディアが堕ちる瞬間を想像すると、ふふふ、と笑いが漏れる。

キールのほうも将来が楽しみだった。

優しい顔付きに、緑色の瞳には明確な意思があった。

まだ子どもであろう彼は、儀式には参加できない。

今後の生活であの澄んだ瞳がどう濁《にご》っていくのか、考えるだけで胸がドキドキする。

二人が来たのは村にとって大きな収穫だ。

とはいえ。

ナイジェル枢機卿の言葉を間違って覚えていた青年の顔が浮かぶ。

「そろそろあの子は処分すべきかしら」

若い男手は貴重だ。

だから今までは大目に見ていた。

「夜も精力的で、可愛いところもあるんだけど」

甘やかしてばかりいれば村の風紀にも支障が出る。

せめてもの手向けに、クラウディアの儀式が終わるのを待つことにした。

「最期まで役に立ってもらわないとね」

目の前にある大きな瓶を我が子のように撫でる。

「安心して。尊い犠牲を無駄にはしないわ」

棚に並んだ他の瓶も慈しみを込めて眺めた。

彼らのおかげで薬の効能が向上し、村人の幸せが保たれているのだ。

「よしよし、新しい子を増やしましょうね～」

抱えた瓶をぽんぽんとあやす。

しかし一人処分するなら、新しいのを用意しないといけない。

子どもは一瞬で成長するものではないのだから。

(枢機卿が国外へ出てしまったのが痛手だわ)

彼は自身の情報網から攫いやすい人や場所、また新しい村を造るときは薬が製造しやすい場所を教えてくれていた。

村がよそ者に介入されることなく存続できてきたのは彼のおかげだった。

ナイジェル枢機卿の提案で被験者を増やした結果、薬の効能も大きく飛躍した。

鎮痛作用しかないと思われていた薬草は、調合の仕方によって媚薬にも洗脳薬にもなると判明したのだ。

おかげで村は裕福になり、飢えとは無縁になった。

村外での商売は毒に侵される危険があるが、儀式による浄化で難を逃れている。

商売をはじめた当初は困惑していた村人たちも、今では皆がやる気に満ちていた。

この道を示してくれたのもナイジェル枢機卿だ。彼へのお布施《ふせ》はずっと続けている。

また外から人を呼び込むにも豊かさは欠かせなかった。

「早く返答が届かないかしら」

クラウディアの処遇について自分の一存では決められなかった。

関わるなと警告されていたけれど、ナイジェル枢機卿自身が彼女に興味があるとなれば、伺いを立てるのが道義だ。

連絡には、責任を感じたルノーが行ってくれた。

順調にいけば明日にでも帰って来る。

ナイジェル枢機卿は国外にいるため、直接伺うのは無理がある。

そのため彼は代行を用意してくれていた。

助けが必要なときは代行へ連絡し、判断を仰ぐことになっている。

（私としては、このまま村へ迎えたいわ）

クラウディアがいるだけで、きっと村は華やぐ。

自分の後継者として育ててみたい気持ちもあった。

薬の在庫を確認して部屋を出る。

すると、調合室のほうで人の気配を感じた。

クラウディアとキールが物珍しげに棚を眺めている。

（まだ教えを理解していないから、不思議でいっぱいなのでしょうね）

朝早くから村も見て回っていた。

もし逃げ道を探っているなら無駄だと教えてあげたいが、聡い彼らなら自ずと思い至るだろう。

要所には人が配置され、見張りがいないのは礼拝堂や林など逃げ場がない場所だけだと。

非力な女性一人と子ども一人の抵抗などたかが知れている。

二人はまだ自分の存在に気付いていない。

イタズラ心が湧き、そっとクラウディアの背後に立つ。

「ここで作られる薬が村の特産なのよ」

返ってきた反応に満面の笑みが浮かんだ。

二人揃って、目が皿のようになっていた。

特にキールの表情があどけなく、反射的に彼を抱き締める。
(ついでに成長具合を確認しておこうかしら。もしかしたら思いのほか大人かも)
一瞬で成長することはなくとも、いつの間にか大人になっているのが子どもだ。
その瞬間を見逃さないために、村では子どもに共同生活をさせている。
手を下半身へ忍ばせ、にぎにぎと握る。
キールの顔はすぐ真っ赤に染まった。
反応の良さに笑みが深くなるものの、大人の兆しはない。
(やっぱりまだ早いみたいね。今後を楽しみにしましょう)
次いでクラウディアも胸に抱く。
彼女も彼女で反応が可愛らしく、キュンキュンした。
(はぁ、今すぐにでも食べちゃいたいわ)
腰が疼くのを感じながら、村についての理解を深めてもらう。
二人を見送り、こちらの部屋の在庫も確認して照明を消した。
夜は予定が決まっているので、もう礼拝堂には戻らない。
足元を照らす用のランタンを持って階段を上がる。
「あら、誰の悪さかしら」
来たときにはなかった枯れ葉が階段上に広がっていた。
きっとまた子どもたちがクラウディアとキールにイタズラを仕掛けたのだろう。

片付けてほしいところだが、掃除は明日の朝でも構わない。

昼食前の追いかけっこを思いだして頬が緩む。

イタズラに眉をひそめる大人も多いが、二人は楽しそうだった。

案外、村の生活が合っているのかもしれない。

(やっぱり天のお導きだわ)

祭壇に祈りを捧げて、ウルテアは礼拝堂をあとにした。

悪役令嬢は少女たちと出会う

夜、用意された部屋でキールは腕を組んで考え込んでいた。

「ぼく、やっぱり礼拝堂の地下が気になる」

「ええ、わたくしもよ」

村長から話を聞く前から、二人は調合室を調べていたが怪しい点は見当たらなかった。

鎮痛薬が作られているのは間違いなさそうだが、媚薬や洗脳薬に関する資料がなかったのだ。

しかし、揃って気になっていることがあった。

考えは同じだと、夫婦が寝静まった頃合いを見計らい、クラウディアとキールはそっと家を抜け出す。

外ではかがり火が焚かれていたが、設置場所は限られていた。
村の出入り口と厩舎だ。
村から出ようとする人間を見張るためなのは考えなくともわかった。
明かりを持っていると目立つので、手探りで闇夜を進む。
気配を殺しながら慎重に。
遅い歩みに焦燥が募るも、村人にバレたら意味がない。
キールと二人、十分注意を払っていたはずだった。
「っ⁉」
角で人とぶつかりそうになる。
咄嗟に手で口を覆い、声を呑み込んだ。
相手も似たような反応を見せる。
（アイラ……？）
彼女も明かりを持っていなかった。
お互い気配を殺していたから、接近を察知できなかったのだ。
でも何故、村人である彼女が闇に潜んでいるのだろうか。
「ディーさん？　キールくんもいる？」
「ええ、いるわ」
小声で確認し合う。

アイラの後ろにも数人の気配があり、彼女も訳ありなのだと知る。

「実はディーさんに話があってきたの」

「わたくしに？」

「ここだと場所が悪いから、付いてきてくれる？」

アイラに先導され、林の入口まで進む。

民家から距離を取ったところで、彼女は歩みを止めた。

そのあと体を屈めるよう促される。少しでも見つかりにくくするためだ。

「キールくんはまだ儀式に参加させられないと思うから、注意してほしいのはディーさんなの」

「毒を浄化するための儀式ね」

「毒なんてないわ！　あんなの嘘っぱちよ！」

確認のため発した言葉にアイラが激昂《げっこう》する。

隣にいた少女が慌ててアイラの口を塞ぐ。

「ちょっ、アイラってば声が大きいっ」

「ごめん……」

アイラの傍には二人の少女がいた。

友人に謝りつつも、アイラは必死の形相でクラウディアに訴えかける。

「本当に毒なんてないの。あったら、あたしたちが無事なはずないもの」

「あたしたちっていうことは……」

「あたしたち、三人とも両親と村の外から来たの」

貧しい暮らしをしていたところ、この村の人に声をかけられたのだという。

村へ移り住めば衣食住に困らないと言われ、両親はその話にのった。

「父さんも母さんも毒に侵されてるからって儀式を受けたわ。でもそれからおかしいの」

「おかしいってどういうふうに？」

思想を別にすれば、旦那も奥方も普通の夫婦に見えた。

「上の空になることが増えて……一番、おかしいのは……」

アイラが友人をちらりと窺う。

視線を受けた少女は、眉尻を落とした。

重たいものを背負っているかのように口を歪め、たどたどしく語る。

「わたしの、おかあさん、赤ちゃんがいるんだけど、おとうさんがわからないの」

「その赤ちゃんだけじゃなくて、村で産まれた子は、お父さんが誰かわからないのよ。儀式で授かった子だからって」

ああ、と天を仰ぎたくなる。

「おかしいでしょ？　赤ちゃんはこの子のお父さんの子のはずなのに」

彼女たちが、赤子の父親が不明である理由をどこまで理解しているかはわからない。

ただ少なくとも身重の母親を持つ少女は、その事実に耐えきれず涙を流した。

たまらず、少女を抱き寄せる。

「大丈夫、あなたが怖がることはないわ。あなたは何も悪くないもの」

「うっ、うう、おとうさん、今夜、村長さんの家に行ってるの。おかあさんと話してるの、聞いて……」

「村長の家？」

嗚咽を漏らす少女に代わって、アイラが語る。

「村長は大人を一人か二人、定期的に招くの。そこで儀式と似たことをするのよ」

ぐっと奥歯を噛みしめる。

アイラたちは両親の不義を察しているのだ。

その裏切りがどれだけ自分の根幹を揺るがすか、クラウディアは身をもって知っている。

「何が幸せの村だというの」

村長から挨拶を受けたときを思いだす。

彼女はこの村を幸せの村だと言っていた。

「これだけの不幸を生み出しておいて」

辛かった。

少女たちが今もなお傷ついている状況が。

そこからすぐ救いだせない事実が。

自分自身、捕らわれている無力さに体が震える。

けれど嗚咽を漏らしていた少女は、クラウディアの言葉に涙を止め、顔を上げた。

「わかって、くれるの？」

「ええ、あなたたちの気持ちは良くわかるわ」

同意すると、アイラは友人とは違う種類の涙を瞳に浮かべた。

「良かった……！　あたしたち、間違ってなかった」

おかしいと主張しながらも日に日に自信がなくなっていたらしい。

村がおかしいのではなく、自分たちのほうがおかしいのではないかと。

村の教えでは実際、彼女たちのほうが異端だった。

同調圧力に屈さず、抗い続けた彼女たちの強さに、クラウディアは励まされる。

「よく、今まで頑張ったわね」

きっと何回もくじけそうになったに違いない。

遂にはアイラの目からも大粒の涙がこぼれ出す。

自分たちの考えを認められた安心感からだった。

「でも、ディーさんも、儀式をしたら考え方が変わっちゃう」

「お願い、ディーさんは逃げて！」

驚くことに、彼女たちは独自に村からの脱出方法を練っていた。

「夜、世話役の大人が寝静まったあとなら、共同生活している寮から簡単に抜け出せるの」

昼は言い渡された仕事をしながら、夜はこうして抜け出して、村人の目につかない場所を探ってきたのだという。

その過程で両親の不義も知ってしまった。

「夜ならかがり火が焚かれている場所以外は、自由に行動できるわ」

「でも村の出入り口は一か所よね？」

かがり火の傍を通らないと脱出は不可能だ。

「うん、だから、あたしたちでかがり火を消すのはどうかなって」

見張りがアイラたちを捕まえている間に、クラウディアとキールを逃がす。

少女たちは捨て身の覚悟だった。

「あたしたちが頑張る代わりに、村外の人に村がおかしいって伝えてほしいの」

彼女たちなりに一生懸命考えたのは、痛いほど伝わってきた。

けれどクラウディアは首を横に振る。

「どうして⁉　村がおかしいってディーさんもわかってくれたじゃない！」

「わたくしが受け入れられないのは、そこではないわ」

脱出にはアイラたちの協力が必要になるだろう。

一時でもクラウディアたちから村人の注意を逸らさなければ、村から出られない。

とはいえ。

「あなたたちが犠牲になるような方法はダメよ」

「でも時間がないの！　助けを呼んでもらわないと！」

アイラの悲痛な声に、少女たちの中で一番体付きがしっかりしている子が口を開く。

「わたしが大人になったから……」

「誕生日を迎えたの？」

少女たち三人は同世代に見えた。

外見が幼いだけで彼女だけは年齢が飛び抜けているのだろうか。

そう思い、訊ねた。

少女はううん、と否定する。

「初潮がきたんだ。女の子は初潮が、男の子は精通したら、村では大人になる。子どもたちが共同生活するのは、それを見逃さないためだよ」

朝、子どもたちの服を洗濯していた女性の姿が頭に浮かぶ。

彼女は子どもたちの下着が汚れていないか確認する係でもあったのだ。

平凡な光景の裏には、信じがたい事実があった。

「は……」

あまりのおぞましさに呼吸の仕方を忘れる。

「ディーさんの儀式が終わったら、次はわたしの儀式だと思う。子どもが大人になったら、お祝いに必ずするから」

キールが手を握っていてくれなかったら、体から血の気が引いていた。

父親が誰かわからない子を身ごもるような儀式を、年端のいかない少女にさせるなんて。

初潮や精通は、体の成長過程で迎えるものであって、成熟を意味するものではないというのに。

（調合室で村長がキールに触れていたのは、確認のためだったの？）

止めに入って良かったと心から思う。

同時にあそこで手を出す神経が信じられなかった。

「わたし、儀式なんかしたくない！　子どもなんかほしくないよ！」

「させないわ」

不快感で張り付く喉から声を絞り出す。

怒りでこめかみが焼けるようだった。

「誓うわ、これ以上、儀式を繰り返させないと」

不幸の根は、ここで絶やす。

黙って話を聞いていたキールも、はっきり声に出して答えた。

「うん、ぼくたちの手で終わらせよう」

揺るぎない言葉に少女たちがほっとした表情を見せる。

目がつり上がりそうなのを自制して、クラウディアは微笑みを浮かべた。

「安心して、もう助けはこちらへ向かっているわ」

「本当!?」

シルヴェスターは北部にある村の位置を把握していた。

キールの推測をヘレンから聞いていれば、捜索隊を出してくれているはずだ。

「だから待っているほうが確実なのだけれど」

「ディーさんも、儀式は受けちゃダメだよ！」

「そうね、わたくしの儀式が決まったら、村から脱出しないといけないわ」

早ければ明日の夜だとアイラが言う。

「ルノーが――村の男性なんだけど、彼が早馬を走らせたの。外にいる相談役に連絡しに行ったんだと思う」

相談役と聞いて白髪交じりの碧眼が浮かぶ。

（ナイジェル枢機卿は国外にいるはずだから、そんなに早く連絡が取れるかしら？）

「キールくんのこととか、今までも連絡に行ったことがあるの。何事もなければ明日の朝には帰ってくるはずよ」

「儀式は夜におこなわれるものなのかしら？」

「そう。日中の間に身を清めたりするの。夜になったら村長の家に大人たちが集まって、はじめられる」

「もしかして、アイラたちは今夜わたくしを逃がすために来てくれたの？」

「じゃないと間に合わないもん！」

アイラたちの案は、彼女たちがかがり火を消している間に、夜陰に紛れて逃げるというもの。

とにかく儀式がはじまる前にクラウディアを逃がそうとしてくれているのだ。

一大決心をして、寮を抜け出してきたアイラたちに胸がいっぱいになった。

（彼女たちの思いを無駄にはしないわ）

そのためにも提案を断る。

「先ほども言ったけど、あの方法はダメよ。アイラたちが罰を受けてしまうでしょう？」

「でも……っ」

「別の方法を考えるわ。そのためにもアイラたちの持っている情報が欲しいの。わたくしとキールを信じて協力してくれるかしら？」

アイラは焦燥を募らせていたけれど、クラウディアが諦めたのではないと知ると反応は早かった。

瞳の光が、頼りがいのあるものに変わる。

「信じる。協力するわ！」

隣にいる二人の少女からも信頼の眼差しを向けられ、ありがとう、と微笑む。

クラウディアは立ち上がると、自分の足で大地を踏みしめる力強さを彼女たちに見せた。

「あなたたちのことは、わたくしが必ず救い出してみせるわ」

これ以上、不安を抱えることはないと。

誰にも少女たちを害させないと約束する。

「わたくし、これでも村長より力があるのよ」

アイラたちはクラウディアが公爵令嬢であることを知らない。

にもかかわらず、助けを呼ぶためとはいえ、クラウディアを逃がそうと自らの犠牲を厭わなかった。

今度は自分が報いる番だ。

憂う少女たちは女神を見つける

「アイラ、あまり問題を起こさないでね」

「問題なんて起こしてないわ」

「外の考えに縛られているでしょう？　あなたはまだ浄化されていないとはいえ、毒を周りに広げてはダメよ」

「毒なんてないもん！　あったらこんな元気でいられるわけないじゃない！」

「はぁ、また声を荒げて……これも毒の影響ね」

「違うったら！　母さん、どうしてちゃんと話を聞いてくれないの？」

「話ならしてるでしょう？」

またた。

母親と話がかみ合わなくなる。

アイラがどれだけ必死に訴えても、母親は全て毒のせいにした。

（昔は、こんなんじゃなかったのに）

アイラはトーマス伯爵領南部の領地境にある村で産まれ育った。

生活は貧しく、食べるものにも困る有様だった。

ある日、一人の男が村を訪れた。

土地勘がない男に、アイラたち家族が周辺のことを教えた。

だからだろうか、男に招かれたのは。

これは秘密だけれど、近くに裕福な村があると教えられた。

秘密なのは、人が殺到してしまうのを防ぐためだ。

親切にしてくれたお返しに、もしよければアイラの家族だけ村へ招きたいと申し出られる。

他の人たちを置いて自分たちだけが引っ越すのを両親は渋った。

どうにか全員で移住できないかと男に迫ったが、裕福でも小さな村だから、全員は受け入れられないと首を横に振られた。

一日、両親は考えた。

アイラも希望を聞かれた。

(こんなことになるなら反対すれば良かった！)

当時のアイラは空腹に負けて、村を出たいと言った。それが両親の背中を押したのは想像に容易い。

あの頃は、ちゃんと自分の意見を聞いてくれたのに。

儀式というものをしてから、両親はどこか人が変わってしまった。

明確にこれ、と言うのは難しいけれど、時折、知らない人のように感じるのだ。

(どうなっちゃったの？)

不気味だった。

唯一頼れる存在を失ったようで、怖かった。

移住した村では、男の言う通り衣食住に困ることはなかった。

のどかな雰囲気に包まれ、村人たちにも心の余裕が見て取れる。それは産まれ育った村にはなかったものだ。

最初はお腹いっぱいごはんが食べられることに家族全員が喜んだ。迎えてくれた村人も皆、親切だった。

先に違和感を覚えたのはアイラではなく両親だった。

村の外に出るのを許されなかったからだ。

隙を見て出ようとしても、常に村人たちの目があって無理だった。

そうこうしているうちに、両親の儀式への参加が決まり、二人の様子が変わってしまった。

アイラはアイラで、親元を離れ、寮で他の子どもたちと一緒に暮らすように言われた。

疑問に思ったけれど、村から出るわけではなく、寝床を替えるぐらいの変化だったので受け入れられた。

同世代の子たちと過ごすのは楽しかった。

友だちはすぐにできた。なんと自分と同じように他の村から来た子たちがいたのだ。

他の子も同じ境遇で村に来ており、親友として打ち解けるのに時間はかからなかった。

寮では着替えのたびに、世話役が下着を確認するのだけが嫌だった。

ある日、一人の女の子が泣きながら泥だらけになって帰ってきた。林で男性の一人に痛いことをされたという。

次の日から、その男性の姿を見なくなった。

「大人でもして良いことと悪いことがあるのよ。あの人はそれがわからなくて村長に処分されたの。アイラも困ったことがあったら村長にすぐ相談しなさい。きっと守ってくださるわ」

でも言い付けを守らないと、処分されるのはアイラになるわよ、と母親に脅される。

処分、という響きが、アイラにはとても怖いもののように感じられた。

それからも村から人がいなくなることがあった。

「また処分されたの?」

「ああ、違うわよ。猟師をしていた人でしょ? あの人は別の村へ配属されたの」

「はいぞく?」

「引っ越したってことよ。この村には親戚のような村が他にもあるの。別の村で人手が足りなくなったみたい」

「アイラたちもいつかは出ていくの?」

「そうかもしれないわね。でも暮らしは変わらないわよ。どこへ行っても、もうお腹を空かすことはないわ」

優しい微笑みを浮かべる母親に、なぜかアイラは無性に泣きたくなった。

(皆といつまで一緒にいられるのかな)

ベッドの中でアイラは丸くなる。

折角仲良くなった友だちとも、いつかは別れないといけないのだろうか。

不安に駆られ、アイラはベッドだけではなく、寮からも抜け出した。

村長に相談しようと思ったのだ。

アイラにとって友だちとの別離は困ったことだった。

村長の家は、窓枠が赤い。けれど夜だと色の判別はつかなかった。

それでも村の出入り口から一番近い家だと知っていたので、民家が並ぶ通りを抜けて村長宅を目指す。

軒先に立つと、中から奇妙な声が聞こえてきた。

運動をしたあとの激しい息づかいに併せて。

「ああ……っ！」

普段聞かない声音に、後ずさる。

足が勝手にじりじり後退していた。

パンパンと肉がぶつかるような音が耳に届いたときには、体の向きを変えて走り出していた。

(怖い、怖い……っ)

自然と寮ではなく、両親が眠る家へ向かった。

「母さんっ、父さん！」

起きて！　と呼びかけながら寝室に入る。

けれどベッドには誰もいなかった。

「母さん？　父さん？」

家の中をくまなく捜しても、両親の姿はない。

そこで信じたくない事実に気付く。

村長の家で、聞いた声。

聞き慣れない声だったけれど、あれは両親のものではなかったのか。

目の前が真っ暗になった。

両親は村長の家で何をしているのか。

耳に残る粘つく声を消したくて、頭を振った。

(嫌、嫌よ！　なんなの、母さんも父さんも、村長さんと何をしているの⁉)

怖かった。恐ろしかった。

助けを求めたくても、誰もいない現実に絶望した。

村に対し、違和感はずっとあった。

産まれ育った村とは環境も考え方も違ったから。

けれど食べ物に困らないのは有り難くて、友だちと過ごす時間は楽しくて目を瞑っていた。

儀式のあとからは両親にも違和感を覚えるようになったけれど、全く会話ができないわけでもなく、生活をする上では普通だった。

だから深く考えていなかった。

その違和感が突如として巨大化し、アイラを押し潰そうとする。

（おかしい、この村はおかしいわ！　絶対に変よ！）

村の異常性をはっきり認識したことで、アイラの心に反抗心と同時に闇が生まれた。

反抗心に突き動かされ、村の粗探しをしているときはいい。

問題はふとした瞬間、心の闇に呑まれそうになることだった。

おかしいのは自分のほうなのではないか。

村長をはじめ大人たちが正しいのであり、子どもである自分が間違っているのでは？

このまま村での暮らしを受け入れればいい。

どうせアイラが一人で抗ったところで、何にもならない。村長の怒りを買えば、処分される可能性だってある。

時を経て、問題を起こした村人が、礼拝堂の地下へ連れて行かれるのを偶然目撃したことがあった。村長と村人が地下へ続く階段を下りていったのだ。

それが、その村人を見た最後だった。

もうやめてしまおう？　と闇が囁く。

どう足掻いても無駄だと説得される。

でもアイラは諦めなかった。

子どもたちの中でも特別仲の良い二人の親友が、アイラの考えに賛同してくれたからだ。

打ち明けたのはダメ元だった。

そこで彼女たちの両親も、夜に村長宅へ招かれていることが判明した。

（うちだけじゃなかったんだ）

悩んでいるのが自分だけじゃないことに勇気付けられ、アイラは村を探るべく情報を集めた。

それとなく儀式について聞く。

儀式は村の大人たちが集まって月一で開催される。

子どもが大人になったときは、お祝いのため月一の儀式とは別に機会を設けられることがわかった。

他にも、儀式ではお香がたかれるという。気分が安らかになるから、何も怖くないと教えてくれた人は語った。

そして親友の母親の妊娠がわかった。

「父親がわからないって、お母さんが言ったの？」

「うん、儀式で授かった子だからわからないって」

自分の父親の子ではないかもしれないことに、親友は大いに戸惑った。

アイラが同じ立場なら、母親を問いただしていたかもしれない。

（どうしたら、そんなことになるの？）

わからない。

わからないけれど、村長の家で奇妙な声を発していた両親のことが頭を過る。

涙を浮かべる親友と一緒に、アイラの目にも涙が浮かんだ。

そして恐れていた事態が発生する。

もう一人の親友が初潮を迎えたのだ。

この頃には世話役が子どもたちの下着を確認する理由に見当が付いていた。

「わたし、儀式なんて嫌よ」

「あたしだって嫌。どうにかして逃げられないかな」

村を脱出して、外の人に助けを求める。

儀式から逃れる方法は、それしかなかった。

村長が日取りを決めるまでに脱出方法を探る。

夜になると三人で寮を抜け出すのが日課になった。

日中は言い渡された仕事をこなしつつ、人目につきにくい逃げ道や身を隠せる場所を確認して回る。

かがり火が焚かれるのは周囲が暗くなってからで、場所は厩舎と村の出入り口の二か所。

厩舎では夜になる前ぐらいから男性二人が常駐し、馬を見張っている。

自分たちが夜に抜け出せているのもあって、やはり脱出は夜のほうが良さそうだった。

「あたしが出入り口のかがり火を消すわ」

「そんなことをしたらアイラはどうなるの？」

「怒られるわね……」

「処分されるかもしれないよ！」

「でも他に案がある？」

「……」

八方塞がりだった。

誰かが犠牲にならないと親友を助けられないなら、自分がその犠牲になる。
アイラの意思は固かった。
ただ、まだ儀式の日取りは決まっていない。
どうやら村を探っている外の人がいて、それが関係しているようだった。
(その人に助けを求められたら!)
そう思うものの、アイラたちが外の人と会うことはなかった。
後に別の村で接触があったとわかり落胆する。
接触があった村は遠く離れていて、とても会いに行ける距離ではなかったからだ。
希望に見えた光が断たれ、また心の闇が訴えかけてくる。
アイラは疲れを覚えはじめていた。
もうどうにもならないのかもしれない。
親友も、自分も、儀式を受けるしか――。
(嫌よ、絶対に嫌!)
両親のようにおかしくなりたくない!
心の中の叫びは、誰にも届かなかった。
村に新たな人が増えたと聞いたときは諦めが勝り、何も思わなかった。
増えた分はどうせ出て行く。
しかしディーとキールの姿を見て、考えが変わった。

今まで出会った人たちと明らかに違ったから。

どう見ても二人は貧しいところからやって来たようには思えなかった。

（それに今なら考え方もまともなはず）

もう村にいる大人たちは全員、村長の言いなりだった。アイラの両親でさえも。

子どもたちと追いかけっこをするディーの姿を見て、アイラは心を決める。

ディーの人柄が良いことは、朝食を一緒に食べたときからわかっていた。

（聞き入れてもらえなかったら、諦めるしかないけど）

村の誰よりも、村長よりも綺麗だと思えるディーを、大人たちの餌食《えじき》にしたくなかった。

ちゃんとした町から来たなら、助けを求める相手に心当たりがあるかもしれない。

ディー自身、所作が整っていた。

（貴族ってああいう感じなのかな）

噂でしか知らない存在。

でも不思議と、ディーと貴族という言葉が頭の中ですんなり繋がった。

日が暮れてから、親友二人と意見を交わす。

「うん、わたしたちが助けを呼ぶより、ディーさんにお願いしたほうが良いと思う」

「それに騒ぎが起きれば、儀式が延期されるかもしれないわ」

親友を助けたい気持ちも変わらずあった。

アイラは自分がかがり火を消すことを譲らない。

夜、世話役が寝静まったのを確認し、寮を出る。

家の角でディーと遭遇したときは、口から心臓が飛び出るかと思った。

念には念を入れて、人目のつかない林の入り口へ移動し、全てを打ち明ける。

月明かりを背に立ち上がったディーは、物語に出てくる月の女神のようだった。

背中に広がる緩やかなクセのある黒髪が、月光を宿して輝きを散らす。

「あなたたちのことは、わたくしが必ず救い出してみせるわ」

誰よりもディーのほうが現状、差し迫っているはずなのに。

微笑みは力強くて、以前の、村に来るまでの母親を見ているようだった。

胸が熱くなって、自然と涙がこみ上げてくる。

そんな自分を、ディーは大丈夫だと励ましながら抱きしめてくれて、温もりに嗚咽が漏れた。

しゃっくりが出て恥ずかしいけれど、泣いているのは自分だけじゃなく友人たちも同じだった。

手を伸ばして皆で抱きしめ合う。

村では間違っているとされる自分たちの考えも、ディーは認めてくれた。正しいと言ってくれた。

許されたことで、心の奥にあった恐怖も薄れていく。

今夜のことを決して忘れないと胸に刻む。

もし自分が罰せられるようなことになっても、この思い出がきっと助けてくれる。

ディーの青い瞳を忘れない。

力強い言葉も、優しい微笑みも。

「わたくし、これでも村長より力があるのよ」

不敵に笑う姿はぞっとするほど美しかった。

この村に来る前から知っている神に、アイラは祈る。

今まではずっと誰かが助けてくれることを願っていた。けれど。

（どうか、きまぐれな神様）

あたしに友人を助ける力をください。

ディーをこの村からお救いください。

一歩前へ、踏み出す勇気をもらえたんです。

だから、どうか。

あたしの手で、この悪夢を終わらせられますように。

悪役令嬢は忍ぶ

「処分された人は礼拝堂の地下へ連れて行かれたのね？」

村の情報を聞く中で気になったことをアイラに質問する。

「ええ、祭壇横の階段を下っていくのを見たわ」

「地下には調合室しかないわよね？」

「うん、そのはずだけど」

階段を下りた先にあるのは一室だけだ。

処分は調合室でおこなわれたのだろうか？

「ディーさん、地下を調べよう」

キールの言葉を受けて、調べるなら夜の間が良いとアイラが助言してくれる。

「今夜、村長は家から出て来ないわ。大人を自宅に招いてるときは、いつもそうなの」

なぜ家から出ないのかは改めて訊くまでもなかった。

礼拝堂は村長が管理しており、薬の調合をするとき以外、大人たちは近寄らないという。

処分に際し連れて行かれる場所なので、無意識のうちに忌避しているのかもしれない。

「鍵はかけられていないのかしら？」

「多分ないはず。薬の在庫は材料も含めて村長が毎日確認してるから、盗みに入ってもすぐにバレるし」

世帯数が二十ほどの小さな村である。

不審な行動は村人たちに筒抜けだった。

きっと村の教えには互いを監視するものも含まれているのだろう。

そして盗みに入ったが最後、どんな結末を迎えるか大人たちはよく理解しているようだ。

「ありがとう、今日はここまでにしましょう。わたくしたちは礼拝堂へ向かうわ」

アイラたちの情報を基に、脱出方法を考える時間も必要だった。

三人は寮へ戻るよう促す。

「わかったわ、地下は狭いから付いて行っても邪魔になりそうだもの」

その代わり、脱出方法が決まったら必ず教えるよう念を押される。

「あたしたちにできることは何だってするから！」

「ええ、きっとお願いすることがあると思うわ」

脱出に用いるものを揃えるにも、彼女たちの協力が欠かせなかった。

クラウディア自ら集めれば、脱出を企てていると勘付かれてしまう。

「頼りにしているわ。でも無理はダメよ」

「任せて！」

別れる頃には、三人の少女たちの顔に笑みが浮かんでいた。

あの笑顔を絶やすわけにはいかない。

「礼拝堂へ向かいましょう」

キールと手を繋ぎ、礼拝堂へ繋がるなだらかな坂を上がる。

アイラの情報通り、入り口のドアはすんなり開いた。

さすがに明かりがないと危ないので、礼拝堂の入り口付近に置かれていたランタンに火を付けて持つ。そしてスカートの中へ入れた。

クラウディアの大胆な行動にキールが唖然とする。

「スカートが燃えちゃわない？」

「ランタンに入っているから大丈夫よ。明かりを外に漏らすわけにいかないでしょう？」

侍女のスカートは雑用で破れないよう、厚手にできている。

おかげで光を抑制するのにも役立った。

足下だけを照らすよう体を屈め、地下へ続く階段へ向かう。

「キールは調合室以外にも部屋があると思う？」

「きっとあるよ。村人を地下で処分しているっていうなら尚更ね」

階段にまだ枯れ葉が残っているのを見て、言葉を続ける。

枯れ葉は地下室へ向かう際、キールがばら撒いたものだった。

枯れ葉を踏む音で人の接近を知るためだ。

「上がってくるとき、枯れ葉が踏まれた形跡はなかったよね？」

「なかったわ」

では村長はどこから現れたのか？

クラウディアとキールが気になっている点だ。

考えうる可能性は、地下に調合室以外の部屋があること。

階段までくれば明かりを遮る必要もないので、スカートからランタンを取り出す。

二人は階段を一段一段、注意深く下りていった。

目だけでなく壁を手で触れて、確認していく。

「これといっておかしな点はないわね」

「うーん……でもディーさんの背後に現れようとしたら、調合室の外から来たはずだよ」

あのときクラウディアは調合室の入り口を背にして立っていた。

調合室の中に別室へ続くドアがあれば、出現に気付く。

「枯れ葉を避けて来るのも難しいわよね」

「ぼくたちが調べ物に集中して物音に気付かなかっただけ？　ぼく、これでも探偵だよ？」

加えて運が悪い自覚もあった。

注意を払うために枯れ葉を撒いておいて、その音を聞き漏らすほど間抜けじゃないとキールは豪語する。

小さなことの積み重ねで、不運を乗り越えてきたのだと。

「だとしたら見逃している何かがあるのね」

ただでさえ地下は暗い。

二人は階段を何度も往復する。

上がったり下がったりしていたからだろうか、階段上部にあった枯れ葉も下まで落ちていた。

それに足を取られたキールが尻餅をつく。

「うわっ⁉　うう、ぼくはなんて運が悪いんだ……」

「大丈夫？」

「うん、お尻から落ちたから平気。……あれ？」

立ち上がろうとして壁に手をついたキールが首を傾げる。

そのまま壁に顔を近付けた。

「見つけたよ！　隠しドアだ！」

下から数えて五段目の壁にそれはあった。

「ここだけ壁が石じゃなくて木だよ」

礼拝堂は石造りの建物で、壁も階段も石が使われていた。

木でできているのはドアだけだ。

クラウディアも膝を曲げ、同じところに触れる。

「擬態《ぎたい》してあったのね」

ランタンを近付けても石の壁にしか見えない。馴染ませるように塗料に砕いた石も混ぜているようだった。

叩くと感触の違いがわかる。

「壁に手をついて歩いてもわからないように、下のほうに作られてるんだ」

転げたことで視線が下がり、発見に至れた。

「わたくし、キールが不運なのか幸運なのかわからなくなってきたわ」

「不運だよ！　幸運だったら転げることなく見つけてるよ！」

「ふふ、それもそうね」

痛い思いをしないといけない時点で、運が良いとは言いがたい。

「どうやって開けるのかしら？」

「くぼみを探してみよう、溝とか」

指に引っかかる場所があればと、キールが壁に手を這わせる。

「多分、これだ！」

木の一部が音もなく横にズレた。

そこが栓になっていたようで、押すとドアが開く。

ドアは、高さ横幅共に一メートルもない。

横幅に至っては半分の五十センチぐらいだろうか。

体格の良い男性なら、体を横にしないと入れない。太っている人は論外である。

（そういえば村に肥満体形の人はいないわね）

皆で集まって食べるのが習わしのようだから、ある程度食べられる量が決まっている可能性はあった。

食事内容も素朴なものばかりだ。

ドアの先は、闇がぱっくりと口を開けて待っている。

ランタンを掲げながら、二人は腰を折って闇に身を投じた。

ドアを抜けると、すぐに空間の広がりを感じる。

部屋の真ん中に作業台があるのは、調合室と同じようだ。

「ここで媚薬や洗脳薬が作られているのかしら」

調合室に比べると、こちらのほうが奥行きがあった。

先を歩いていたキールがうっ、と声を詰まらせる。

何があったのかと明かりを持っていき、視界に入ったものからクラウディアは顔を逸らした。

壁際の棚に、大きな瓶が並べられていた。

一つや二つじゃない。すぐには数えられないほどの瓶が並び、その中には人間のものと思しき体の一部が浮いていた。

「ホルマリン漬けの生物標本だよ。気味が悪い」

見たところで理解できるものではないと、一日二人とも棚から離れる。

作業台を抜けると、部屋の密度が減った気がした。

進んだ先に、ぽつんと椅子が一つだけ置かれているのが見える。

「うわ、拘束具だ」

椅子の肘置きと脚には、それぞれ腕と足を縛るための革のベルトがあった。

傍にはテーブルがあり、医療道具らしきものが並べられている。

「ここで処分がおこなわれていたのね」

部屋の一番奥にも大きな作業台があり、あちこちに大きな血の染みがあった。

壁には大きなノコギリもかけられている。

空気の淀みを感じ、クラウディアは頭痛を覚えた。

「あと人体実験もやってたみたいだよ」

関連する書類があったようで、キールがランタンに近付けて読む。

「当たりだ。向こうが調合室なら、こっちは実験室だね。洗脳薬はまだ開発途中みたい」

思考力の低下、人格破綻など強い副作用が記されていた。

「使われている材料もわかったよ。ただ製造方法が書かれたものは見つからないな……」

「口伝で教えられているのかもしれないわね」

文章に残すと、こうして関係ない人にも読まれてしまう。

製造方法が秘匿されているなら、他人の目に触れないようにするだろう。

「まぁ材料がわかっただけでも収穫だよ！　置いてある器具を見る限り、製造に突飛な方法は取られてないみたいだから、専門の人が調べれば、薬の作り方もわかるんじゃないかな」

証拠を手に入れておきたくても、物がなくなっていれば侵入がバレてしまう。

高望みはせず、早々にクラウディアとキールは実験室をあとにした。

階段へ出ただけでもほっとする。

「はぁー、空気が新鮮に感じるよ」

「薬を扱う以上、通気孔はあるのでしょうけど、あの部屋の様子では気が滅入るばかりだわ」

「村長は実験室にいたんだね。ぼくが以前調べた村にも、同様の隠し部屋があるかも」

ドアの栓を戻し、世話になっている家へ帰る。

室内で明かりが揺れているのを見て、クラウディアたちは慌てた。

「どうしよう、抜け出したのバレたかな？」

「様子を窺って、ご夫婦が起きているなら何事もなかったように平然と帰りましょう。寝付けなくて散歩でもしていたと言えばいいわ」

「わかった！」

玄関のドアに耳を付け、物音に集中する。

どうしましょう、という奥方の声を聞いた瞬間、クラウディアはドアを開けた。

「あら、あなたたち！　こんな時間にどこへ行っていたの？」

「ごめんなさい、寝付けなくて」

打ち合わせていた内容を奥方に告げる。

「夜に家を出るなら言付けてちょうだい。予め言っておかなかった私も悪いわね……。今夜は主人もいないし、途方に暮れそうだったわ」

「旦那様もおられないの？」

「今夜は村長さんの家に泊まっているの。あぁ、帰って来てくれて良かったわ。ちゃんと時間を置いて見てるのに、仕事をしていないって思われちゃう」

（アイラのお父様も村長宅へ行っていたのね）

口に苦いものが広がる。

それ以上に聞き逃せない言葉もあった。

注意を受けたものの、それ以上のお咎めはなく、クラウディアたちは用意された部屋へ戻る。

「数時間おきに見張られてたんだね」

「あの様子だと報告される心配はなさそうだわ」

居場所の知れない時間があったと報告すれば、自分の失態を認めるのと同義だ。

奥方はそれを避けたい様子だった。

「この村の人って、見張りはするけど危機意識は低くない？」

「村の中に入ってしまえば逃げるのは不可能だと思っているからでしょう。あと、副作用が出ているのかもしれないわ」

「洗脳薬の？」

「ええ、儀式で使われているみたいだと言っていたでしょう？」

アイラは儀式を経てから両親が変わったと言っていた。

「上の空になることが増えたり、知らない人のように感じたりするのは、そのまま薬の副作用なのではないかしら」

「そっか、だから考えが甘いところがあるんだ。ディーさんを誘拐したことで国を敵に回したっていうのに」

「国、というのは大袈裟だけれど……村長は最悪、儀式を待たずにわたくしやキールに洗脳薬を使えば良いと考えているのかもしれないわ」

「本人が被害を訴えなければ大丈夫だって？　さすがにそうはいかないでしょ」

「いかないでしょうね」

シルヴェスターが許すとは到底思えない。

それに、とクラウディアは過去の例を口にする。

「誘拐や監禁といった事例では、加害者と時間を共有することで、被害者が加害者に対し好意的になってしまう現象が報告されているもの」

「警ら隊の人から聞いたことがあるよ。極度の緊張状態で心が傷ついてしまって、正常な判断ができなくなるんだよね」

「数としては少ないけれど、そういった事例が確認されている以上、被害者の証言よりも証拠のほうが重要視されると思うわ」

クラウディアとキールの場合、襲撃されたのは行商人の荷馬車だ。

この時点で犯罪として立件できる。

「感覚が麻痺していることにも気付かないなんて、薬って怖いね」

「そうね、悪い薬は怖いわ」

「正直、鎮痛薬のほうは素晴らしい出来だと思う。お尻の痛みもすっかり治ったもん」

「……わたくしも痛かったことすら忘れていたわ」

キールに言われてはじめて思いだす。

鎮痛薬は町の薬屋に卸されていて、変な副作用もなく評判が良いという。

入荷と同時に売り切れるほど人気で、キールの同行者も使い、異常はなかったと聞いている。

こちらは正真正銘、良薬と言えた。

荷馬車を襲った時点で、村に捜査が入ることは確定している。

問題は、助けが来るまで自分たちの身の安全を確保できるかだ。

「脱出方法を考えましょう」

「うん、アイラたちの情報のおかげで、色々と手は打てそうだ」

途中、台所で水をもらったりしながら、クラウディアはキールと脱出方法を練った。


「今日も良い天気だわ」

朝、家を出て伸びをする。

キールはまだ眠そうに目をこすっていた。

晴れているので朝食は広場で取る。

ただ昨日に比べて、村の様子が騒々《そうぞう》しく感じられた。

「連絡係が戻って来たのかしら」

早ければ今朝戻るとアイラが言っていた。

「だとしたら良くない状況だね」

届いた内容でクラウディアの処遇は決まる。

別の場所へ移される可能性もあった。

「落ち込んでいても仕方ないから、広場へ行きましょう」

泣いても笑っても結果は変わらない。

ならば少しでも情報を集めたかった。

前を向くクラウディアを見て、キールは眩しそうに目を細める。

「ディーさんの毅然《きぜん》としたところ、ぼく好きだな」

「ふふ、ありがとう。わたくしもキールが不運に負けないよう頑張っているところが好きよ」

「ぼくたち、良いカップルになれそうだね」

ここにシルヴェスターがいたら表面上は穏やかでも、冷たい笑みを浮かべただろう。

(会いたいわ)

またすぐ会えると信じているけれど。

昨日おぞましい事実を色々と知ってしまったからだろうか。

それとも望まない連絡が来てしまったからか。

一段と恋しく感じる。

再会したら抱き締めてほしいと願うほどに。

広場に着くと、案の定、嬉しくない報せが待っていた。

村長が満面の笑みで告げる。

「ディーさん、儀式の日取りを決めたわ！　今夜にしましょう！」

「随分と急なのですね？」

「ごめんなさいね、本来なら前もってお知らせするんだけど、皆も心待ちにしているものだから」

それだけ期待が大きいのよ、と村長はとにかく嬉しそうだ。

(何をどう期待されているのかは考えないほうが良いわね)

これ以上、精神的負担を抱えたくない。

クラウディアの心境などお構いなく、村長は手を叩く。

「今日は忙しくなるわ。身を清める準備をしないとね」

「あの、礼拝堂をお借りできますか？　儀式って大切なものですよね？　神様にお祈りしておきたくて」

「まぁっ、素晴らしいわ！　ぜひ使ってちょうだい。村の人はあまりお祈りに馴染みがないの。かといって無理にさせるものでもないでしょう？」

独自の思想とお祈りは結び付きが薄いらしい。単に礼拝堂に行きたくないだけとも考えられる。

教会とは反目していないようだけれど、このあたりはナイジェル枢機卿の入れ知恵がありそうだった。

「今日は調合室にも入らないように言っておくわ。好きな時間に使ってもらって構わないから。こちらの準備ができたら呼びに行くわね」

どうしてこれほど村長が上機嫌なのかわからなかった。

けれど彼女の申し出は願ったり叶ったりだ。

不安を隠そうとしないアイラたちには、あとでこっそり会いましょうと告げる。

落ち合う場所はアイラに決めてもらった。

こうなったら自分たちも脱出のため、準備を進めなければならない。

悪役令嬢は脱出を図る

礼拝堂でお祈りをしていると、お清めの準備ができたと村人が呼びに来る。

お清めと言っても珍しいことをするわけではなく、村長の家でお風呂に入るだけのようだ。

時間の流れは早く、日が一番高いところから傾こうとしていた。

（できるだけのことはしたわ。あとは上手くいくのを願うばかりね）

きまぐれな神様も楽しいほうが良いだろうと、礼拝堂を出る前に祭壇を見上げる。

（精一杯、足掻かせていただくわ）

村長宅で、今までずっと着ていた侍女の服を脱ぐと、その場にいた女性陣から感嘆の声が上がった。

湯浴みの世話のため、四人の女性が集まっていた。

「なんて美しいの」

「どうしたら、こんなに素敵な体になれるのかしら」

口々に褒め称えられる。

美容法は何？　と訊いてくる姿に、他の人との違いはない。

けれど四人とも儀式の経験者だった。

「村長さんから念入りに綺麗にするよう言われているわ」

「儀式で不安なことがあったら何でも訊いてね」

「はじまったら、疑問に思っていたことも全部、吹き飛んじゃうけどね」

浴室の雰囲気は和やかだ。

念入りにと言われているだけあって、髪から爪の間に至るまで洗われる。

「力加減は大丈夫？　痛くないかしら？」

「ええ、大丈夫です」

デリケートな部分の手伝いだけは断ったが、特に嫌な顔はされない。

最後は保湿のためのオイルで仕上げられた。

「ふう、我ながら完璧だわ」

「あら、ディーさんが元々綺麗なのよ」

「それは否定しないけれど、わたしたちも頑張ったでしょ？」

二時間ぐらいは経っただろうか。

茶色の肌着に、ワンピースを渡される。

服を着たところで、外から叫びが聞こえた。

「火事だー！」

礼拝堂のほうで煙が上がっているらしかった。

「大変、大丈夫かしら？」

「男共が消すでしょ。大層、儀式を楽しみにしているみたいだから、しっかり働いてもらわなくちゃ」

女性たちは静観する構えだ。

クラウディアは不安を煽ることにする。

「でも礼拝堂って調合室があるところですよね？　薬の材料とか大丈夫でしょうか？」

「そうね、それだけは心配ね」

「薬草って燃えやすいでしょう？　儀式でも使われると伺っているのですけれど」

「儀式で使う分は、既に確保してあるから大丈夫よ。でも売る分が燃えてしまうと困るわね」

「このままだと不安ですわ。どなたか一人だけでも様子を見に行っていただけませんか？」

眉尻を落として訴える。

火の手が大きいと消火に手伝いが必要かもしれない。

「わかったわ、わたしが行ってくるわね」

一人が礼拝堂へ向かおうとしたときだった。

先に外から玄関のドアが開かれる。

「火事が大変なの！　皆、手伝って！」

後に儀式を控えている少女だった。

「大人は皆、手伝うようにって！」

「なんてこと、ディーさんはこのまま待機していて。すぐに消してくるわ！」

少女に促され、クラウディアを残して全員が村長の家から出ていく。

周囲が静かになったのを確認して、クラウディアも家を抜け出した。

空が夕日で染まる中、礼拝堂から煙が上がっている。

そして声に煽られた大人たちが桶を片手に坂を上がる姿も確認できた。

先ほどの少女が頑張ってくれたようで、村長の家にいた女性だけでなく、村の出入り口を見張っている者の気配もない。

（予定通りね）

火元を仕込んだのはクラウディアたちだ。

村長が人払いをしてくれたおかげで準備が捗った。

それでもタイミング良く火を付けられるか確証はなかったけれど、キールがやり遂げた。

黒煙が上がるよう、火種を調合したのも彼だ。

キールやアイラたちは儀式に参加しないため、準備に追われる大人たちとは違い、自由に動ける時間があった。

火元は礼拝堂の裏にあるため、見つかればすぐに消火されてしまう。

急ぎ厩舎へ向かった。

まだ日が暮れていないので、かがり火は焚かれていない。

そこがクラウディアとキールの狙い目だった。

薄明の時間。

完全に暗くなるまでの時間、人には油断が生まれる。

中途半端な明るさではあるものの、見えないことはないから問題ないと思ってしまうのだ。

都市部ではこの時間帯に馬車による交通事故が増える。

暗さで視野が狭まっていることに気付かず、御者が制御を誤るのだ。こういったミスは、初心者より運転に慣れてきた者が起こしがちだった。

（最近は新しい人が村に入っていなかったというし、気が緩んでいるといいのだけれど）

あえてクラウディアとキールも反抗的な態度を見せなかった。

こういうとき油断してくれているに越したことはないからだ。

アイラから教わった通りに道を進み、厩舎近くの茂みに隠れる。

日中、動物たちの世話が終わると、見張りは二人だけになった。

繋がれている馬さえ取られなければ良いという考えからだろう。

キールの到着を待つ。

少しして見慣れたベレー帽が視界に入る。

厩舎前で盛大に転けるのを目撃し、咄嗟に口を両手で覆った。

さすがにいつもの口癖は出なかったが、音を聞きつけた見張りの一人がキールの存在に気付く。

捕まったらまずいと、起き上がるなりキールは走り出した。

見張りはキールを見逃すことなく、あとを追う。

（どうか無事でありますように……！）

助けられるものなら助けたい。

しかし逃げるためには、と腹を括る。

予め、キールと取り決めをしていた。

もしものときは一人でも逃げよう、と。

（大丈夫、わたくしならやれるわ）

大きく息を吸い、気持ちを整える。

そして行動すべく、足を一歩踏み出した。

見張りは惑わされる

「何だって、儀式の日にまで見張りなんかしなきゃなんねぇんだよ」

「念のためだろ、儀式には出られるんだから文句言うな」

そもそも大きなミスをしでかしておいて、なんでお前も儀式に出られるんだ、という言葉は呑み込んだ。

御者として同行した先でやらかした青年に男が半眼を向ける。

（村長はこいつに甘いからなぁ）

直情型で考えなしなところがあるが、子どもの頃から面倒を見ているのもあって情が湧いていた。

甘やかしてはいても、村の青年をまとめるリーダーに任命しないあたり、村長の判断は信頼できる。

先生に関わるなと言われていた公爵令嬢を連れて来たのは確かにミスだが、村人にできるなら万々歳なのは自分も同じだった。
(あれだけの美人は滅多にお目にかかれないぞ)
今後、どれだけ新しく女性を村に迎えても、彼女以上は現れないだろう。
(村長も嬉しそうだったなぁ)
先生に渡さないまま儀式を施せることになって、一番喜んでいるかもしれない。
自分の後継者に、と考えているようだった。
気持ちはよくわかるし、村人としても大賛成だ。
人としての格が違うことは見ればわかった。
彼女が次期村長として、村を引っ張ってくれるなら応援したい。
(女の中にはやっかむヤツが出るかもしれないが)
幸せを村で公平に分けていても、多少の摩擦は生まれるものだった。
ただ目くじらを立てはしても反対するまではいかない。
村長の意に反する怖いもの知らずは、この村にいなかった。
(早く儀式になんねぇかなぁ)
念のためだろ、と今日の相棒を宥めたものの、気持ちはほとんど同じだった。
正直なところ見張りは暇だ。
何せ新参者も、儀式さえ済ますと脱走などしようとしないからだ。
村の出入り口を見張ってるヤツらも、今頃あくびをしているだろう。

後日慰労のため、村長の家に呼ばれるご褒美を期待して務めているにすぎない。

しかし今日は、いつもと違うことがあった。

ぼんやりと村を眺める中で発見した異変に、相棒を肘で突く。

「おい、礼拝堂で煙が上がってないか？」

「マジかよ」

黒煙が上がる様子に動揺する。

礼拝堂には調合室がある。薬の材料などが燃えたら一大事だ。

消火のため動いたほうが良いかと悩んでいると、礼拝堂へ続く坂道を上がる村人たちが見えた。

「あれだけ人がいたら消火できるよな」

よほどのことがない限り、見張りを止めるのは許されない。

もし本当に人手が必要なら、誰か呼びに来る。

それでも気になって礼拝堂から視線を動かせない。

すると。

「おいおいおいおい」

「なぁ、ここで突っ立ってる場合じゃなくねぇか？」

礼拝堂から厩舎までは距離がある。

そのため音は聞こえないが、ぼうっ！　とさらなる火の手が上がった。

中に入ろうとした村人がドアと一緒に吹き飛ばされたようだ。

じっとしていられず、厩舎から体を出して様子を探る。しかし慌てた気配しか伝わってこない。

そのときだった、ここ二日で見慣れた少年が視界の端で転けたのは。

(いつの間に近くまで来てたんだ⁉)

思いがけない接近に驚いていると、自分の視線を感じた少年が逃げるように走り出す。

礼拝堂で騒ぎが起きている中、少年の様子は怪しかった。

(もしかして彼がやったのか?)

イタズラを仕込んだ結果、被害が大きくなったのかもしれない。

「おい、待て!」

声をかけても少年は止まらなかった。

ますます怪しい。

「どうした?」

「あのキールっていう子が走って逃げた。俺はあとを追うから、お前はこのまま見張りを続けてくれ」

「放っておけば良いんじゃないか?」

どうせ逃げられないんだし、という相棒の言葉にも一理ある。

けれど目の前で逃げられて、放っておくという考えには至らなかった。

「儀式も控えてるんだ、わだかまりは残したくない」

そう言い残して少年を追いかける。

すぐに走り出さなかったので、距離が開いてしまっていた。

（なめるなよ……！）

素早い動きに舌を巻きながら、懸命に追いすがる。

ようやく追い付き、少年の腕を力任せに引っ張った。

「ぼくはなんて運が悪いんだ！」

声変わり前にしても、妙に高い声が響く。

違和感は少年の顔を見て吹き飛んだ。

「お前、アイラか！」

「おじさん、痛いよ」

顔を歪めるのを見て、慌てて手を離す。

「何だってお前、そんな格好してるんだ」

アイラは少年の服に身を包んでいた。

ベレー帽に丸眼鏡まで。そっくりそのまま譲り受けたようだ。

お下げはベレー帽に収まっていた。

「この服を着て、走り回るよう頼まれたの」

「頼まれた？」

「うん、何でかはわからないけど。今までしたことのない格好だし、面白そうだからいいかなって」

アイラに悪びれた様子はない。

彼女はただ頼まれたことを遊び感覚でやっただけだった。

「俺の早とちりか……いや、なんでわざわざこんなことをアイラに頼んだんだ？」

「あたしに訊かれても知らないよ」

「だよな。俺は厩舎に戻る。礼拝堂で事故があったみたいだから、お前は大人しく寮に帰ってろ」

「はーい」

寮に帰るアイラを見送り、厩舎に戻って、少年の意図を理解する。

いつの間にか相棒も、繋いであった二頭の馬も姿を消していた。

馬から見張りを遠ざけるための罠に、自分は引っかかったのだ。


「ったく、つまんねぇの」

礼拝堂の騒ぎには驚いたが、それにもすぐ飽きる。

意識はずっと、今夜おこなわれる儀式へ向いていた。

（やっと抱ける）

公爵令嬢の姿を頭に浮かべるだけで、下半身が疼いて仕方なかった。

連れ去るときに股間を蹴られた恨みは忘れていない。

それでも彼女を思うと、体が熱を持ち、何も考えられなくなった。

（まさか、なぁ）

これが恋というものなんだろうか。

大人になってから、儀式を通じて村の女たちとは触れ合ってきた。

儀式以外でも体を重ねることがある。
経験は豊富だった。
けれどここまで心が乱れたことはない。
今日は昼過ぎから念入りに体を清めてるとのことだ。
（ああ、たまんねぇ）
想像だけでもヨダレが出た。
さすがにだらしがないので袖で拭う。
「あいつ、どこまで行ってんのかな」
ガキを追いかけていった相棒はまだ戻らない。
放っておけばいいのに律儀なことだ。
でも戻らないというなら、一発抜いておきたい。
そんな考えが過るほど、下半身がジンジンと痛みを訴えていた。
このままだと暴発しかねない。
「あ……？」
ふと、厩舎の入り口に気配を感じた。
見えたものが信じられなくて目をこする。
女が、公爵令嬢が、そこにいた。
体を清めるため風呂に入っていたからか、まだ濡れそぼっている。

（まぼろし？）

儀式のことばかり考えていたせいで幻覚を見ているのか。

吸い寄せられるように、ふらふらと足を進める。

二歩ほど進んだところで、公爵令嬢は身を翻した。

「待て！」

急ぎ厩舎を出る。

先ほどまでいた公爵令嬢の姿は見当たらない。

「やっぱりまぼろしだったのか？」

「まぼろしではないわ」

「お前……！」

少し離れた茂みに、公爵令嬢がいた。

「ねぇ、ゆっくり、焦らしながらこちらへ来て」

「何を言って……そもそも村長の家にいないといけないだろ」

「わからない？　わざわざ抜け出してきたのよ」

あなたのために。後半は声に出さず、口だけが動かされる。

一瞬、意味が理解できなかった。

わかったときには全身が沸騰した。

「それって！」

「もう、言わせないで。あ、ダメよ」

駆けだそうとしたところで待ったをかけられる。

「焦らしてって言ったでしょ？」

「何で」

「だって、そちらのほうが……興奮しない？」

まだ乾ききっていない黒髪が、彼女の頬に張り付いていた。

小首を傾げる仕草に、ごくりと生唾を呑み込む。

全てが艶めかしかった。

村長には成熟した色気があった。

豊満な肉体から放たれるむんむんとした芳香は、いつだって我を忘れさせる。

性欲に突き動かされるまま何度貪《むさぼ》ったかわからない。

女というものを知っていた。

知っていると思っていた。

（でも、こんなのは知らねぇ！）

常識が覆され、体が小刻みに震える。

「あなたは違うのかしら？」

「違わない！」

眉尻を落とし、残念そうな顔を見て反射的に答える。

何もしていないのに、はぁはぁと息が荒くなった。
今すぐにでも目の前にいる女を組み敷きたい。
けれど僅かに残っていた理性が押し止める。
がっかりされてもいいのか？
つまらない男だと思われることに耐えられるのか？
もし自分より他の男のほうが良かったなんて言われたら――。
想像に耐えきれず、頭を振る。
「わかった、ゆっくり行けば良いんだな？」
「ええ、わたくしも、ゆっくり見せてあげる」
見せる？　頭に浮かんだ疑問は、すぐに解消された。
公爵令嬢が、ワンピースの裾を上げはじめたのだ。
露わになった白くしなやかな足に釘付けになる。
一歩一歩、時間をかけて進むたびに、裾が揺れた。
足首からふくらはぎ、膝が見えてくる。
心臓がうるさい。
苦しくなって胸を手で押さえた。
緊張と興奮が最高潮に達し、鼻血が出そうになる。
イタズラを楽しむような笑顔を向けられて、気を失うかと思った。

妖艶で、美人で、可愛くて。

（最高かよ）

股間を蹴られた恨みは綺麗さっぱり消えていた。

村でよく着られているワンピースは、筒形にした布から頭と手足を出せるようにして、袖を付けただけの味気ないものだった。

それが輝きを放っていた。

布の生地が足りず窮屈そうな胸元、反対にくびれのある腰回りは布が余っている。

寸胴のワンピースは、体のラインが出るような作りではないというのに。

出るところは出て、締まるところは締まっている体付きがよくわかる。

たまらない、たまらなかった。

下半身が限界を訴える。

彼女が現れる前から既に滾《たぎ》っていたのだから無理もない。

「もういいだろ？」

「だーめ。あと少しだけ、ね？」

まだスカートの裾も余ってるわよ？　と言われるが、近付いたことで肌の瑞々《みずみず》しさまで如実に伝わってきていた。

辛抱できない、と腕を伸ばす。

大きく一歩踏み出し、背中とこめかみに衝撃を受けた。

悪役令嬢は白馬の王子様に助けられる

「ディーさん、大丈夫⁉」

「ええ、動きそうにもないし行きましょう」

自分が残った見張りを引きつけている間に、キールは馬を無事に奪取できたようだ。

最初から見張りのことは殴って昏倒させる予定だったが、先に騎乗していたキールが馬を操り同じタイミングで蹴り倒した。

見張りの体を茂みに隠し、クラウディアももう一頭に跨がる。

「この靴下、想像以上の威力ね」

「使えるでしょ？　身を守る武器がないときには重宝するよ」

見張りを殴るのに使った靴下を握り直す。

中に石を詰め込んだだけのものだが、振りかぶると女性でも威力を出せた。

「アイラは上手くやってくれたわね」

「うん、だいぶ遠くまで見張りを連れて行ってくれたよ」

「髪の色でわからないものなのね」

「薄暗いのもあって、特徴的なアイテムだけで判断しちゃったんだよ」

まだ視界はあるけれど、想像以上に色の判別ができなくなっているようだ。

おかげで先入観が功を奏した。

「キールの伊達眼鏡が役に立ったわ」

「ぼくもこんな形で使うことになるとは思わなかったけどね」

着ていた服にベレー帽、丸眼鏡も全てアイラに預けたキールは、部屋のクローゼットに用意されていた服を身に着けていた。

どこからどう見ても村の子どもにしか見えない。

馬を走らせ、完全に日が落ちる前に村を脱出する。

計画通りにことは進んでいた。

礼拝堂で起きた爆発のおかげで、村人たちはまだ厩舎の異変に気付いていない。

ボヤのあと、爆発まで起こせるかは賭けだった。

クラウディアも一緒に準備したが、案はキールのものだ。

(粉塵爆発《ふんじんばくはつ》なんて、よく知っていたわね)

可燃性の粉塵が舞うところに火種があると引火して爆発が起こる現象だ。

一般家庭でも、小麦粉などを落として粉が舞っている近くに火があると危ないとされる。

それをそのまま利用した。

朝食のあと、アイラたちに頼んで、パン用の小麦粉とロープなど必要なものを揃えてもらった。

礼拝堂で小麦粉の袋をロープでつり上げ、そのロープをドアの取っ手に引っかけて、誰かがドアを開けると小麦粉が落ちる仕組みを作った。

ランタンからロウソクを取り出し、床に並べるのも忘れない。

現象を再現できるか確証はなかったものの、礼拝堂での騒ぎを大きくできるに越したことはないのでやれるだけのことはした。

単純に中を燃やさなかったのは、延焼するのにどれだけ時間を要するかわからなかったからだ。

この、まだ辛うじて視界が保てている間に脱出することから逆算して、タイミング良く騒ぎを起こさなければならなかった。

だからまずボヤで人を引きつけた。

アイラたちには煽動役《せんどう》と、予定時刻より前に人が礼拝堂に入らないよう見張りをお願いした。

クラウディアもキールも厩舎にいたので、誰が礼拝堂のドアを開けたかはわかっていない。

それでも遠目に中で火が大きくなっているのが見えた。

(今のところ順調ね)

村の出入り口には、まだかがり火が焚かれていなかった。人手が足りていないことに安心する。

(日が落ちるまでに距離を稼がないと)

村人の足となる馬は奪ったので、すぐに追い付かれることはない。

距離を稼いだあとは、徒歩ぐらいのスピードでも困らないだろう。

幌馬車の車輪の跡を頼りに、道を進む。

とにかく道に迷わないことが肝心だった。

「ああ、ぼくはなんて運が悪いんだ！」

お決まりの台詞が聞こえてきて、馬を近付ける。

キールの馬はみるみる失速していた。

そして遂には膝を折る。

「やっぱりダメだったみたい」

二頭のうち、一頭は早馬として今朝まで使われていた。

夕方まで休んだとはいえ、酷使され続けて限界に達したらしい。

「ここまでありがとう」

馬を労い、キールはクラウディアの馬に移る。

馬が疲れているのはわかっていたので、どこかで動けなくなるのは予想していた。

だから運が悪い、とは言い切れないけれど、今やキールの決まり文句が、自分を鼓舞《こぶ》するためのものだとクラウディアは知っている。

キールのほうが馬に慣れているので前に乗ってもらい、手綱を預けた。

(だいぶ前が見づらくなってきたわね)

幌馬車の跡を辿っていたので、林道にしては開けているとはいえ、暗くなれば道から外れてもわからない。

とっとっ、と馬が足踏みする。

「村人も明かりなしでは追い付けないでしょ」

「そうね、休めそうな場所があったらいいのだけれど」
村人の脅威が薄れたとはいえ、問題はある。
ランタンと自分たちの軽食は用意できたものの、馬の飼料がない。
夜を無事に過ごせたら、水の確保が最優先だ。
村の内側は調査が進んだが、外についてはアイラたちにもわからなかった。
そろそろ馬の歩みも止めるべきかと考えた瞬間、思いのほか近くで火が付く。
焚き火だ。人がいる。
警戒したときには、相手もこちらの存在に気付いた。
キールが手綱を操作する。
「走って！」
だが馬の反応が鈍い。
速度を落としたので、馬も休む体勢に入っていたのだろう。
もう一頭ほどではないにしろ、疲れもあった。
ただでさえ初速は遅いものだ。
まごついている間に人が近付いてくる。
早く、早く。
焦りで動悸が激しくなる。
キールの後ろで、クラウディアは拳を作ることしかできない。

あっ、と思ったときには腕を取られていた。

「ディーさん!?」

キールの叫びを聞きながら、引きずり下ろされる。

「ちっ、言われたこともまともにできないのか、あの連中は」

どうしてこんなところにいるのか。

近付いてきた人間――男は、村の関係者だった。

クラウディアの腕を握ったまま、男が馬の腹を蹴る。

驚いた馬がいななき、上半身を振り上げた。

「うわぁっ!?」

「キール！」

視界の外へキールが投げ出される。

咄嗟に靴下を振りかぶるも、引きずり下ろされた衝撃で体に痛みが走り手元が狂った。

男に当てられはしたものの、大したダメージにはならない。

クラウディアに抵抗され、男は怒りに震える。

「こうなったら、この場で犯してやる……！」

飛んでいったキールがどうなったのかわからない。

最早抗う術はなく、腕を盾にするしかなかった。

暴力に耐えるべく本能的に体が縮こまる。

固く目を瞑った。
けれど予想していた衝撃が来ない。
恐る恐る目を開く。
「大丈夫か⁉」
聞こえた声に、最初は幻聴かと思った。
自分の願望がその声を聞かせたのかと。
しかし目の前で崩れ落ちる追っ手が、これは現実だと教えてくれる。
見上げた先にいたのは、ずっと会いたいと願っていた思い人その人で。
「ディア、ケガはないか？」
白馬にまたがり、満月を背負う姿に意識を奪われる。
銀髪が、黄金の瞳が、いや、存在そのものが光を放っていた。
視線の先では空を含め、辺り一面が青く染まっている。
ブルーモーメント。
日没後の僅かな時間にしか見られない青の瞬間に、シルヴェスターの白銀が重なる。
刀身に付いた血を払い、馬上から降りる姿も美しかった。
「ディア、返事をしてくれ」
心配げな瞳に映る自分を見て、ようやく我に返る。
自覚したときには手をシルヴェスターの首へ回し、抱き付いていた。

「大丈夫。シル、会いたかった……！」

「ああ、私もだ。会いたかったよ、ディア」

力強い腕が背中へ回り、目頭が熱くなる。

このまま声を出して泣きたかった。

でもそれ以上にキールの身が気がかりだった。

頭を動かすと、トリスタンに助けられているのが見えた。

手を引かれて起き上がる姿にほっとする。

「遅くなってすまない」

「間に合ってくださいましたわ」

愛しい温もりに、安堵で声が震えた。

もう、大丈夫。

シルヴェスターの胸に頬を当て、目を瞑る。

ゆっくりしている場合ではないけれど、少しの間、不足していた心の栄養を補給したかった。

頭を撫でられ、隅々にまで愛が伝わっていく。

一呼吸置いて、意識を切り替えた。

「先ほどの男は、正体不明ですが村の関係者だと思われますわ」

「もうしばらく甘えてくれて良いのだが？」

「そういえば、白馬はわざわざご用意いただいたのですか？」

助けに現れたシルヴェスターは、物語に出てくる白馬の王子様そのものだった。

前にも一度、先陣を切って助けに来てくれたことがある。今回も何かを参考に意識したのかと訊ねたのだが。

「いや、すぐに乗れる馬で来ただけだ」

偶然だったらしい。

しかも自分と白馬の組み合わせにピンと来ていないようで。

「ディアは白馬が好きなのか？」

「いいえ、特に好みがあるわけではありませんわ」

他の令嬢なら卒倒しそうなほど喜ぶ組み合わせだ。なんだかんだでルイーゼも好きそうである。

教えるべきか悩んだものの、別にいいかと話を戻す。

（白馬でなくともシルは素敵だもの）

そして自分だけの愛する人だった。

これ以上の望みはない。

「村のことは、どこまでご存じですか？」

「ヘレンから、そして探偵の助手からも話を聞いて、大体は察している。影とは会えなかったようだな」

「来ていたのですか⁉」

「居場所に見当が付いた時点で派遣した。だが間が悪かったのかもしれぬ」

隠密に長けた影といえど、日中に、それも人の行き来がない閉鎖的な村に潜入するのは難しい。

村の内情がわかっていないなら尚更だ。

「君が村を出た時点で合流しそうだが、詳細は報告でわかるだろう。疲れているところ悪いが、このまま村を制圧したい。状況を教えてくれるか？」

「もちろんですわ」

すぐにでも話したかったが、まずは診察が先だと馬車へ案内される。

医師が同行しており、キールも大きなケガはないと診断された。

「うわぁ、凄いふかふかだ！」

報告のため、馬車にシルヴェスターとクラウディア、トリスタンとキールの四人が集まった。

「ふふ、リンジー公爵家より早く王家の馬車に乗ることになったわね」

キールの反応に和みつつ、村の内情を語る。

クラウディアたちがどうやって脱出したのかも。

「粉塵爆発とは、よく考えたものだ」

シルヴェスターもキールの知識量に感心する。

おかげで村人の注意を逸らせたのだから、お手柄だった。

それで、とシルヴェスターはキールを見据える。

「君は全て話して良かったのか？」

伝えた中には実験室の存在もあった。

クラウディアとしては当然、この機会に押さえてもらえたいところだけれど、キールが貴族の依頼で調査していたのを思いだす。

彼の依頼人について、シルヴェスターは既に知っているようだった。

「構いません。正直なところ、貴族の利権とか、派閥争いには興味ありませんから。それに村については、利用されるより裁いてもらえるほうが、ぼくは嬉しいです」

「正しい判断だ。しかし依頼人を敵に回すことになるぞ」

「守ってください、というのは大それた望みですか？」

物怖じしないキールに、シルヴェスターは目を細める。

そしてクラウディアへ視線を移すと、軽く息を吐いた。

「私が答えなくとも、私のすぐ隣から申し出があるだろう」

二人の会話からキールが困った立場にあるのは察せられた。

ならば答えは決まっている。

「わたくしでよければ力になるわ」

「ありがとうございます！」

今まで通り、気楽に接してくれたらいい。

そう思うものの、他人の視線がある場では難しかった。

クラウディアは貴族で、キールは平民なのだ。

どれだけクラウディアがキールの存在に勇気付けられたと言っても、周囲は納得しない。

社会とは、そういうものだった。

キールも理解して、口調を正している。

「では村へ向かう。先に帰してやりたいところだが、人数を割けなくてな」

村は王家直轄領とトーマス伯爵領の領地境にある。

王家直轄領の範囲内とはいえ、いらぬ波風を立てないために、シルヴェスターは少数部隊しか編成できなかった。

クラウディアも事情を聞かされていたので否はない。むしろ同行して成り行きを見守りたかった。

道中では儀式にも話題が及び、話すほうも聞くほうも顔をしかめなければならなかった。

トリスタンが項垂れる。

「僕たちがもっと早く内情を掴めていれば……」

「精進しろ、ということだ」

閉鎖的な思想を持っていることまではわかっていたが、成人していない子どもたちまで儀式に参加させられているのは知らなかった。

わかっていれば、それを理由に介入できた。

けれど村は外部との関わりを極力減らしていた。

情報が外に出なければ、察知しようがない。

至らない点は見直し、次に活かす。

シルヴェスターの切り替えは早い。

「さて、どう出てくるか」

村に到着し、部隊が制圧にかかる。

慌ただしくなるので、キールは別の馬車へ移された。

あまり外部の者に部隊の動きを見られるのもよくない。

クラウディアは邪魔でなければ、と残った。

終わりは、驚くほど呆気なかった。

抵抗を見せる者もいたにはいたらしいが、武装する騎士たちを前に手も足も出せなかったという。

アイラをはじめとする子どもたちも、寮で無事に保護された。

一か所に集まっていたので、これといった苦労はなかったようだ。

クラウディアは報告を滞りなく処理していくシルヴェスターの姿を隣で見守った。

トリスタンは部隊との連絡係も兼ねて忙しなく動いている。

これが現場での彼らなのだと、クラウディアは光景を目に焼き付けた。


一段落したところで、シルヴェスターがクラウディアへ体を寄せる。

村へ着いてからは、ずっと馬車の外を向きっぱなしだった。

「横にならなくて大丈夫か?」

「疲れていると思うのですが、とても眠れそうにありませんわ」

脱出劇で、体が興奮状態に陥っていた。

人を二人、殴ってもいる。

「寝物語の代わりに、状況を伺っても？」

「そんなことを強請《ねだ》る令嬢はディアだけだろうな。殺伐《さつばつ》とした内容に、余計眠れなくなるのではないか？」

「シルの声を聞いていたほうが安心できます」

「君は私の扱い方をよく心得ている」

こつん、と軽く額を合わせたあと、シルヴェスターは報告書を手元へ寄せた。

「といっても、すぐに制圧できたため、君に伝えられる内容も少なそうだが」

クラウディアも隣で報告を聞いていたので、流れは把握していた。

「結果から述べるなら、子どもは寮で保護され、大人は全員捕縛されている。輸送は明日になるが、子どもに関しては、このまま村で面倒を見ることになりそうだ」

「町へは移されないのですか？」

「それも考えたが、新たな場所を確保するより、人を派遣したほうが早い。村にいることがトラウマになっているなら話は別だが」

言われて納得する。

アイラたちが村を脱出したかったのも、儀式をやりたくなかったからだ。

儀式をせずに済むなら、村にいても問題ない。

後ほど子どもたちには聞き取りをおこなうという。

「村で指導的立場にあった村長だが、礼拝堂の粉塵爆発で大火傷を負ったようだ」

「礼拝堂のドアを開けたのは村長だったのね」

実験室と調合室の被害を確認しようとしたのだろう。

「人物の照会には、君にも協力してもらうことになる」

村人の証言は信用できない。

なりすましがないよう、注意する必要があった。

大人たちには全員、何かしらの処分が下るという。

直接犯罪に関わっていない者は情状《じょうじょう》酌量《しゃくりょう》の余地があるかもしれないけれど、今の段階では何とも言えなかった。

「裏付けを含め、捜査はまだ続く。表向きは、公爵家の使用人とキールの誘拐容疑となる」

クラウディアが誘拐されたことは公にできない。屋敷ではニナが影武者を務めてくれていると聞き、目を丸くした。

「こんな形で、また変装されることになるとは思いませんでしたわ」

「今後も彼女は役立ってくれそうだ」

ヘレンが傍にいることもあって、上手く周囲を騙せているという。

「他の村については、あの少年が力を貸してくれる」

あえて名前を呼ぼうとしないシルヴェスターに微笑む。

「キールですわね」

「随分と仲良くなったようだな？　危機を一緒に乗り越えれば無理もないかもしれぬが」

「有能な子でしてよ」

「能力は認めている。貴族の支援があったとはいえ、村についてここまで調査を進めたのだ。ただ危険だとわかっている依頼を受けた点は、理解に苦しむが」

なんとなくキールの不運体質が関係している気がして、クラウディアは苦笑を浮かべた。

「キールの依頼人は誰なのです？」

「デミトル伯爵だ」

名前を聞いて、なるほど、と頷く。

キールが公爵令嬢であるクラウディアに近付きたかったのも、そのへんが理由かもしれない。

デミトル伯爵は貴族派に属していた。

身を守るためには、伯爵と同じか、それ以上の貴族との繋がりが必要になる。

「薬の流通に利権をお持ちの方ですわね」

「調査のきっかけは、自領の裏市場で流れていた薬だった。貴族派は瓦解《がかい》しかけている。求心力を持つためにも、土台を固めるためにも、新たな利権を欲したのだろう」

もし先に伯爵が手を回していたら危なかったと、シルヴェスターは眉間を揉んだ。

「我が領内では薬が野放しになっていたからな。存在は把握していても、捜査までには至っていなかった」

王都は人口密度が高い分、裏市場も激流と言っていいほど色んなものが溢れ、流れている。

クラウディアがトップを務める犯罪ギルド「ローズガーデン」がある程度は仕切っているが、さすがに全てを把握するのは無理だった。

「人死にが出れば注意も向くが、媚薬に至っては気にする者もいない」

媚薬は昔から眉唾ものの薬として存在している。

性欲剤の別名として使われることもあった。

村で作られている薬も、こちらの側面が強い。

色んな形で昔から存在するため、規制の対象になりにくいのだ。

「捜査の手が伸びぬよう、ナイジェル枢機卿が悪知恵を働かせていたと考えられる」

「そういえば村からの連絡の返事が異様に早かったのですけれど」

「君を襲った男が鍵を握ってそうだが、切り捨ててしまったからな。推測するに枢機卿にまでは連絡が行っていないのではないか？」

「代わりに判断する人物がいる、ということですわね」

「村人の事情聴取でわかればいいが」

洗脳されていれば、口を割る可能性は少ない。

他に誰か証言を得られる人物はいないかと考えたところで、出会っていない影の存在を思いだした。

「影からは何か報告がありまして？」

「ああ、村には夜が明けてから着いてしまい、予想通り潜入が難しかったとのことだ。頃合いを見計らっていたところで騒ぎが起こり、君の脱出の手助けに回ったと聞いている」

下手に刺激してクラウディアが危険に晒されれば元も子もない。そのため機会を探るのに終始していたという。

「出入り口に村人が見当たらなかったのは、だからですのね」

これ幸いと走り抜けたが、影が排除してくれていたからだった。

その後、影はクラウディアを追ったが、シルヴェスターのほうが一足早かった。

「さて、そろそろ眠れそうかな？」

話に一区切りついたところで優しく頭を撫でられる。

「帰ったからといってゆっくりする時間は取れないだろう。休めるときに休んでおいたほうがいい」

「はい、あとはお任せいたします」

「任せておけ。君の憂いは全て私が払っておく」

馬車の後方は寝台になっていた。

横になり、クラウディアは目を閉じる。

傍にシルヴェスターの気配を感じるからか、自然と瞼は落ちた。

悪役令嬢は屋敷に帰る

公爵家の屋敷に着く頃には、しっかり意識が覚醒していた。

馬車の窓から屋敷のシルエットが見えた途端、胸が熱くなる。

(帰って来たんだわ)

恋しかったのはシルヴェスターのことだけではなかったのだと自覚する。

門をくぐると、気持ちが加速した。

そわそわと落ち着きがなくなるクラウディアに、シルヴェスターが微笑む。

「皆、君を心待ちにしている」

先触れで、到着は報《しら》されていた。

現に、玄関先に人影が見える。

中ではなく、外で待ってくれている姿に、鼻の奥がツンとした。

目が涙で潤む。

音を立てて馬車が停まると、自らドアを開けて走り出したかった。

逸る気持ちを抑えて待つ。

クラウディアをエスコートするためシルヴェスターが先に降りようとするが、それは叶わなかった。

「おい、ヴァージル」

咎めるシルヴェスターを無視して腕が伸ばされる。

馬車のドアを開けたのは使用人ではなく、実の兄だった。

「ディー！」

「お兄様っ」

力一杯抱き締められ、堪えていた涙がこぼれた。

広い背中にクラウディアも腕を回す。

どっしりとした存在に胸が安心で満たされる。

伝わる体温が心地良かった。

帰って来た。ちゃんと帰って来られたのだ。

村にいる間、あまり家のことは意識していなかった。

寂しさに耐えられなくなるから、我知らず考えないようにしていたのかもしれない。

けれど今は違う。

クラウディアにとって、ヴァージルが家そのものだった。

いつだってクラウディアの帰りを待ち、安全な居場所をつくってくれる。

家族――ヴァージルがいる場所が、クラウディアにとっての家だった。

「無事で良かった」

社交界では氷の貴公子とも呼ばれ、最近は次期当主として頭角を現している兄の震えた声が届く。

頬に湿り気を感じ、ヴァージルも泣いているのがわかった。

「心配を、おかけしました」

「いいんだ。ディーが無事なら、それでいい」

優しく頭を撫でられ、新たな涙が滲む。

互いの涙が止まるまで、二人は馬車の中に留まった。

シルヴェスターは邪魔することなく、ただ頬杖をついて二人を見守った。

ヴァージルがクラウディアをエスコートして馬車を降りようとしたところで片眉を上げたが、結局何も言わなかった。

今日だけは譲ることにしたようだ。

「名残惜しいが、私はこのまま王城へ帰る。ディアも無理はせぬように」

「はい、ありがとうございます」

シルヴェスターには国王への報告など、まだやることがあった。

クラウディアもすぐ日常生活に戻る必要があり、あまりゆっくりはしていられない。

婚約式が控えていた。

シルヴェスターを見送り、改めて背筋を伸ばす。

そんなクラウディアの背中に、ヴァージルが手を添える。

「湯浴みの準備はしてある。予定は入っているが、数時間なら休む時間をつくれるはずだ」

ニナが影武者を務めてくれているとはいえ、できることには限りがある。

クラウディアがいない間、先延ばしにしていた用件を片付けなければならなかった。

自室には行かず、そのまま浴室へ向かう。

シルヴェスターが馬車に替えの服を用意してくれていたので、今は村の茶色いワンピースから、侍女の制服に着替えていた。

（ヘレンはどこかしら？）

ヴァージルの次に会えるかと思っていたのに姿が見当たらなかった。

まだニナの傍にいるのだろうか。

ヘレンも大変な目に遭ったというのに、報告するなり、休まず仕事にあたったと聞いている。

ケガはなかったというが、自分の目で元気な姿を確認したかった。

浴室のドアを抜ける。

侍女の手を借りて服を脱いだところで、いつの間にか隣にいた存在に気付いた。

「ヘレン⁉」

「はい、クラウディア様」

驚くほどいつも通りに、浴室へ誘導される。

けれどよく見るとヘレンの手が震えていた。

一糸まとわぬ姿になっていることも忘れてヘレンに抱き付く。

「会いたかったわ！」

「はい、はい……っ、クラウディア様、わたしも」

ぎゅっと抱き返されて、ヘレンの首に顔を埋めた。

項《うなじ》から彼女の匂いを感じる。

「どうして玄関先にいてくれなかったの？」

「お恥ずかしながら、平静を保てる自信がなくて……」

手を動かしていれば気が紛れると、浴室の準備に回ったのだという。

「クラウディア様、わたし、謝らなければいけないのに」

「ヘレンが謝ることなどないわ」

予想した通り、ヘレンは一人だけ助かった自分を責めていた。

ヴァージルに倣って、今度はクラウディアがヘレンの頭を優しく撫でる。

「ヘレンも被害者だったの。悪いのは罪を犯した人たちよ」

「でも……」

「わたくしが許すわ。もし世間がヘレンを責めても、わたくしが許す。それでは心が晴れないかしら？」

「いいえ、クラウディア様のお気持ちが一番です。わたしにとっても」

「だったら、もう自分を責めないで。あなたが辛いとわたくしも辛いわ」

すん、とヘレンは鼻を鳴らしたけれど、気持ちを落ち着かせると笑顔を見せてくれた。

逆行前からクラウディアを励まし、愛してくれた顔を見て、頬に口付けを贈る。

「大好きよ。ヘレンが無事でいてくれて嬉しいわ」

「わ、わたしも」

潤んだヘレンの瞳と目が合う。

主人と侍女。

立場から生じる壁が、この瞬間は消え失せていた。

赤く染まった目元。涙の筋へと視線が移る。

少しでも痛めた心を癒やせればと指先で涙痕をなぞった。
それがくすぐったかったのか、ふふっ、とヘレンから笑いが漏れる。
「クラウディア様、そろそろ湯船に浸かりませんと風邪をひいてしまいます」
「服を脱いだのを忘れていたわ」
裸で抱き付いている自分を顧みて、急に恥ずかしくなった。
カッと体温が上がる。
周りには他の侍女もいるというのに。
できた侍女たちは、見て見ぬ振りをしてくれるけれど。
促されるまま、先に体を洗われる。
湯船に浸かって洗髪がはじまると全身から力が抜けた。
温もりに包まれながらシャカシャカと心地良い音を聞く。
何物にも代えがたい安らぎがあった。
クラウディアは寝落ちしたい誘惑との闘いを余儀なくされた。

悪役令嬢は王太子殿下の婚約者になる

神に誓いを立てる結婚式とは違い、婚約式は人々から承認を得るものであるため、式の進行に教会は関係しない。

場所も大聖堂ではなく、王城の大広間が使われた。

朝早くから、その大広間近くの控え室にクラウディアの姿はあった。

本来は王族のみが使用できる部屋のため、入るのははじめてだ。

支度が終わり、鏡の前に立つ。

クラウディアは青みがかった白を基調としたドレスに身を包んでいた。縁取りには金糸が、それと交差するように配置された裾の長いフリルには甘さの残る淡いピンクが使われている。

それぞれ婚約者候補だったルイーゼとシャーロットを表したもので、今後二人は婚約者となったクラウディアを支える立場であることを表していた。

全体的に落ち着いた色味で派手さはなく、襟のあるデザインがカチッとした印象を与える。

それに合わせて、普段は緩く背中に広がる黒髪も結われていた。

神に誓わないといっても式は式。

浮ついた雰囲気が出ないよう、スタイリングには細心の注意が払われている。

が、そんなクラウディアを後ろからふわりと抱く人物がいた。

ドレスがシワにならないか、侍女は気が気じゃない様子だ。

シルヴェスターも理解していて、回された腕の力は優しいものだった。

かくいう彼も、仕上がりを崩せないのは一緒である。

当人はそれより優先するものがあるらしく意に介していなさそうだけれど。

前髪を上げているからか、凛々しさが増していた。

見慣れた正装姿であるものの、ジャケットには繊細な意匠を凝らした装飾が加えられており、木の葉が当たっただけでも傷が付いてしまいそうだ。

襟と袖にはクラウディアをイメージした黒と青のラインが入れられ、シルヴェスターの思いを告げている。

だからか意識してしまうと気恥ずかしかった。

「大広間でのお披露目が済んだあとは、続けて王都でパレードに参加する。下町から王城まで大通りを進む予定だが、長時間、衆目に晒される。そして城へ帰れば国王夫妻との会食だ。休む暇はないと言っていい」

「だから今のうちに活力を充填されているのですか?」

「本当なら力いっぱい抱きしめたいところだが、侍女たちの目が鬼気迫っているからな。触れる程度で許してくれ」

「シルが少し動くたび、重ねたシャンパングラスを落としそうな顔になっていますわよ」

緊張感溢れる侍女たちには申し訳ないが、鏡に映る百面相に、ふふっと笑いが漏れた。

それでも強張った肩から力は抜けない。

首筋に顔を寄せるシルヴェスターも気付いているだろう。

(怖いわけではない……はずだけど)

侍女をはじめとした周囲の人たちの空気が伝播しているのか、神経が張り詰めていた。

人前に出ることには慣れているはずなのに。

内々ではずっと婚約者の立場でもあった。

今更、何に怖じ気づくというのか。

耳の縁にシルヴェスターの唇が触れる。それだけでピクンと体が過剰に反応を示した。

「シル？」

「イタズラをする意図はない」

「耳に口を付けたまま喋らないでくださいまし」

「感じるか？」

「ばか……っ」

鏡の中で細められた黄金の瞳を睨み付ける。このまま肘打ちをしたい衝動に駆られたものの、体は動かなかった。

逆に手を持ち上げられ、甲にキスを落とされる。

「あまり煽らないでくれ。我慢するのが辛い」

「煽っておりません、怒っているのです」

「青空のような瞳を潤ませてか？」

確かめるように後ろから覗き込まれる。

互いに見つめ合っていたのは、どれほどの時間だっただろう。一瞬だった気もする。

きらきらと瞬く大きな星に魅了された。

唇が寂しさを覚えるけれど、クラウディアもシルヴェスターもこれ以上は近付けない。化粧を崩そうものなら、周囲から悲鳴が上がることは必至。

堪らず、体内に溜まった熱をほう、と吐き出した。

シルヴェスターも何かに耐えるよう僅かに顔を逸らす。

クラウディアの頭に頬を預けたかったのだろうが髪飾りが邪魔をした。

結局、中途半端な位置で顔を浮かせることになった。

雰囲気を変えるためか、あからさまにシルヴェスターが別の話題を取り上げる。

「そうだ、準備に追われて、あれから村の経過を話せていなかった」

「進展がありましたの？」

ニナが影武者として代わりを務めてくれていたものの、屋敷に戻ってからはドレスの最終調整など、クラウディア自身で確認しなければならないことが溜まっていた。

シルヴェスターも事後処理に追われて忙しい日々を送り、改めて時間をつくる余裕がなかった。

彼の表情に疲れが見えないのは化粧のおかげである。

「国としては、危険物——薬の流通に介入できるようになった」

村にあった実験室を押さえられたおかげで、国の特別機関でなくとも危険な薬が作れることが周知された。

今後、国の指定薬物は許可を得たところでしか製造が許されなくなり、薬や原材料となる薬草の流通に検閲がかかる。

薬の流通に利権を持つデミトル伯爵にとっては大きな打撃だ。

全てが脅かされるわけではないが、ものによっては王家の介入を受けるのだから。

「実験室に残された資料からは、村の大体の成り立ちが判明した。はじまりは鎮痛薬の製造だった」

鎮痛薬は市井でも色んなものが出回っている。

知識があれば特別な技術や器具がなくても作れるものだった。

湧き水のおかげか、薬草の扱いが良かったのか、当時から効能は良かった。

「それがナイジェル枢機卿の目にとまった。村では先生と呼ばれていた。このことから教会とは切り離し、個人で関わっていたと推測される」

先生がナイジェル枢機卿であるのも仮説だが、状況証拠からほぼ確定で間違いない。

助言から支配に至り、村の有様は変わっていった。

人体実験を繰り返し、薬の製造は媚薬や洗脳薬へと発展していく。

「村に閉鎖的な教えを根付かせたのは、他からの介入を避けるためだ。彼が国内にいる間は上手くいっていた」

しかし国外追放され、村に手が行き届かなくなった結果、デミトル伯爵をはじめ王家に尻尾を掴まれることとなった。

「薬の副作用で村人たちの思考能力には疑問が残る。危惧《きぐ》はしていたようで、相談役を用意していた」

これは村人からの証言で判明したことだ。

証言を得るのは難しいと思われたが、相談役の存在が秘匿《ひとく》されることはなかった。

そこからナイジェル枢機卿へは繋がらないからだろう。

「村の外でわたくしを襲った男ですわね」

「そうだ。本当にディアか確認するため、村へ向かっていたと思われる。村が点在していることから、相談役も一人ではない可能性が高い。他の相談役については引き続き捜査中だ」

キールからの情報提供で、点在している他の村の所在もわかった。

危険物を取り扱っていることから、該当地域の領主へは王家から命令が下せる。

「相談役のことは話した村人も、薬の製造方法については口を噤んだ。だが見通しは立ちそうだ」

「それは朗報ですわね」

鎮痛薬の効き目は身をもって知っている。

ぜひとも広く流通させたい。

「調合室や実験室にあった痕跡から、薬師がおおよそを把握した。他の村も調べが進めば、手がかりが掴める。なくとも成果が出るまで長くはかからぬはずだ」

新薬の開発を名目に研究が進められるという。

研究施設が置かれるのは、今まで薬の製造をおこなっていた村だ。同じ条件下のほうが、結果を再現しやすいためである。

施設が置かれる村には国から助成金が下り、環境が整えられる。

保護されている子どもたちも、そのまま村で新しい生活がはじまるとのこと。

「村を出たいという子はいなかったよ」

「閉鎖的な村でも、子どもたちにしてみれば住み慣れた場所ですものね」

悪いようにはならなくてほっと胸を撫で下ろす。

国が動かなければ、クラウディアが対応する予定だった。

「婚約式前に見通しが立ったのですわね」

「ギリギリではあったが……さて、今は目の前のことに集中しようか」

シルヴェスターの視線を追えば、二人を呼びに来たのであろう使いの姿があった。

事件からこちら、ずっとシルヴェスターは理性的だ。

暴れてほしいわけではないけれど、彼の性格を鑑みると意外に感じてしまう。

クラウディアが関わると、シルヴェスターは黒い面を覗かせる。

（村の関係者全員、首をはねると言い出しかねないわ）

だというのに、そんな素振りはない。

この件の問題解決が、国王から出された課題であるからだろうか。

居住まいを正し、クラウディアはシルヴェスターから差し出された腕に軽く手を添える。

大広間には国中の貴族が集まっているはずだが、廊下は静まり返っていた。

硬質な廊下に、ヒールの音がやけに響く。

緊張が一緒にこだまして感じられた。

向かうは大広間の中に設置されたバルコニーだ。

こちらもクラウディアにとっては、はじめての場所だった。

二人の登場を告げるアナウンスに合わせて、扉が開かれる。

真っ先に目に飛び込んできたのは、大広間の天井を飾るシャンデリアだった。

照明は点けられていないが、窓から入った日差しで装飾の宝石がキラキラと輝きを見せる。

シルヴェスター、クラウディア双方の全身が露わになっても、しばし静寂が続く。

経験のないクラウディアは大広間の状況を察することができない。けれど彼女をエスコートする人物は違った。

見慣れた穏やかな笑みを浮かべる。

「皆、君の美しい姿に言葉を失っているようだ」

「まさか」

クラウディアを知らない人はここにはいない。

目新しさはないと思うものの、良い印象を与えられているなら嬉しかった。

隣に並ぶ人を視線だけで見上げる。

不思議な感覚に呑まれていた。

自分の記憶にはないけれど、逆行前、この場所に立っていたのは別の人物なのだ。

――お姉様。

そうクラウディアを呼ぶ声は、もう遠く、思いだすのにも苦労する。

以前、ただならぬ恐怖を植え付けた存在は、リンジー公爵家から籍を外され、婚約式にも結婚式にも招待される資格を失った。

改めて新しい人生を歩んでいるのだと実感する。

手に触れる温度が、これが現実であることを教えてくれた。

光を含んだ黄金の瞳がクラウディアを認めると優しげに細められる。

彼のほうがよっぽど美しいと思うのは、婚約者の欲目だろうか。

集まった貴族たちに挨拶を告げたあと、決められた手順に従ってシルヴェスターが宣誓する。

「私、シルヴェスター・ハーランドは、クラウディア・リンジーを婚約者とすることを皆に誓う」

「わたくし、クラウディア・リンジーも、シルヴェスター・ハーランドを婚約者とすることを皆に誓います」

瞬間、祝う声が紙吹雪のように舞う。そしてそれらが耳に届くと同時に影が落ちた。

焦点の合わないシルヴェスターの顔が、唇に温もりを残す。

「……このような手順はなかったはずですが？」

「堅いことを言うな。君はもう婚約者候補ではない」

「まだ根に持っておられるので？」

「傷つけられた私の矜持が癒えるには、まだ時間がかかりそうだ」

王城の庭園で開催されたお茶会の帰り、列柱廊での思い出が蘇る。

はじめてのキスに甘さは微塵もなかった。

けれど。

「わたくしの心臓は今も壊れそうなほど高鳴っておりますわ」

そう言うと、手を取られてシルヴェスターの胸に置かれる。

「私もだ。感情が昂ぶって苦しいほどに暴れている」

切なげな声に余裕のなさが表れていた。

熱のこもった息を身近に感じると、自分も引き摺られそうになる。

「シル、皆が待っておりますわ」

「ああ、存分に見せ付けてやらないとな」

階段を下っている間は、雲の上を歩いているような心地だった。

しかし大広間に下りた途端、凍えそうなほど冷たさを宿した自分と同じ青い瞳を見つけ、正気に戻る。

表情は笑顔だがヴァージルの目は笑っていなかった。

「婚約のお祝いを申し上げると共に、殿下にはまだディーが公爵家の籍にあることを思いだしていただきたい」

「わかっているとも。軽く口付けをしたぐらいで大袈裟だな」

早速バチバチと火花の散る音が聞こえる。

(そういえばお兄様の前でしたのは、はじめてだったかしら)

ヴァージルも二人の関係は理解している。だが、目の前で可愛がっている妹に手を出されるのは、腹に据えかねるらしい。

カナリアを連想させる黄色い髪がふわりと視界に入ったかと思えば、想像より近くにキールの姿があった。

リンジー公爵家の縁者として、ちゃっかり場所を確保していたらしい。幼いながらも逞しい姿に胸がほっこりする。

「クラウディア様、おめでとうございます！」

「ありがとう、キール。元気そうで何よりだわ」

不運に愛された少年は、今のところくたびれた様子がない。

「二、三度、頭から飲み物を被りそうになりましたが、ヴァージル様が助けてくださいました！

リンジー公爵家の方といると、何が起きても大丈夫な気がします！」

満面の笑みで告げられたものの、相変わらずの不運さだった。

（キールの助けになっているのならよしとしましょう）

その後も、順番に挨拶が続く。

ラウルのときには僅かに空気がヒリついたものの、ラウルはバーリ王国の王弟として祝う姿勢を崩さなかった。

学園の卒業パーティーで去来した切なさは、もうない。

いつも以上に招待客が多いため、あまり時間が取れなかったのもあるかもしれないが。

中にはナイジェル枢機卿の後任として派遣された者の姿もあった。結婚式に際しては、彼が取り仕切る予定だ。

公爵令嬢という高位の身分なのもあって、今までも一方的に挨拶を受ける機会はあった。

それでも笑顔が顔に張り付いていくのを感じる。

かつてないほど盛大に開催された婚約式には来賓の数も多い。

華々しさを感じたのは一瞬のことで、クラウディアは途切れない人の波に溜息を呑み込んだ。

王弟殿下は王太子殿下の婚約者に見惚れる

もう何度訪れた場所かわからない。

だというのに、今朝は特別緊張している自分がいた。

王城の大広間には国内外を問わず多くの貴族が集まっている。

中にはアラカネル連合王国の王太子、スラフィムの姿もあった。

結婚式に比べれば招待客は限られているだろうに、この数だ。

シルヴェスターの本気が窺え、溜息をつきたくなった。

「あなたが緊張してどうするんです?」

「うるさい」

目敏い副官の綺麗な顔を殴ってやりたい。

「オマエはよく笑っていられるな」

「我が君の喜びは、ぼくの喜びでもありますから」

「どうだか」

レステーアのクラウディアに対する献身に嘘はない。

けれど彼女の歪みきった心が素直に祝福しているとは到底思えなかった。

今日も今日とて麗しの男装姿だ。

ラウルは注意するのを止めた。

今日の主役である二人が一番気にしていないのだ、自分が小言を言うのもバカらしい。

クラウディアの兄であるヴァージルでさえ意外にも見咎めなかった。

礼節に厳しい印象があるが、妹の意見が最優先らしい。

リンジー公爵家は大広間の一等席に当然ながら陣取っていた。

そのほど近くに見知らぬ少年が立っているのが気になる。

「あれがキールという少年探偵か」

「リンジー公爵家が後見人になるくらいには優秀なようです」

婚約式という場で近くに置いているぐらいだ。

よほど気にかけているのだろう。

「件の村についても独自に調査を進めていたと聞くからな」

ナイジェル枢機卿が関わっている村についてはラウルへも打診があった。

もっともハーランド王国ではなく、バーリ王国にも同様の村はないか、という内容だったが。

巨大な山脈によって国境が隔てられているおかげか、今のところ該当する村は見つかっていない。

ぐっと拳を握る。

クラウディアが事件に――当初は事故と考えられていたが――巻き込まれたと知っても、ラウルには為す術がなかった。

(何が選択肢を残しておいてやれ、だ)

偉そうに忠告しておきながら、この国でラウルは無力だった。

当然といえば当然だ。

ハーランド王国においてラウルは客人であり、部外者でしかない。

協力できたのは、クラウディアの不在がバレないよう影武者と対談したくらいだ。

逆にここでは部外者という立場が役立った。

隣国の王族と長時間話している相手が影武者だと、誰が想像するだろうか。

ラウルの献身あってこそ偽装は完璧になったが、胸の痛みは治まらなかった。

後日、クラウディアから協力を感謝されても、膿んだ傷口のようにじくじくとした痛みが残った。

(シルヴェスターがクラウディアを助けた)

最も必要なとき、彼女の傍にいたのは恋敵だった。

それが全てを物語っている気がする。

恋路においても、自分は部外者でしかないのだと。

思考が傷口に塩を塗り込むのを止められない。

痛い。苦しい。

だけど、クラウディアはここにいる。

居場所が知れないと聞いたときは目の前が真っ暗になった。

あのときの絶望に比べれば、自分の傷心など些末なことに感じられた。

顔が下を向きそうになり、意識して耐える。

立場を思いだせ。

ここは祝福の場だ。

感傷に浸るのはあとでいい。

今はバーリ王国の王弟として公式な場にいるのだ。

己を鼓舞していると、淡い碧眼と目が合う。

レステーアはずっと綺麗な笑みを浮かべていた。

全て見透かされていそうで気に入らないが、彼女の心中も似たり寄ったりだろう。

クラウディアの救出にあたり、レステーアは同行を許されなかった。

ラウルは目立つ存在なので言わずもがな。

レステーアは、シルヴェスターに邪魔だと判断されたのだ。

部隊を指揮するシルヴェスターにとって、勝手に動きかねないレステーアを連れて行くのは負担でしかない。レステーアの暴走が、不利を招く危険性もあった。

放っておけば一人で行動しかねなかったので、ラウルが見張り役を買って出たほどだ。

平静を装っていても、心では狂い叫んでいるのが容易に想像できた。

何せ、皆、そうだったのだから。

シルヴェスターも、ヴァージルも、ラウルも。トリスタンですら取り乱しそうになるのを必死に堪えていた。

「そろそろですね。我が君のお姿に集中したいので、しばらく話しかけないでください」

「こっちの台詞だ」

表面上は日常が戻っている。

それでも心にできた傷が簡単に癒えることはないだろう。

ラウルも、レステーアも。シルヴェスターですら。

唯一、クラウディアを見ているときだけは痛みを忘れられた。

(彼女の無事を噛みしめたい)

早く元気な姿を目に焼き付けたかった。

いざクラウディアが大広間に姿を現すと、ラウルは言葉を失った。

結いまとめられた黒髪に、襟のあるドレス。

アクセサリーも控えめで派手さはない。

どちらかというと、お堅い印象を受ける装いだ。

それがクラウディアの凜とした姿と見事に噛み合っていた。

静謐な風が流れるのを感じる。

声を失ったのはラウルやレステーアに留まらない。

大広間にいる全員が、呆然とした時間を過ごしていた。

背中へ流れる黒檀はひっそりと艶めいて嫌みのない華美さを体現し。

青い瞳は窓からの日差しを受け、彩度高く輝いたかと思うと深海のような静けさを湛えた。

ずっと眺めていたくて目を離せない。

ずっと、ずっと。

思い続ける。

(オレは、どうしようもないな)

鼻の奥がツンとしていた。

奥歯を噛みしめて激情に耐える。

(やっぱり好きだ)

こんな場面になっても、愚かなほどに。

自分でもバカだと思うが、心が叫んでいた。

(クラウディア、キミが好きだ)

どうして諦められないのか、何度も何度も自問した。

答えはついぞ出なかった。

感じるものに理由を付けるほうが間違っている気がした。

クラウディアとシルヴェスターの誓いを聞いても、思いは変わらない。

「いつか諦められるのか」

わからない。今でないことだけは確かだった。

「諦めなくて良いんじゃないですか」

「適当に言っているだろ」

「本心からですよ。応援しているというのも」

綺麗な笑みを浮かべるレステーアに嘲る様子はない。

「ぼくが我が君を第一に考えているのは、ご存じでしょう」

「副官として真っ向からオレにいう神経はどうかと思うが」

「そんなぼくにとっても、ラウルの姿勢は有り難いんです。だってこの先、何があるかわからないじゃないですか」

シルヴェスターが力を失うことだってないとは言い切れない。

政敵に勝てても、病に負けることは誰にでもある。

「いつまでも待っていてくださいよ。かっこ悪くて何がいけないんですか？　バーリ王国の後継者は国王のご子息だと決まっているんです。ラウルの恋愛は自由ですよ」

とはいえラウルは王族だ。

レステーアがいうほど自由はない。

国に何かしらの危機が迫り、結婚が必要となれば断る余地はないのだ。

けれどそんなことはレステーアもわかっている。

許される間は、ということだ。

「オマエの言葉に励まされるのが癪に障る」

「素直じゃないんですから」

裏切っておいてよく言える。

お馴染みの軽口だが、これもいつまで続けられるだろうか。

「シルヴェスターに情報を渡したのはオマエだな」

ラウルが買収した貴族たちに、シルヴェスターは圧力をかけた。

圧力をかけるに至った証拠は、ハーランド王国の調査だけで手に入るものではない。

レステーアは綺麗な笑みを浮かべる
訊くまでもないことだった。

「オレはもうオマエを助けられる立場にないことを忘れるな」

「ラウルは優しいですね」

助けたくても助けられない。言葉に込めた気持ちを、レステーアは正しく酌み取った。

ハーランド王国の間者である以上、母国で疑われたら命はない。

言葉を重ねたところで、レステーアはそれしか生きる道がないのだが。

「我が君に助けられた命です。そう簡単に奪わせませんよ」

「オマエはブレないな」

変わらない態度に苦笑が浮かぶ。

副官が、友人がこれなのだ。

自分も無理に変わる必要はないかと、ラウルは挨拶すべく思い人がいる方向へ足を向けた。

悪役令嬢は噛みしめる

王城の大広間での婚約式が終わると、お披露目のためのパレードが待っていた。

王都の、それも中心街でのみの開催だったが、婚約式と同じくらい笑みを絶やすことは許されず、体感時間は遅々として進まなかった。

（以前はなかったわよね）

逆行前は。

記憶に残っているパレードは、子どもの誕生を祝うものだけだ。

何もかもが異なってきている。

通りには紙吹雪と一緒に花ビラも舞っていた。

色とりどりに煌めく欠片を眺めながら、自分の選択の結果を実感する。

まだ終わりではない。

けれど節目なのは確かだった。

それを愛する人と迎えられる喜び。

（幸せだわ）

気持ちは誰かに決め付けられるものではない。

型にはめられるものでもない。

感じたままが答えだ。

村でのことを振り返りながら、クラウディアは向けられる人々からの祝言に心からの笑顔を送った。

パレードが終わった頃には日が暮れていた。

朝早くから動いているというのに、シルヴェスターが予見していた通り二人揃って休む暇がない。

疲れを癒やせないまま着替え、化粧を直すと、今度は国王夫妻とのディナーが待っている。

言葉を交わしたことは何度もある。

王妃とはお茶会に呼ばれる仲だ。

それでも。

(緊張するものはするわよ！)

あてのない文句を胸の中で叫ぶ。

クラウディアは公爵令嬢である。

リンジー公爵家は、王家の次に位が高いと言っても過言ではない。

過去には降嫁した王女もいる。

しかしどれだけ言葉を並べても、別物なのだ。

王族と貴族は。

尊き人。

国の父であり、母である人。

いつかは自分も名を連ねるとしても、まだ今は違う。

苦手であるのか訊かれても答えられない。

そういう意識を持つことすら不敬に感じられた。

「大丈夫か？」

「わかりません」

即答すると、シルヴェスターが笑みを漏らす。

「心配せずとも、我が父であれどディアを傷つけさせぬ」

「それはそれで安心できないのですけれど？」

目の前で親子喧嘩が勃発するのは勘弁願いたい。

何事もなく平穏にクラウディアは過ごしたかった。

「国王陛下並びに王妃殿下に挨拶申し上げます」

シルヴェスターと共に挨拶し、席へ着くと、国王の黄金の瞳が緩やかな弧を描く。

「プライベートな場だ、気を楽にしてくれると嬉しい」

「お心遣い、ありがとうございます」

国王が家族との朝食の席に必ず顔を出すことは聞いていた。

このディナーも家族の繋がりを大事にする意味合いが強い。

かといって甘えられるほどクラウディアの神経は太くないし、礼儀も弁えていた。

ない。

（お二人にシルの面影が見えるのが心の救いね）

容姿だけでなく仕草や言葉遣い、発音のクセなどが似ていると微笑ましい気分になる。

国王ハルバートは、どうしても厳格さが先行するものの、だからこそ揺るがない信頼があった。

歴代の国王の中でも、国民が思い描く理想そのものだ。

クラウディアの母親が頑なに厳しかったのも、国王を貴族の理想像として見ていたからかもしれ

並ぶ王妃アレステアは、クラウディアにとってかっこいい大人の女性代表だった。

長い金髪をまとめていることが多く、颯爽としていて行動力がある。

婚約者の内定に際しては、学園までクラウディアの様子を見に来たくらいだ。

正道、という言葉が似合う夫婦だった。

シルヴェスターの性格がどこから来たのか不思議なくらいである。

「この子の我の強さには困ったものね。今日一日大変だったでしょう？」

「むしろ助けていただいていることのほうが多いです。あっという間の一日で、お恥ずかしながら、まだ夢を見ているようですわ」

「とても綺麗だったわ。結婚式ではまた趣が変わるでしょうから、今から楽しみで仕方がないくらい」

頬に手をあてて目を輝かせる王妃を見て、朝、涙ぐみながら送り出してくれた侍女長マーサの姿が脳裏に浮かぶ。

母親に良い思い出があるわけではないけれど、いない寂しさは拭えなかった。

だからだろうか、王妃の言葉があいた穴をすっと埋めてくれる。

(認めてくださっているのだわ)

クラウディアが義理の娘になることを。

社交辞令だというスレた考え方には蓋をして、額面通りに受け取る。

無理に心労をつくる必要はない。

国王がシルヴェスターへ目を向ける。

「クラウディアが横にいるからといって慢心せぬように」

「承知しております」

言われるまでもない、とシルヴェスターはグラスを傾ける。

その角度や手の位置が国王と重なり、親子だなぁ、と当たり前のことを思った。

教育によるものであっても、寸分違わず同じように感じるのは他人ではありえない。

「お互い切磋琢磨していけるのは良いことだ。だからこそ均衡を慮《おもんぱか》りなさい」

均衡、という言葉はクラウディアにも向けられている気がした。

一般的な令嬢に比べ、クラウディアが目立っているのは否めない。

美貌だけならまだしも、権力となれば話は別だった。

シルヴェスターが器用に片眉を上げる。

「お小言のために呼んだのですか?」

「まさか、祝福するために決まっておろうが。お前たち二人なら、今後も力を合わせて問題に取り組めると信じている」

シルヴェスターと同じ角度でグラスを傾けながら、国王が笑む。

父親としての表情をはじめて見たクラウディアは目を瞬いた。

慈愛に満ちた目差しはどこかくすぐったくて、春の陽気のように温かい。

この期に及んで、自分よりシルヴェスターのほうが真っ当に愛を注がれていることに思い至る。

それが今やクラウディアへも向けられている現実に心が揺さぶられた。

国王も王妃も、心から祝福してくれている。

両親というものの存在を、クラウディアはようやく理解できた気がした。

食事の味は覚えていないが、今日のことは墓場まで忘れないだろう。

すっかり夜も更けてしまったので、クラウディアは王城に泊まることとなった。

婚約者専用の客室が用意されており、ぜひにと王妃に勧められたのもある。

客室はリビングと寝室の二部屋に分かれていた。

真新しい調度品の中には、シルヴェスター仕様と呼ばれる棚もあった。

中の壁面に鏡を配置し、ガラスの戸を開けなくても展示物がつぶさに鑑賞できるそれはシルヴェスターが考案し、小物愛好家から絶大な支持を受けていた。

好きなものを並べて、お気に入りの空間をつくってほしいということだ。

慣れない場所であることへの気遣いが嬉しかった。

入浴を済ませて寝室へ足を踏み入れる。

ベッドを見た瞬間、クラウディアは動きを止めた。

そこにシルクの寝衣姿で寝転ぶ人物がいたからだ。

「お部屋を間違えたかしら？」

「合っているぞ」

「わたくしたち、まだ初夜を迎える関係ではありませんわよ？」

今日のは婚約式で、結婚式ではない。

クラウディアの籍は、まだリンジー公爵家にあった。

「すまぬが、正論は聞けない」

近付くなり、体を起こしたシルヴェスターに腰を抱かれた。

ベッドへ上げられ、力いっぱい抱き締められる。

クラウディアの胸で、シルヴェスターは震えていた。

「シル？」

呼びかけると、何かに耐えるように長く息を吐き出す。

そして、とつとつとシルヴェスターは語りはじめた。

「ディアが連れ去られたと聞いて、発狂しそうだった。腹の底で眠っていた獣が目を覚まし、臓腑を、皮膚を食い破って暴れ回りそうだった」

牙が肉をちぎり、骨をかみ砕く幻聴を聞いたという。

腹から鮮血が迸り、目の前を真っ赤に染める様子がありありと浮かんだとも。

クラウディアから語るシルヴェスターの表情は窺えない。

けれど少しでもシルヴェスターの抱えるものが軽くなるようにと銀髪を指で梳く。

（ずっと溜め込んでらしたのね）

理性的に見えたのは表面上だけで、心の中ではずっと獣と闘っていたのだ。

負けたときの光景を突き付けられながら。

「獣に首輪を着けられたのは、君を助けることが何よりも重要だったからだ」

自分のことなど二の次にできた、とシルヴェスターは続ける。

「だが今になってまた獣が牙を剥き、恐怖が襲いかかってくる。君を失うかもしれないと……っ、ここにいるはずの君を捉えられなくなる」

泣きそうな声に胸を締め付けられた。

今もシルヴェスターは闘い続けているのだ。

自分の内なる獣と。

「わたくしは間違いなくここにおります。どこにも行ったりしませんわ」

シルヴェスターの頭にキスを送る。

この接触が、彼を現実に引き留めてくれることを祈って。

「ディア、私は自分を許せそうにない。間に合ったのは運が良かっただけだ。それでも君の腕に痣を残してしまった」

馬から引きずり下ろされたときの痣がまだあった。

一週間もすれば消えるものだが、シルヴェスターには悔恨となって刻み込まれていた。

「叶うなら、全ての村を焼き払いたい」

ナイジェル枢機卿に関する全てを消し去りたい。

でも、きっと。

「全てを成し遂げても、きっと私は満足できぬ」

次なる脅威がある限り。

際限なく、繰り返してしまう。

「現実的ではありませんわね」

「ああ、頭がおかしくなりそうだ」

「狂ってしまわれますか？」

「狂ったら、楽だろうか？」

「今よりももっとお辛いと思います」

「ふ、そうだな。狂ったら、こうしてディアの温もりも感じられなくなるだろう」

シルヴェスターの頬を両手で包む。

クラウディアを見上げるシルヴェスターの表情は、狂人というより迷子になった子どものようだった。

「大丈夫、わたくしたちなら乗り越えられるわ」

力を合わせて問題に取り組めると国王陛下からもお墨付きをもらったのだから。

「大丈夫よ、シル。自分を信じられないのなら、わたくしを信じて」

わたくしはあなたを信じるから。

黄金の瞳を宿す目元に口付ける。

次は頬に。鼻頭に。唇に。

一つ一つ気持ちを込めながら。

震える銀色の睫毛を観察する。

「……君がいないと生きていけない」

「あら奇遇ね、わたくしもよ」

軽口を返すと、シルヴェスターの体から力が抜けるのがわかった。

「愛している、ディア」

「愛しているわ、シル」

言葉は口付けに変わっていった。

シルヴェスターがクラウディアの頭を撫で、耳の縁をなぞる。

淡い快感に、ん、と声が漏れた。

それでも啄《ついば》むようなキスは止まない。

ようやく唇が離れたときには、互いに息が上がっていた。

「疲れているだろうに、わがままを言ったな」

「本当よ、もうくたくただわ。でも頼ってもらえて嬉しいの」

心の拠り所にしてもらえているのが実感できて。

シルヴェスターにとっても自分が特別な存在であるのが誇らしかった。

「これからも一人で抱え込まないって約束してくださる？」

「ディアが望んでくれるなら」

「約束ですわ。反故《ほご》にしたら許しませんわよ」

改めてシルヴェスターの頭を胸に抱く。

シルヴェスターは一切抵抗しなかった。

従順な姿が可愛く感じられ、こういうのも悪くないと思ってしまう。

傍にある温もりが心地良くて、クラウディアは自然と意識を手放した。

悪役令嬢は新しくできた村を視察する

王太子の婚約者としての初仕事は、新薬開発に携わる村の視察だった。

王家の馬車には、シルヴェスターとクラウディアの他に、トリスタンとキールの姿もある。

キールの同行に、シルヴェスターは不満を隠そうとしない。

ちなみにキールの助手は留守番だ。ニナの侍従である同郷のダートンに見つかり、稽古を付けられている。

「キールも当事者ですから」

「だからといって同じ馬車に乗る必要はなかったのではないか？　おかげで道中に整備しているはずの車輪が一つ壊れたぞ」

「け、経年変化で耐久が落ちていただけですわ」

フォローするもののクラウディアも自信はなかった。

「何事もなかったかのように対応できるのはさすがです！　ぼくとしては同行させていただいて正解でした！」

一緒に乗っている相手が相手なので、キールは口調を改めている。

相変わらず物怖じしないのはさすがの胆力だ。

「己の不運を周囲の力でカバーしようとするな」

「むしろキールの体質を考えたら、それが正解なんじゃ？　婚約式でもヴァージルのおかげで助かったんでしょう？」

トリスタンの言葉に我が意を得たりとキールが手を叩く。

「さすが、殿下の側近！　頭の回転も速いですね！」

「え、そうかな？」

煽てられるまま頬を緩めるトリスタンは、幼馴染からの冷たい視線には気付かない。

キールは早くもトリスタンの懐に飛び込む術を学んだようだ。

シルヴェスターとの二人きりの時間を邪魔された形ではあるけれど、こうして賑やかなのもクラウディアは楽しかった。

護衛を引き連れての移動なので進みは遅い。

途中、一泊を挟みながら、クラウディアたちは件の村を再び訪れた。

「まるで違う村みたいだ」

馬車から降りたキールがぽつりとこぼす。

視界の端に映る森や、足下に広がる緑の絨毯、清冽さを感じる空気は変わらずだが、村の出で立ちは大きく変わっていた。

まず象徴的だった石造りの礼拝堂が跡形なく撤去され、広場になっている。

子どもたちが共同で生活していた家屋をはじめ、元々あった建物は全て、区画整理と共に一新されていた。

今目立つのは薬の研究、製造場所となっている木造の工場だ。

これからも人員は追加される予定なので、村というよりは工場を中心とした町になっていくだろう。

シルヴェスターとクラウディアが並び立つと、まずは王城から派遣されている行政官に出迎えられる。いわば村長の代わりだが、薬の製造にまつわる秘匿性から、今後も新たに村長が就任することはない。

行政官の後ろに見覚えのある顔が立っているのを認め、自然と笑みが浮かんだ。

茶色いおさげの少女がいた。

緊張で顔を強張らせているものの、以前より溌剌として健康そうに見える。

待ち望んだ再会に心が弾む。

「アイラ、お久しぶりね。元気にしていた？」

「はい！　く、クラウディア様も、えっと……」

「ふふ、慣れるまでは言葉遣いも前のままでいいわよ」

保護されたとはいえ、目まぐるしく変わる環境に落ち着かない日々を送っているはずだ。

その上、同じ被害者だと思っていた相手が、雲の上の人だったと知り驚いたに違いない。

貴族であるだけでなく、今や王太子殿下の婚約者なのだから。

親元からも離されているアイラに、これ以上の心理的負担をかけたくなかった。

「うん、ありがとう。作法も教わってはいるんだけど、まだまだ勉強不足で」

「不便はないかしら？」

「全然！　服も、食器も、全部新品なの！　むしろ本当に使っていいのか心配になるくらい。お世話をしてくれる人も優しいし……怒ったら、ちょっと怖いけど、前の気味悪い村長に比べればマシよ」

現在、アイラをはじめ、子どもたちは派遣された保護官と共に暮らしている。

元々共同生活をしていたので、新たな時間割りができた以外は慣れたものらしい。

罪を犯したとは言いがたい大人たちは、薬や洗脳の影響が抜けるまで監視下に置かれ、子どもと自由に会うことは許されていない。

「ご両親と会えなくて寂しくはない？」

「んー、まだ小さい子で泣いちゃう子はいるけど、あたしはそんなに。月に一度は会えるし、前のパパとママに戻ったら、また一緒に暮らせるってわかってるしね」

アイラの表情から以前見た憂いが消えていることにほっとする。

こうして直接会う前から、保護官による報告書には目を通していた。彼女の心を蝕んだ恐怖がまだ残っていることをクラウディアは知っているが、快方に向かっているのは確かだ。

近況を言い終え、キールと目が合ったアイラがにやりと笑う。

「キールは相変わらず運がないの？」

「まぁね！」

「胸を張って自慢することじゃなくない？」

「ぼくの運が悪いのは取り柄でもあるから！」

「その開き直り方は、素直にすごいわ」

思い切りの良さはキールの美点の一つだ。

運の悪さを逆手にとって探偵をするぐらいである。

「あたしもがんばろー」

「アイラは十分頑張っているわ」

「まだまだ覚えることが多いの。でもやれることが限りなくあるのが、楽しいし、嬉しいの」

以前の選択肢のなかった暮らしとは違う。

今は自分の意思で薬について学び、材料集めなど簡単な仕事を手伝っているという。

意欲的な姿が眩しく映ると同時に思う。

(アイラのことだから無意識のうちに察しているのでしょうね)

勘の良い子だ。

国から与えられるものが善意だけでないと、頭のどこかでわかっているのだろう。

手厚い保障は、薬に関わる者への口止め料でもあった。

他の村も新薬の製造拠点として一時的に国の直轄領となることが決まっていた。次の世代からは領主との交渉になるが、他国への薬の漏洩を防ぐため、国の介入は続けられる。

彼女たちに与えられた自由は、また限られたものでしかない。

だというのに。

「ありがとう、ディーさん！　約束を守ってくれて、あたしの願いを叶えてくれて！」

アイラから弾けるような笑顔を向けられる。

心が、大きく揺さぶられた。

涙が溢れそうになるのを耐える。

クラウディア一人で成し遂げられたことでは決してなかった。

「約束だもの。けれど、アイラたちの助けがなければ果たせなかったわ」

閉鎖的な村で腐ることなく、彼女は最後まで抗おうとしていた。

強い意志をアイラが持っていたからこそ、今に繋がっているのだ。

「わたくしのほうこそ、助けてくれてありがとう。あなたの権利が守られ続けるよう、わたくしも頑張るわ」
色んな選択が自由にできる未来をつくれるように。
婚約者として、クラウディアの立場は公のものとなった。
だからといって自動的に出来た人間になれるわけではない。
（事件に巻き込まれなければ、アイラの存在を知ることもなかったわ）
それは自分の未熟さの表れだった。
シルヴェスターが携わっていたから、滞りなく彼女を助けることができたのだ。
諦める気持ちはなくても、自分一人の力ではどこまでできたかわからない。
（このままではいけないわ）
ナイジェル枢機卿に関係なく、国が抱える問題は多い。
一つ解決できたからといって、終わりではないのだ。
見上げた先には、雲一つない青空が広がっていた。
清涼な空気で肺を満たす。
（王太子妃になるの）
責任は今まで以上に重くなり、間違いは許されない。
けれどのしかかる重圧は、ようやくシルヴェスターと並び立てた証しでもあった。
隣にある、温かい黄金の瞳を見上げる。
姿は国王に似ているものの、王妃の面影もシルヴェスターは携えていた。

（いつかは同じ場所に立つのよ）
国母と呼ばれるその人と。
立場と共に、手にする力も大きくなる。
力は使い方次第で助けにも、苦しみにもなった。
掲げる目標は変わらない。
ただ以前にも増して気持ちが強くなっていた。
（アイラのような境遇が生まれない社会をつくる）
王妃アレステアは、クラウディアにとって憧れの人でもあった。
だからこそ、思う。
自分は彼女にはなれないと。
ならば、せめて。
手にした力で弱者を救済できる人になるのだ。
王太子妃として、王妃として。
決意を胸に誓ったとき、離れた場所からべしゃっと水が落ちる音が聞こえた。
「ぼくはなんて運が悪いんだ！」
濡れそぼったキールを見て、アイラが声を上げて笑う。
（彼女の笑顔を忘れないようにしましょう）
守るため、新たな犠牲を出さないために。

ここが起点になるのだ。

第五章　完

少年探偵はカナリアに負けじと鳴く

牧場の朝は早い。

夜露《よつゆ》で牧草がきらきらと煌めく頃には、もう人の動きがあった。

葉に付いた滴《しずく》が流れ、葉先で大きくなった一粒が世界を逆転させる。

気温が織りなす刹那の時間が過ぎ、葉が乾ききった頃になってようやく姿を見せる人物がいた。

その人物は黄色い髪をふわふわと揺らしながら玄関先で伸びをする。

顔が天を仰いだ拍子に丸眼鏡のレンズがきらりと陽光を反射した。

「んーっ、良い天気！」

キールも牧場の住人らしく日の出には起きていたものの、彼にとって朝は座学の時間だった。

元執事だった祖父から礼儀作法や教養をみっちり教え込まれ、やっと解放されたのだ。

学ぶのは嫌いじゃない。

新しい知識が増えるのは、キールにとって楽しいことであり、祖父との時間も、従兄弟《いとこ》たちが思っているほど苦行《くぎょう》ではなかった。

ただ一つだけ、耐えられないことがある。

「今日は町に行こう！」

ずっと同じ場所に留まっていると、お尻がそわそわして落ち着かなくなるのだ。

これぱっかりは祖父もお手上げで、昼からは自主学習の時間にあてられている。

祖父曰く、大人になるにつれ、じっとしていられる時間が長くなると言うが、キールはあまり信じていない。

なんとなくこれが自分の性分《しょうぶん》に思えた。

出かけることを母親に告げると、遅くならないようにね！　といつもの注意が飛んでくる。

それを背中で受け止めながら、キールは小走りで牧場を出た。

急ぐ理由はない。ただ気持ちが軽く、風に煽られただけだ。

小鳥が低空飛行するように、坂道を下っていく。

キールの一族が代々営む牧場は、小高い丘の上にあった。丘全体が彼らの敷地だ。

町はなだらかな坂を下った先にあり、牧場から走って三十分ほどの距離だった。見晴らしの良い一本道なので迷うことはない。

町からも丘から下りてくる人がいれば見えるくらいだ。

「とっ、とっ、と」

慣れた道とはいえ、下りの坂道である。

勢いが付きすぎて転ばないよう、キールは膝を折って加減した。

転んだりしたら町に着いた瞬間、ネタにされるのは目に見えている。

関所を兼ねた都市にいるような門番はいない。

通りに入れば、そこが町だった。

生鮮食品を扱う市場はあるものの、件数は片手で足りる程度。

衣料品店や散髪屋は住宅に紛れて構えられ、商業区という区分けはない。

どこにでもある平均的な田舎の町が、キールの地元だった。

貧しくもなく、際立って豊かでもない。日々の生活に困らない水準を保つだけの町。

町の水準でいえば、広大な土地――ほとんどが牧草地だが――を持ち、商いに成功しているキールの家は裕福な部類に入る。

活動範囲を牧場から町へ広げた当初は、町人たちから「牧場のキール」と呼ばれていた。

平民に名字はなく、子どもは親の職業や名前を前に付けて呼ばれるのが普通だった。

今では黄色い髪色から「カナリアのキール」へ呼称が変更されているが、所以《ゆえん》は他にもある。

「よう、カナリアの坊主。調子はどうだ？」

通りで目が合ったおじさんから気さくに声をかけられる。

町では誰もが知り合いだ。

「おかげさまで。今来たところだよ……あっ」

おじさんから視線を外した先で、涙ぐむ八歳の少女と目が合った。

見覚えのある顔に嫌な予感がして踵を返す――が、少女の反応のほうが早い。

「キール！　ミーコが見つからないの！」

「あぁ、ぼくはなんて運が悪いんだ！」

まだ全然、知的好奇心を満足させられていないばかりか、町に着いたばかりである。

早速、面倒ごとに巻き込まれる気配に天を仰いだ。

「おうおう、今日もよく囀《さえず》りそうだな」

これがカナリアと呼ばれるもう一つの所以だった。カナリアは危険を察知すると鳴き止む。

不運に遭遇すると叫ぶキールとは真逆だが、髪色と相まってそう呼ばれるようになった。

またキールが声に出して嘆いている間は、大した問題じゃないと捉えられている節もある。

危機的状況になれば、カナリアに限らず人も口を噤《つぐ》むものだ。

「おじさんが探してあげてよ」

「生憎、おらぁ、失くすのは上手いが、探すのは下手なんだ。任せたぜ、少年探偵さん」

あてにならない大人に溜息をつきながら、少女の元へ向かう。

無視して逃げることもできたが、後々、根に持って追いかけ回されるのはわかりきっていた。

「どこにも見当たらないの。今度こそキールが盗んだんじゃないわよね？」

「盗むわけないだろ。牧場にだって猫はいるよ」

「ミーコが世界一可愛いから……」

「はいはい、見回りしてるんじゃないの？」

「今はおやすみの時間だもん」

ミーコは少女が飼っている長毛種の猫だった。

目の周りから背中にかけて茶色い一方、鼻からお腹にかけては白く、二色に分かれた綺麗な外見が特徴だ。

町には他にも猫がいて、猫にも彼らなりの処世術があった。

その最たる例が見回りで、縄張りで鉢合わせしてしまうとケンカに発展する。

それを回避するため、縄張りが被る猫は見回りの時間をずらしていた。

これはミーコのことが大好きで、常に居場所を知っておきたい少女が日頃の観察で得た情報だ。

本当かどうかキールも一緒に観察したことがある。

少女の言うとおり、普段ならミーコはお気に入りの場所で寝ている時間だった。

次いで予想していた言葉を少女が口にする。

「キールも探すの手伝って！　協力してくれないならキールが犯人だって言いふらすから！」

「わかった、手伝うよ」

今となっては少女が言いふらしたところで誰も信じないだろうが、町へ来はじめた頃は、町人への心証が悪くなるんじゃないかとキールは気が気でなかった。

それで味を占めた少女は、未だにこの脅しが有効だと思い口にする。

大人は八歳の少女の訴えを真摯《しんし》に受け止めてくれない。

猫なんて放っておけばその内に帰ってくる。

正直なところ同意見だけれど、少女にとっては大事なのだ。

キールへの脅迫は、助けてほしい彼女なりの苦肉の策だった。

だからミーコが関係しないとき、彼女がこの手を使うことはない。

いざというときの頼みの綱だとわかっているので、キールも気にしないでいる。

（大人から無下《むげ》にされることは、ぼくにもあるし）

少年探偵と呼ばれるようになっても、一人前として扱われるほうが稀だ。

だから少しでも知的に見えるよう、度の入っていない丸眼鏡を着けているのである。

「お気に入りの場所をもう一度ぼくが見て回るから、きみは他に行きそうな場所を探してくれる？」

涙ぐんでいたくらいだ、既に定位置は確認したあとだろうと提案する。

協力者を得られて落ち着いたのか、少女の目にもう涙はなかった。

「わかったわ。北から順に回ってみる」

「茂みは何があるかわからないから、人が通る場所から外れちゃだめだよ」

「キールが言うと説得力があるわね」

幾度となく不運に見舞われてきたキールからの助言に、少女は素直に頷く。

それで猫の経路を追えるとは思えないが、依頼主が危険を冒す必要はない。

（どうせお昼には帰って来るだろうし）

少女の気を紛らわすのが目的だった。

キールは普段ミーコが寝床にしている場所へ向かう。

ミーコを探すというよりは、なぜミーコが普段とは違う行動を取ったのかが気になった。

今動けば、他の猫と鉢合わせしてケンカになるかもしれないのに。

その答えが、向かう先にあるはずだ。

町のメイン通りから枝分かれしている小道を目指す。

しかしメイン通りを抜けようとしたところで、叫び声に足を止められた。

「坊主っ、危ない！」

「え？」

声に振り返ったときには、崩れそうになる木箱とそこからこぼれ落ちる林檎《りんご》が逆光になって見えた。

避けられないっ——なら！

咄嗟にその場で蹲る。

少しでもケガを避けるために。

丸くなって衝撃に備えていると、いくつかの林檎が強《したた》かに背中を打った。

「ううっ、ぼくはなんて運が悪いんだ」

幸い、木箱は持ち直せたようだ。

見上げると運搬を任されていた青年が顔を真っ青にしている。

そんな青年には目もくれず、果物屋の店主のおじさんが慌てて助け起こしてくれた。

「大丈夫か？　頭は打ってないか？」

「うん、背中に林檎があたったくらい」

無事を確認して、ようやく店主は視界に青年を認めた。

「気を付けんか！　金がなくて困ってるって言うから渋々《しぶしぶ》雇ってやってるんだ！　最低限の注意も払《はら》えないようじゃ困るよ！」

「すみません！」

ぺこぺこと青年は店主とキールに向かってしきりに頭を下げる。

痛みはあるものの、大したケガでないことは経験上わかっていた。だから大丈夫だよ、と大人二人にキールは笑顔を向ける。

「あとで牧場のほうにも顔を出させてもらうよ」

「これくらいどうってことないのに」

「何言ってんだ、子どもにケガさせておいて平気な顔ができるか。詫《わ》びだ、おやつに持っていくといい」

言うなり、店主によってズボンのポケットに入るだけ林檎を詰め込まれる。

小さな品種とはいえ、ポケットはすぐにパンパンになった。最後に入れられた林檎は半分ほど出てしまっている。

まぁ店主の気が済むのなら、とキールは歩きにくさを覚えながら、目的地だった小道に足を向けた。

昼間でも建物の影がまばらに落ちることから、小道は木漏れ日通りと呼ばれている。

木漏れ日通りに向かって裏口を作る家が多く、通りには裏口に置かれた棚や水がめが顔を覗かせていた。

ミーコは、その中の棚の一つで寝るのが好きだった。

お気に入りの棚の上は終始影になっている部分と日に当たっている部分があり、暑くなってきたら寝返りを打てば良いという寸法だ。

（横着者だよなぁ）

けれど少女が世界一可愛いと豪語《ごうご》しながら丹精《たんせい》込めて世話をしているだけあって、毛並みは常にさらさらで汚れが目立つことはなかった。

町の猫で一番綺麗な見た目なのもあって、ミーコを知らない町人はいない。

予想していたものの、棚の上にミーコの姿はなく肩を落とす。

「どこに行ったのやら」

そしてなぜミーコは、お気に入りの場所から移動したのか。

周囲を見回すと独特な臭いが鼻を突《つ》いた。

今まで嗅いだことのない種類のものだ。

臭いの元を探って動く。

すると一区画先の影で、男が座り込んでいた。

(浮浪者？　でも……)

小汚くはあるものの、体格は良い。良過ぎるくらいだ。

二の腕は山のように盛り上がり、鍛えられた胸筋で、胸の生地はぱつぱつになっていた。

大きな血管が浮かぶ腕といい、どうも浮浪者のイメージにそぐわない。

(三十〜四十代くらいかな？　見た目だけだと山賊《さんぞく》っぽい。ちょっと距離を置いて話しかけてみるか)

掴みかかられないよう間合いを取る。

見覚えはないので町の人間でないのは確かだった。

「ねぇ、生きてる？」

「……」

声はないものの、呼びかけには反応があった。

ゆっくりと頭がこちらを向く。

「こんなところで何してるの？」

質問しながら、これじゃあ警ら隊の真似事だな、と思った。いずれ巡回があれば、同じ問答があるだろう。

男が口を開く。

と、同時に。

ぐーぎゅるる。

男の腹が鳴った。

「もしかしてお腹空いてる？　林檎あるよ」

ちょうど歩きにくかったところだったので、返事も聞かず林檎を男に放った。

男がカッと目を見開き、林檎を掴む。

次の瞬間には、林檎は跡形《あとかた》もなく消えていた。

「えっ、芯《しん》も食べたの？　まだあるけど……」

どれほど空腹だったのだろうか。

手品のように消える林檎が面白くて、残りも放った。

キャッチされるごとに林檎が消えていく。

「これで最後だよ」

受け取った男は最後の林檎も、ごりごりと芯まで咀嚼した。

男が動く気配を感じ、警戒する。

つい餌付け感覚が楽しくなって林檎をあげてしまったが、男が善人とは限らないのだ。

そんなキールの心配をよそに、男は手のひらと額を地面につけた。

「お恵み、ありがとうっす！　このご恩は一生忘れないっす！」

ぼさぼさの頭に無精ひげ。汚れた顔からおじさんだと思われた男は、想像以上に若いようだった。

「大袈裟だよ。もしかして行き倒れだった？」

「ははっ、面目《めんぼく》ないっす」

聞けば行商人の護衛として町に来たものの、お役御免となり途方に暮れていたのだという。

「お金は？」

「ないっす。護衛中は食事を分けてもらえてたんすけど」

「護衛してたんだよね？　護衛代は？」

「食事っす」

「お金もらってないの!?」

「いやぁ、そういう話だったんで」

「話だったんで、じゃないよ！　良いように騙されてるよ！」

行商に危険はつきものだ。

だから行商人は、自分と荷を守るため護衛を雇う。護衛の腕によって値段はさまざまだが、男の体格を見るに、タダ同然ということはありえない。

仮に腕がなくて体が大きいだけでも、見た目に騙されて盗人は怯むものだ。

「それでよく生きて来られたね」

「元は傭兵だったんすよ」

「今もじゃないの？」

民間で護衛を務めるとなれば、傭兵しか思い浮かばない。

どういうこと？　と首を傾げると、男はパルテ王国出身だという。

「あぁ、傭兵は傭兵でも、戦争が専門だったんだね」

「そうっす」

「でもハーランド王国は戦争してないよ？」

キールが住むハーランド王国では、長らく平和が続いている。

パルテ王国から傭兵を雇ったという話は聞いたことがなかった。

「あー、恩人さんだから言うんすけど、自分、逃げてきたっす」

「何から？」

「戦場から」

「はぁ!?」

まさかの逃亡兵だった。

戦場では誰もがパルテ王国の戦士と相対するのを忌避すると聞くのに。

「いや、ちゃんと勝敗は決してから逃げてきたっす」

「それで許してもらえるの？」

「許してもらえないっすねぇ……やっとこさここまで来たって感じっす」

「国境はどうやって越えたのさ」

「行商人の護衛になったら越えられたっす」

「なんとなく経緯が見えたよ」

身元が怪しくても、タダ同然で雇える傭兵、しかも自分の言ったままを信じる世間知らずだ。損得勘定した結果、行商人は関所で賄賂を渡すほうが安上がりだと考えたのだろう。

「でも大丈夫っすよ」

「何が」

「わざわざ自分一人に捜索隊が出されることはないっすから」

わからないでもない。

パルテ王国は小さな国だ。貴重な人材を逃亡兵一人には割けないだろう。

「野放しにすると、規律に支障が出るとかないの?」

「戦場から逃げるのは恥っす。パルテ王国の人間なら、逃げるくらいなら首を切るっすよ」

「なのに、えーと……」

「あ、自分の名前はイゴールっす」

「イゴールは逃げてきたんだよね?」

「そうっす。自分は恥と知りつつも、首を切ることもできない小心者なんす」

血を見たくなかった。

自分の拳による暴力に耐えられなくなったのだとイゴールは語る。

そして勝敗が決したときには、戦場から背を向けていたとも。

脳天気な口調からは想像できないけれど、幾度となく葛藤《かっとう》してきたのか。

イゴールの自嘲《じちょう》には諦めがあった。

目に涙はない。けれど不思議と泣いているように見えて、追及するのは気が引けた。

「はぁ、これからどうするの？」

「どうしたらいいっすかね？」

「ちょっとは自分で考えたら？　いつからここにいたの？」

「朝一で町に到着して、仕事がなくなってからっす。朝飯貰う前だったんで……」

「ここで行き倒れてた、と。仕事を探す気があるなら、まず身なりをどうにかしたほうが良いよ。

凄い臭い」

「行商人にも臭いって言われたっす。パルテ王国民の体臭は、ここの人とは違うらしいっす」

「聞いたことがある気がする。どうする？　体を洗うなら井戸の場所を教えてあげるけど」

「本当っすか⁉　恩人さんはきまぐれな神様の使いかなんかで⁉」

「そんなわけないでしょ。きまぐれではあるかもしれないけど。あと、ぼくはキール。探偵だよ」

「探偵さんなんすか！　凄いっすね！」

「探偵の仕事が何か知ってる？」

「知らないっす！」

ダメだ、こりゃ……と額に手を置く。

やる気はあるようなので、井戸で身なりを整えること、それから力仕事が必要そうな心当たりを何件か教える。

「何から何までありがとうっす！」

「今度からはちゃんとお給金出してもらいなよ」

ミーコが居場所を変えた理由がわかって、キールも木漏れ日通りをあとにした。

（尋常《じんじょう》じゃない臭いに耐えられなかったんだろうな）

人間より猫のほうが嗅覚が鋭い。

加えて知らない人間の気配に警戒したのだと考えられた。

メイン通りに戻ると、先ほどより人がざわついているようで首を傾げる。

気になって立ち止まっていた人に声をかけた。

「どうかしたの？」

「あぁ、キールくんか。ちょっと事件があってね。警ら隊が来て、とりあえずは収拾がついたから問題はないよ」

けれど詳細は話されない。

食い下がって訊ねると、お決まりの文句が返ってきた。

「子どもが気にすることじゃない。そういえばミーコを探してたんじゃなかったのかい？」

お昼時だから、家に戻ってるかもしれないよ、と促されて諦める。

こうなったらいくら訊いても無駄だ。

(血なまぐさい話なのかな)

事故なら啓発《けいはつ》を込めて教えてくれることが多い。

事件があった、という言葉からも、子どもには話しにくいいざこざがあったようだ。

腑《ふ》に落ちない気持ちを抱えながらも、ミーコの飼い主である少女の家へ向かう。

家に着くと、ミーコは何食わぬ顔で少女からおやつを貰っていた。

「お昼になったらちゃんと戻ってきたの！　偉いと思わない？」

「ミーコは偉いね……」

大人たちが言う通りの結果になったが、少女は気にしていなかった。

脱力したところで、お腹が空腹を訴える。

「ぼくも家に帰ってお昼にするよ」

「うん、またね！　一緒に探してくれて、ありがとう！」

少女の満面の笑みに毒気を抜かれた。

取り越し苦労ではあったものの、彼女の心には寄り添えたのだと気持ちを切り替える。

町を出ようとしたところで、警ら隊の副隊長に声をかけられた。

今年四十二になるロマンスグレーのおじさまだ。話がわかる大人の代表格で、奥様方だけでなく旦那衆からも人気がある。

イゴールのことで呼び止められたのかと思ったけれど、内容は単なる世間話だった。

「何か異変に気付いたら、すぐに教えてくれ。キールくんの察しの良さは警ら隊員にも見習わせたいぐらいだからな」

「ぼくで力になれるなら喜んで。でも副隊長さんが町に出てるなんて珍しいですね？」

町の警ら隊は、隊長をトップに、副隊長、巡査部長、巡査と階級が分けられている。

隊長と副隊長が現場に出ることはなく、キールが前に副隊長と会ったのも、警ら隊の施設でだった。

「もうすぐ私が異動になることは知っているかな？」

「はい、都市部に栄転されると聞いてます」

「ははっ、キールくんは難しい言葉もよく知っているね。おじい様に目をかけられているだけのことはある」

副隊長は三か月後に、都市部への異動が決まっていた。噂では昇進し、隊長になるという。

長年の功績が認められてのことだった。

そこで異動までの期間、副隊長は初心に戻って現場に出ることにしたらしい。

「その内、おじい様にも挨拶に伺うよ。言っておくが、警ら隊で噂になっている高級酒が目当てじゃないぞ？」

「祖父に良いお酒を用意するよう伝えておきます」

町で多くの不運に見舞われるようになってから、警ら隊員に家まで送ってもらうことも増えていた。

そこで決まって祖父は、お礼に高級酒を出す。

これはただのお礼ではなく、現場で働く警ら隊員から近況を訊くのが目的だった。

執事を引退し、一線から退いた祖父にとって、彼らは貴重な情報源なのだ。

おかげさまで、警ら隊員からのキールの心証もすこぶる良い。事件現場に入ったところで、目くじらを立てられないくらいには。

（現場にぼくがいたら、それを理由に家まで送ってお酒を飲めるしね）

なんだかんだ丸く収まっているので、キールに不満はない。

先ほどは言葉を濁された事件についても、誰か連れて帰れば聞き出せそうだった。

そのためには仕事終わりの人を捕まえる必要がある。

ぐう、とお腹が空腹を訴えているのもあって、ともかく先にお昼ご飯！　とキールは帰路を急いだ。


お昼を食べたら再度町へ出かけようとしていたキールだったが、その予定は、祖父によって取り消された。

ちゃんと課題をこなしているか、突発的に試験がおこなわれたのだ。

文句を言って外出禁止にされては困るので、大人しく試験を受ける。

試験が終わり、採点、復習を済ます頃には日が暮れていた。

「ふむ、最近は町へ入り浸っとると思っとったが、やることはやっとるようじゃの」

「やらなきゃ、町へ行かせてもらえないでしょ？」

「よくわかっとるの。その調子で頑張るのじゃ」

シワだらけの手でわしわしと頭を撫でられる。

しかし早くもキールの意識は町へ向いていた。

(昼間の事件って何だろう)

隠されれば隠されるほど気になる。

警ら隊員を連れて帰るのは明日へ持ち越しになったため悶々とした気持ちが晴れない。しかし思わぬところから内容が明かされることとなった。

「ごめんくださーい！」

昼前、林檎の転倒があった果物屋の店主がお詫びに来たのだ。

「あ、忘れてた」

そのあとイゴールという行き倒れを見つけたのもあって、店主のことは記憶の彼方に飛んでいた。

一目で上等だとわかる果物の盛り合わせを持ってきた店主に、祖父がまぁ一杯と酒を薦める。

母親のキールを見る目が笑っていなかったので、そそくさとキールは祖父の隣を陣取った。ケガの報告をしていなかったことにおかんむりである。

「キールくん、悪かったね。あいつも普段はもうちょっとしっかりしとるんだが」

「お金がなくて困ってるんだよね」

「あっはっは、聞かれてたか。どうも金回りをしくじったらしくてな」

祖父に高級酒を注がれ、店主の口も軽くなる。

「高利貸しに借りた時点で間違っとるんだが、それでも今まではなんとかなってたらしい。ところが最近になって取り立てが厳しくなったっつう話でな」

「それは気が気でないのう」

「今ではいつ取り立てが来るかわからないってんで、挙動不審になっとるんですよ。昼間の件も、警ら隊を見てびっくりしたのがきっかけのようで」

思わず祖父と目を合わせる。

高利貸しに追われていても、青年は犯罪者じゃない。むしろ身に危険が迫ったときは助けを乞う相手だ。

「どうして警ら隊にびっくりしたの？」

「わしも訊ねたんだが、言うことが支離滅裂《しりめつれつ》でな。どうやら自分も犯罪者になった気がするらしい」

どちらかと言えば被害者だろうに。

けれど脅迫まがいの取り立てをされる内に、まともな思考ができなくなっているようだと店主は言う。

「昼間の事件もあったしなぁ」

「何があったの？」

「他にも金を借りた奴がいたみたいでな。見せしめに路地裏でボコボコにされてるのを副隊長が見つけたんだ。といっても副隊長が叫び声を聞いて駆け付けたときには、犯人はいなくなってたんだが」

「副隊長が現場に出ておるのか」

「そういえば、近々じいちゃんに挨拶に来るって言ってたよ」

副隊長から聞いた話をそのまま伝える。

「ほう、殊勝《しゅしょう》な心がけよな」

「ひらの警ら隊員のほうは、ミスできないってんで気が抜けないようですよ。ただでさえ、この間……あーなんて言ったかな、そうだ、ガサ入れに失敗したそうで」

ガサ入れは、捜査のため家宅捜索することをいう。違法カジノの現場へ踏み込んだが、既にもぬけの殻だったらしい。

「どこかで情報が漏れたらしく……」

酔いが回ってきたのか、店主の目がとろんとする一方で、キールは目を見開いた。

初耳だったからだ。

「この町の近くに違法カジノがあったの？」

「いや、うちの警ら隊は応援で呼ばれたんだ。わしも果物の配達に隣町へ行ったときに聞いたんだ」

店主の答えを聞いて納得する。

さすがに隣町のことまで把握するのは、キールには難しかった。

失敗に終わったことで、町の警ら隊員も口を閉ざす。成功していたらキールの耳にも届いていたかもしれない。

気になっていた昼間の事件と、知らなかったガサ入れについて聞けたので、キールは満足だった。

母親のお説教が待っているという現実さえなければ。

祖父からではなく、母親から外出禁止を言い渡されそうになるのを何とか宥め、キールは翌日も町へ下りていた。

というのもイゴールがどうなったのか確認しておきたかったのだ。

折角助けたのに、また行き倒れていたら困る。

それにどうやら高利貸しが幅を利かせていると聞けば、あの考えなしの男が騙されないか心配になった。

イゴールに伝えた場所を回っていく。

しかし全て空振りだった。イゴールという男に心当たりはないという。

「結局、職探しには行かなかったってこと？」

やる気を見せていたのは偽りだったのか。

（ぼくもまだまだ人を見る目がないなぁ）

感謝されたことで目が曇ってしまったのかもしれない。持ち上げられれば誰だって嬉しくなってしまうものだ。

反省点を上げながら、一番最初に教えた井戸に辿り着く。

そこでキールを呼ぶ声があった。

「坊ちゃん！」

「え、イゴール……？」

声が聞こえたほうに顔を向ければ、見慣れない青年がいた。

無精ひげがなくなり、髪も短くさっぱりして十歳ほど若返っている。いや、これが実際の年齢なんだろう。

身綺麗になったイゴールの頭は、萌黄色だった。明るい色に爽やかさが倍増される。

ただ体の大きさは変わらず、立った姿は壁のようだ。

見上げる高さは二メートルは超えている。

着ている赤褐色のエプロンはサイズが合っていないけれど、見覚えがあった。

「宿屋で働いてるの？」

「そうっす！　昨日井戸を使ってたら、宿屋の女将さんに声をかけられたっす！」

なんと職探しに出るまでもなく、職が見つかったという。

「ぼくと違って運は良いのかな？」

「かもしれないっす！　客の前に出るからって色々世話もしてもらって。あっ！　ちゃんとお給金も貰えるっす！」

「それは良かったね。普通のことだけど」

とりあえずもう行き倒れる心配はなさそうだ。

少し気になったことがあって、女将さんのところへ一緒に向かう。

宿屋も力仕事だろうけど、キールの情報では人手を欲していなかった。

だから昨日教えた候補になかったのだ。

何かイゴールを雇いたくなる理由が別にあるように思えた。

「女将さん、こんにちはー！」

「あら、カナリアのキールじゃない。そういえば昨日はイゴールが世話になったんだって？」

「林檎をあげただけだよ」

「命の恩人だって大層感謝してたよ。あ、イゴールは野菜の配達があったから、厨房に運んでおいておくれ」

「わかったっす！」

「ちょっと考えが足りないところはあるけど、言われたことはするからね、助かってるよ」

「人手が足りてないなんて知らなかった」

「あぁ、人手は足りてるんだけどね。最近ちょっと物騒だから、用心棒替わりさ。幸い雇える余裕があるしね」

女将さんの言葉に合点がいく。

どうやらキールが気になっていた通り、別の理由があった。

「それって高利貸しと関係ある？」

「おや、さすがカナリアは耳が早いねぇ！　昨日の事件を聞いて、変な客が来たら困ると思ったんだよ。うちの息子は、あてにならないからね」

「俺がなんだって？」

噂をすれば影。

女将さんの息子であるピエールが顔を出す。

ピエールは細身で、恰幅《かっぷく》の良い女将さんの半分ぐらいしかない。ケンカで頼りになるようには見えなかった。

ただ顔は整っているので、女性客からのウケは良い。

「仕事もせずにどこ行ってたんだい」

「ちゃんと理由があるんだよ。副隊長から昨日の事件について何か知らないか訊かれてたんだ」

「まぁ、副隊長さんがわざわざ？」

副隊長としては犯人を取り逃がした形なので、率先して捜査に加わっているという。

「お客さんが何か知ってるといいんだけどねぇ。あんた、被害者とは顔見知りだったんだろう？」

「飲み屋で顔を合わせる程度さ。クリーニング屋で働いていることしか知らないよ」

捜査はあまり進んでないようだ。

「すみませーん」

「はいよー」

女将さんがお客さんに呼ばれて席を外す。

するとピエールが腰を折って顔を近付けてきた。

「今度一緒に隣町まで出かけないか？」

隣町、という言葉でピンと来る。

違法カジノがあったという話だが、元々隣町には正規の賭場《とば》があった。

「競馬場に行っても、どの馬が勝つかなんてわからないよ」

「そこをなんとか！」

「だから馬の調子しか、わからないんだって」

馬の世話をしていると、こういう頼み事をされることがある。

キールが関わる時間は少ないものの、一般人からしてみれば十分専門家といえた。

また口が達者なキールは、的確に馬の調子を表すのが上手い。それも相まって、競馬通いのおじさんたちから頭を下げられる機会が多かった。

しかし競馬は馬と乗り手で結果を出すものであり、馬の調子が良くても必ずしも結果に繋がるとは限らない。

誰も予想ができないから、賭け事として成立するのである。

「馬の調子だけでも！」

「嫌だよ、外れたらぼくのせいになるんでしょ？　お母さんからも絶対関わっちゃダメって言われてるの」

「なんだよ、お母ちゃんがそんなに怖いのか？」

「煽ってもダメ。ピエールさんだって女将さんには逆らえないでしょ」

「そんなことあるか！」

「どうだか。競馬通いも内緒にしてるクセに」

「お前、バラすなよ⁉」

「バラさないよ。その代わりこの話はおしまい」

女将さんならとっくに把握してそうだけど、という言葉は飲み込んだ。

キールの脳裏に、昨日の目尻をつり上げた母親の顔が浮かぶ。ぶるっと肩が震え、気を紛らわそうと、その場をあとにした。

ちょうど宿屋を出たところで馴染みの子どもたちと出くわし、かくれんぼで遊ぶことにする。

探偵にも休息は必要だ。

かくれんぼから、おいかけっこ、騎士の真似っこ、といつものローテーションを終える頃には、空が茜色《あかね》に染まっていた。

「そろそろ帰らないと」

キールの言葉に全員が賛同する。

「じゃあキール、またなー！」

「またねー！」

子どもたちと分かれて家路に着く。

メイン通りを歩いていると、最近見慣れたグレーの頭が見えた。

「副隊長さん！」

「やぁキールくん、今から帰るところかな？」

「はい、もしかしてずっと捜査してたんですか？」

「それが仕事だからね」

副隊長がする本来の仕事でない。

けれどこれが現場での最後の仕事になるかもしれないと、副隊長は発憤《はっぷん》していた。

「結果が伴わなくて情けない限りだ」

「犯人については何もわかってないんですよね？」

「残念ながら。幸い、被害者が意識を取り戻したんだけど、ショックのせいか犯人が男だったことぐらいしか覚えてなくてね」

「副隊長は巡回中だったんですよね？」

「そうだよ、偶然近くを通りかかったときに被害者のか細い声が聞こえたんだ。異変に気付いて駆けつけたときには、犯人は逃げたあとだった」

「現場を教えてもらってもいいですか？」

「ここからだと……」

道を振り返って副隊長が場所を教えてくれる。

驚くことに現場は、木漏れ日通りから一区画挟んだもう一本向こうの路地だった。

木漏れ日通りから現場へ抜ける道はないが、思いのほか近くで事件が起きていたことに目を見張る。

「何か気になることでもあったかな？」

「いえ、ちょうど同じぐらいの時間に近くにいたんです。といっても道が繋がってないんで、お役に立てそうなことは何もありません」

「そうか、もし不審な人物を見かけたりしていたら教えてほしい」

「わかりました」

ちらっとイゴールの顔が浮かぶ。

（まさかね）

出会ったときのイゴールは不審者以外の何者でもなかった。

けれど事件現場から木漏れ日通りに抜ける道はないのだ。犯行後、あの場で力尽きていたとは考えにくい。

それに一日聞き込みをしていたなら、既にイゴールのことは知っているだろう。他所から来た人間については、誰かしら口にするはずだ。

「話は変わるけど、今日、おじい様はご在宅かな？」

「いますよ。副隊長が来るのを楽しみにしています」

「なら、お邪魔してもいいだろうか？　挨拶がてら、先人の知恵もお借りしたくてね」

「どうぞどうぞ」

牧場育ちから貴族の家の執事にまでなった祖父は町でも有名だった。

身に着けた教養や造詣が深いことから、警ら隊員に限らず、時には町の人も相談に来る。

少年探偵を名乗っていても、町での存在感は祖父には勝てない。

悔しい反面、人々に頼られる祖父が誇らしくもあった。

次の日も、キールはイゴールがお世話になっている宿屋にいた。

祖父がイゴールに興味を持ち、話を訊きたいと言い出したのだ。何でも国境越えに惹かれたらしい。

好奇心に目を輝かせる祖父の姿に、キールは遺伝を感じた。

これは話が長くなるぞ、と休みはいつか確認にきたのである。

受付にいたお姉さんにイゴールはどこか訊ねる。

「女将さんに言われて、女将さんの自宅へ行ってるわよ。宿屋あての荷物が間違って自宅に届いたんですって」

荷物持ちに駆り出されたらしい。

自宅の場所を教えてもらい、そちらへ向かう。

家のある通りに入ったところで、馬車が事故でも起こしたのかと思える音が聞こえた。

日常ではありえない音に嫌な予感がして走る。

女将さんの自宅前に着いた瞬間「ひっ、人殺し！」と叫ぶピエールの声が家の中から響く。

慌てて薄く開いた玄関のドアを力いっぱい押して中へ入る。内開きのドアは、キールに押され反対側の壁へ叩き付けられた。

「ピエールさん！　何があったの！」

「キール！　こ、こいつ、こいつが母さんを殺したんだ！」

入ってすぐに飛び込んできたのは、ピエールの背中だった。

奥に目をやるとダイニングキッチンでうつ伏せになっている女将さんが見える。

その傍でイゴールが片膝をついていた。

「違う！　自分は殺してないっす！　それにまだ女将さんは生きてるっす！」

女将さんの背中にはナイフが突き刺さっていた。

動転したピエールはあたふたするばかりで頼りにならない。

キールは通りに出て叫んだ。

「助けてください！　けが人です！　血がたくさん出てるんです！」

カナリアと呼ばれる少年の悲痛な声に対する反応は早かった。

すぐに近所にいた人が集まってくる。

「キールがケガしたって!?」

「ぼくじゃなくて女将さんです！　手当できる人はいませんか!?」

「素人じゃ無理だ、医者の先生のところに運ぶぞ！」

大人が大人を呼ぶ中、イゴールが即席の担架《たんか》を作る。その手際の良さは、彼が戦場にいたことを納得させるものだった。

「おい、ピエールもケガしてるじゃないか。それもそいつにやられたのか？」

後回しにしていたけど、ピエールはずっと鼻を押さえて鼻血を止めていた。

止めきれなかった分が袖を汚し、床にもシミを作っている。

「違うよ、イゴールが殴ったなら、イゴールの手も血で汚れてるはずでしょ」

濡れ衣を着せられそうになっていたので、見たままを告げる。

キールが到着したときには、ピエールとイゴールの間に距離があった。殴られたあとに叫んだとしても、ピエールとイゴールが立って向き合っていないとおかしい。

「こ、これは来る途中に転んだんだ」

「それだけ出血してるんだ、お前も医者に診てもらえ」

女将さんのことがあるので、いつ診てもらえるかはわからないけれど、放置するよりは良いだろうとピエールも連れて行かれる。

警ら隊が到着するまでの間、キールは現場の状況を頭にたたき込んだ。

「坊ちゃん、自分が来たときには、玄関に鍵がかかってたんすよ」

通りで聞いた、ドゴォッという音は、イゴールがドアを破った音だった。

確認するとイゴールの言うとおり、ドアの鍵はかかったままだ。

内側からつまみを回すと、長方形の錠がドアの横から飛び出して壁の穴へはまる仕組みだった。

無理にこじ開けたので、壁の一部も破損している。

他に出入り口はないかと、裏口、窓を確認するがどこも鍵がかかっており、犯人が出られた場所はない。

「密室だった、ってこと……？」

信じられない、と改めて周囲を観察する。

「イゴールはどうして異変に気付いたの？」

「部屋の中から物音がしたっす。多分女将さんが倒れる音っす。呼びかけても返事がないからドアを壊して入ったっす」

イゴールと女将さんは宿屋から一緒に来たわけではなく、先に女将さんが自宅へ帰り、仕事を済ませたイゴールが遅れてやって来たという。

そのすぐあとにピエールも到着し、キールが続いた。

実際ドアが壊れていること、その際の音をキールが聞いていることからも、イゴールの証言は正しいように思える。

(これは一筋縄じゃいかなそうだ)

キールの予想通り、密室だと知った警ら隊は皆して首を傾げた。

イゴールという怪しい人物がいるのに、彼の証言には嘘がないから余計にだ。

念のためイゴールは警ら隊の施設で留め置かれることになったが、解決の兆しはなかった。


後日の現場検証にはキールも呼ばれた。

女将さんは一命を取り留めたものの、意識は戻らず、まだ予断を許さない状況が続いている。

現場にはイゴールと、鼻にテープを貼ったピエールの姿もあった。

順番に当時の状況を再現する。

といっても新しい証言はなく、密室の謎だけが残った。

ピエールが警ら隊員に食ってかかる。

「怪しい奴はこいつしかいないのに、どうして逮捕しないんだ!」

「証拠がないんだよ。ナイフにも指紋《しもん》はなかった。それにドアを壊して押し入った音は、お前も聞いてるんだろ?」

「それは、そうだけど」

「犯人だったらそんなことをする必要はない」

「疑われないためかもしれないだろ！」

「現状、一番怪しいのは彼だぞ？」

残っても疑われるぐらいなら、さっさと逃げたほうが得策だ。

密室を作る必要性がない。

(そもそもイゴールに密室を作れるとは思えないし……殺すなら、確実にやるだろう)

即席で担架を作れるくらいだ。

戦場が嫌になって逃げ出したとは言っても、殺しの術は身についている。

玄関へ視線を向ける。

用心のため、玄関には新しいドアが取り付けられていた。しかし現場を残すため、壊れたドアも捨てられず、壁に立てかけられている。

事件の全容が掴めるまで、イゴールは警ら隊の施設で、ピエールは宿屋で過ごすよう言われていた。

「キールは何か気付かないか？」

ピエールの相手に嫌気をさした警ら隊員が尋ねてくる。

しかしこれといって思い当たるものはない。

(密室殺人なんて、物語の中だけかと思ってた)

現実は小説より奇なり、ということなのか。

うーん、と頭を捻る。

ダイニングキッチンの床には、女将さんから流れた血の跡が残っていた。

ほとんどは倒れてから流れたもので、犯人が刺した際の返り血はあまりなかったという見立てだ。

玄関先の床に点々と落ちているのは、ピエールの鼻血だろう。

犯人が落としたものなら、女将さんのところから続いているはずだが、その様子はない。

鼻血の位置に立って、ピエールが見たであろう光景を想像する。身長差があるのを忘れずに。

そこで違和感を覚えた。

後ろを振り返り、さらに痕跡はないか探す。

(あった!)

小さくて見逃していたものの、間違いない。

「なんだ、簡単なことだったんだ!」

「おっ、何か見つけたのか?」

警ら隊員に笑顔を向ける。

「密室なんてなかったんだよ!」

「ん? じゃあイゴールが犯人なのか?」

「違う、違う。犯人はピエール」

「はぁっ!? 何で俺なんだよ!」

ピエールがつばを飛ばしながら叫ぶ。

その隣でイゴールは左右交互に首を傾げていた。

「でも坊ちゃん、確かに鍵はかかってったっす」

「うん、鍵はかかってたよ。犯人がかけたからね」

「じゃあ密室っすよね？」

「部屋は密室といえるけど、犯人が中にいたら、難しい話じゃないでしょ」

「でも確認したときには誰もいなかったっす」

「そうだね、ぼくたちが確認したときにはいなかった。治療のために出て行ってたから」

「ということは……！」

「もうわかったでしょ？」

「犯人は女将さんっすか!?」

「ちっがーーーう！　何でそうなるんだよ！　ぼくとイゴールの他に、現場にはもう一人いたでしょ！」

そこまで言って、ようやくイゴールはピエールへ視線を向ける。

「な、なんだよ、それが何だって言うんだ！」

「ぼくが着いたとき、玄関のドアは薄く開いてはいたけど、閉じかけだった」

「だから？」

「ぼくのように慌てて中に入ったなら、ドアは大きく開いたままだったはずだ」

「そんなの、閉めただけの話だろ」

「うん、そうかもしれない。けど、ここに鼻血の跡があるのはおかしいよね？」

ここ、といって壊れたドアが立てかけられた壁の前に立つ。

玄関のドアは内開きだ。

そのドアの終着点にキールは立っていた。

警ら隊員が答えを出す。

「ドアの後ろに隠れてたのか！」

「イゴールが来ることを知らなかったんだろうね。ピエールは隠れようとして、ドアが開いたときに死角になる壁際に行き着いた。慌てて中に入ったイゴールが気付かなくても無理はないよ。そして力任せに開けられたドアで、ピエールは鼻をケガしたんだ。その後、イゴールが驚いている隙に、あたかも今到着したかのようにドアの後ろから現れた」

よく鼻血だけで済んだものだと、壊れたドアを見て思う。

――このときのぼくは、考えが浅かった。

人の悪意に疎《うと》く、逆上した人がどういう行動に出るか予想さえしていなかったのだ。

誇らしげに真相を明かす少年を見て、犯人はどう思うか。

「うわぁあああ！」

ピエールは警ら隊員の制止を振り切り、血走った目でキールに掴みかかる。

突然の恐慌。キールは指一つ動かせなかった。

そして目の前で、人がくの字に折れ曲がるのを見る。

「ぐぎゃっ」

変な音と共に、ピエールは横へ吹っ飛んだ。

反対側を見ると、拳を突き出しているイゴールがいる。助けてくれたのだ。

あまりのことに腰が抜けそうだった。

それでも言わなきゃいけない。

「あ、ありがとう」

イゴールは苦笑で答えた。

ああ、この人は。

人を助けるための暴力も苦手なんだ。


最後はどたばたしたけど、幕引きは呆気なかった。

ピエールに大事はなく、意識を取り戻したあとの取り調べでは大人しく罪を認めた。

母親を刺した動機は金銭トラブルだった。

ピエールも高利貸しから金を借りており、首が回らなくなっていたという。

蓄えのある母親に無心したが断られ、逆上し、犯行に至った。

キールはことの顛末をイゴールと共に警ら隊の施設で聞いた。

「はぁ、ようやく解放されたっす」

「お疲れ様」

施設に留置されていたイゴールは晴れて自由の身となった。

イゴールの事情聴取をしていた警ら隊員からは、土地勘もない上、要領を得ないイゴールとの会話はほとほと疲れたと聞いているけど、言わぬが華だ。

「坊ちゃんのおかげで、容疑が晴れたっす。感謝してもしきれないっす。女将さんも目を覚まして万々歳っす！」

危篤ではあったものの、意識を取り戻したおかげで女将さんは快方に向かっていた。

「ピエールさんのことがあったのに気丈だよね」

お見舞いに行った面々の前で、女将さんは宿屋を続けると宣言した。

息子のことで気落ちしそうになる心を奮い立たせているのは、誰の目にも明らかだった。

ただ完治するまでは休業となる。

再開後の見通しが立たないため、残念ながらイゴールは離職することになった。

けれど話はここで終わらず。

「イゴールが支えてあげてね」

「うっす！　女将さんの体調が戻るまでは、自分が自宅で面倒見るっす」

女将さん宅での居候が決まったのである。

職を探すにしても住む家があるのは大きい。

身の回りの世話をしてくれる居候がいたほうが、女将さんも安心だった。

「女将さんには先見の明《めい》があったね」

イゴールを雇っていなければ、今頃どうなっていたかわからない。

「女将さんにも感謝、感謝っす」

「軽いなぁ」

「気持ちはこもってるっす！」

「言われなくてもわかってるよ」

それじゃあ、と施設の出口でイゴールと別れる。

今日はもう町を散策する気にはなれなかった。

「キールくん、お手柄だったね」

振り返ると副隊長が立っていた。

家まで送るついでに、事件の経緯を両親にも伝えてくれるという。

キールにケガはなかったけれど、事件現場に居合わせたことで両親が気を揉んでいた。

申し出を有り難く受け、副隊長と二人で坂を登る。

「事件が解決したのに、あまり晴れやかじゃないのはどうしてだい？」

「反省するところがありすぎて……もっと上手く立ち回れたはずなのに」

犯人の前で推理を披露する必要はなかった。

得意げになって慢心《まんしん》した結果、イゴールに暴力を振るわせてしまったのが、ずっと心に残っている。

自然と視線が下がった。

ぽんぽん、と軽く頭を叩かれる。

「これからだよ。何でも完璧にされてしまうと、大人の立つ瀬がない」

「一つも完璧なことなんてありませんよ」

激高したピエールにしてもそうだ。

前日、母親に反抗できないのは彼も一緒だと、煽った事実が胸に突き刺さる。

それを口にすると副隊長は破顔した。

「あっはっは！　それしきのことで母親殺しを決意してたら、世の中、殺人犯だらけになっているよ。キールくんも聞いただろう？　動機は金銭トラブルだ。君は関係ない」

言われてみればそうだ。

けれど顔に笑みは浮かばない。

喉に魚の小骨が刺さっているようだった。

「そういえば高利貸しの暴行事件があった日なんですけど」

「うん？」

「すみません、突然。ふと頭に浮かんで」

「いいよ、何が気になったんだい？」

あれから暴行事件の進展はなかった。

犯人は未だ行方知れずだ。

――もし。

もし、ピエールのときと同様、犯人が逃げていなかったら？

ばくばくと心臓が早鐘を打つ。

最近になって厳しくなった高利貸しの取り立て。

情報が漏れていた違法カジノのガサ入れ。

違法カジノと高利貸しは切っても切り離せない関係だ。

(違う、ぼくの思い過ごしだ)

なぜ果物屋で働く青年は警ら隊を見て、慌てたのか。

犯行の前日、ピエールは副隊長とも会っていた。

キールに煽られたぐらいじゃ犯行は決意しなくとも、高利貸しに唆されたのだとしたら?

(違う)

願いを込めて、絡まりそうになる舌を動かす。

「木漏れ日通りにも行きました?」

「あぁ、巡回にかい?」

「はい、あの日、ミーコを探していて……木漏れ日通りにはいませんでしたか?」

「茶色と白の綺麗な猫だよね? いなかったと思うよ」

「そうですか、あそこの棚がミーコのお気に入りなんですけど。何か変わったことはありませんでしたか? 他の猫が陣取ってたとか」

「いや、何もなかったよ」

嘘だ。

嘘だ！

あの日、木漏れ日通りにはイゴールがいた。行き倒れていた。

巡回していたなら朝一からいる彼に気付かないはずがない。

（どうして副隊長がそんな嘘を？）

行かなかったで済む話だ。

わざわざキールに嘘をつく必要はない。

必要があるとしたら。

（少しでも疑いの目を向けられないため）

〈何か異変に気付いたら、すぐに教えてくれ。キールくんの察しの良さは警ら隊員にも見習わせたいぐらいだからな〉

いつかの副隊長の言葉が蘇る。

ミーコのことは誰かから聞いたのだろう。少女が探していたのを含めれば、いつもの場所にいなかったのは想像がつく。

けれどイゴールのことは聞かなかった。

聞いていたら、必ず口にするはずだ。

あれだけのイレギュラーを見逃す道理がない。

「おや、私は返答を間違えてしまったかな」

「え？」

見上げた副隊長の顔は、幼子が描いた似顔絵のようだった。

微笑ましいという良い意味ではなく、のっぺりとした悪い意味で。

ぞっと、背筋が粟立つ。

(疑っているのに気付かれた⁉)

上手く表情を取り繕えていなかったらしい。

副隊長の足が止まる。

副隊長を振り返って、叫びそうになるのを耐えた。

彼はまだ笑っている。

「どうやら潮時《しおどき》のようだ」

「何がですか？」

「心配しなくていいよ、君に危害は加えないから」

このまま帰って、おじい様に報告するといい、と促される。

「その間、私は証拠を隠滅しておこう。債務者の名前が記録してあるから、帳簿だけは残しておきたかったんだがね。こういう帳簿は犯罪ギルドに高値で売れるんだよ」

「なっ⁉」

牧場までの道のりは、あと半分ほど。

子どもの足と、大人の足では勝敗がわかりきっている。

（どうしてぼくは大人がいるところで確認しなかったんだ！）

ピエールのことで反省したばかりだというのに、またミスを犯した。

「まだ気付かないかい？」

目を白黒させるキールに向かって、副隊長は唇を歪めた。

「君はカナリアなんだよ、キールくん」

「カナリア……」

言葉の意味を理解した途端、羞恥で目の前が真っ赤に染まる。

「異変に気付いたら、教えてくれって言ったのは」

「ギリギリまで悪さをして、危なくなったら手を引くためさ。いくら君の証言があっても、証拠がなければ罪には問えない。それに私と君とじゃ人徳にも差があるからね」

どう足掻いてもキールは子どもだ。

証拠があってはじめて、キールの言葉は信じてもらえた。

危険を彼に知らせるための都合の良いカナリアとして、キールは使われたのだ。

行商人に騙されたイゴールのことを笑えない。

「ぼくはなんて運が悪いんだ！」

「いいね、君のその言葉、好きだよ」

キッ、と副隊長を睨む。

自分を利用した犯罪者に、まんまと利用された自分に、腹が立って仕方がなかった。

けど、こうなったら本分を真っ当する。

（ぼくが皆に知らせるんだ！）

子どもに睨まれたところで、怖くもなんともないのだろう。

副隊長は軽薄な笑みを浮かべたままだ。

まだキールから視線を外さない。

それが命運を分けるとも知らずに。

「ぼくは副隊長の悪事をじいちゃんに報告する！」

「ああ、好きにするといい」

叫ぶなり、副隊長に背を向けて走る。

副隊長は自分に向けられた言葉だと勘違いしているようだけど。

「イゴール！　副隊長を捕まえといて！」

「わかったっす！」

すぐに返ってきた答えに、目頭が熱くなる。

彼がいてくれて助かった。

追ってきていると気付いたときは、驚きで声を上げそうになったけれど。

（ごめん、またやりたくないことさせちゃう）

イゴールの強さには全幅《ぜんぷく》の信頼を置いていた。

暴力を厭《いと》っていても、ピエールを殴って止めたように、いざというときには動いてくれる人だ。

それに何といっても戦場では泣く子も黙るパルテ王国の元傭兵である。

背後で人が倒れる音がした。

くぐもった声は副隊長のものだ。

「放せ……！」

「放さないっす！　大人しく拘束されるっす！」

かくして、イゴールはキールの期待に応えた。


祖父と両親だけでなく、牧場に住んでいる親族総出で戻ってきたキールは、副隊長の姿に首を傾げる。

「なんでズボン脱いでるの？」

「ズボンを膝まで下ろすことで走れなくしてるっす。あとベルトで手を拘束してるっす」

「イゴールの趣味じゃなかったんだね」

「違うっす！　自分は縛るより、縛られるほうが好みっすよ！」

「……聞かなかったことにするね」

どうしてこう、考えもせずポンポンと口に出すんだろう。

これさえなければ、かっこいいと思えるのに。

ふと、ある単語が口から出そうになるが、さすがに失礼かなと呑み込む。

「そういえば、どうして追ってきてくれたの？」

「副隊長の坊ちゃんを見る目が、何か気に入らなかったっす」

「それだけ⁉」

「それだけっすね！」

二人きりで坂道を上がる姿に危機感を覚え、気付いたときには走って追いかけていたという。

「脳筋って実在するんじゃのう」

「じいちゃん、ぼくは言わないようにしてたのに」

脳みそまで筋肉。略して、脳筋。

けれど今回はその本能に救われた。

「ありがとう、ぼくのほうがイゴールに助けられてるね」

「こんなの助けたうちに入らないっすよ。坊ちゃんの仕事を手伝っただけっす。……そうだ！　坊ちゃん！」

「うるさいから、この近距離で叫ばないでくれる？」

「自分、坊ちゃんの助手になるっす！」

「はあ？」

「坊ちゃんの探偵っていう仕事が、いかに危ない目に遭うか、自分もよくわかったっす。だからこれからは自分が坊ちゃんを危険から守るっすよ！」

「ほう、それは心強いのう」

「待って！　ぼくはまだ認めてないから！」

「いいじゃない、キール。お母さんもそのほうが安心だわ。だって見て？　お父さんより良い体」

牧場の仕事もほとんどが力仕事だ。

腕力に自信があった父親は、母親の発言に愕然とする。

「いや、お父さんだって負けてないぞ!?」

「ちょっと、そういうのはあとでやって！　ぼくは助手なんて認めてないからね！」

「町に来るときは言ってくれっす。女将さんにも話しておくっす」

「だから認めてなーーーい！」

いざというとき、すぐに証拠を消せるようにしていたのが裏目となり、副隊長が隠していた帳簿は労さずして発見された。

「欲をかくからだよ」

最後まで絞り取ろうとせず、帳簿もさっさと売ってしまえば良かったのだ。

おかげでキールはまた一段と名を馳せることになった。

のだが。

「おう、カナリアの坊主。助手は連れて行かなくていいのか？」

「助手じゃないってば！」

同時に家族だけでなく、町の人にもイゴールが助手だと認識されてしまった。

彼らにとっても、不運なキールに大人の同伴者ができるのは歓迎らしい。

「止まり木ができて良かったじゃないか」

「うう、早く大人になりたい」

「ははっ、子どもほどそう言うもんだ」

がしがしと頭を撫でられる。

早くも町は本来の平和を取り戻していた。

完

あとがき

皆さん、もう口絵はご覧になられましたね？　私は完成イラストを拝見してからニヤニヤが止まらない、どうも楢山幕府《ならやまばくふ》です。

カバーイラストをはじめ、完成したイラストをいただくたびに、額に入れて飾りたいと思うのですが、金の額縁におさめたくなったのは今巻の口絵がはじめてです。装飾があって！　縁幅があるやつな！

男らしいシルヴェスターの手に抱かれる、クラウディアの華奢な背中。

ずっと眺めていたい。

ということで、現在デュアルディスプレイの片方に映しながら、このあとがきを書いております。眼福。

主にイラストを描くときようの二画面なのですが、環境を作っておいて良かった。作者特権でな！

イラストのデータが手元にあるからな！

ただ今使っているデスクトップパソコンが、メインのパソコンではあるのですが、執筆をするときはノーパソを使うほうが多いです。

あとポメラ。最近購入しました。

昔、折りたためる古い型を持っていたのですが使わなくなり、悩んだ末、最新機種に手を出してしまいました。

アップデートがあるのを知らず、案の定、バグが発生しデータの一部が消えるという憂き目にあったりしましたが（自業自得）役立ってくれております。

やっぱり開いて即起動してくれるのは有り難いですね。

なので最近は、ポメラ、ノーパソ、デスクトップという流れで原稿を編集しています。

ガジェットが好きなのもあって、色々試してます。

音声入力で執筆できないか、とか。今のところタイピングで落ち着いてますね。

出先だとスマホと折りたたみ式のキーボード使ったり。

キーボードも最近は可愛いデザインが多くて欲しくなるんですが、今使っているやつがあるだろ？　と天使に説得される日々。でも可愛いデザインのだとテンション上がるよね？　と悪魔がが。タイプライター型欲しい。

物欲が尽きませんが、皆さんご存じですか？　今巻、コミックスと同時発売なんですよ。これはもう一緒に買うしかないと天使も賛同してくれてます。唐突な宣伝失礼いたしました。気が向いたときが買い時だと思いますので、興味を引けたら幸いです。


ずっと応援してくださっている読者さんや家族、作品を形あるものにしてくださった出版社の方々、いつもありがとうございます。

そして、これからもよろしくお願いいたします。

みなさんにも、またお会いできることを祈って。

檜山幕府　拝

コミカライズ第3話試し読み

漫画：北国良人
原作：檜山幕府
キャラクター原案：えびすし

コンコン
クラウディア様
何かしら
例の件ですが……

……
……そう
やるなら今ね
使いの者を
出してちょうだい
はい
かしこまり
ました
パタン…
やっと
この時が
来たわね
あなたは
わたくしが
必ず幸せに
しますわ
ヘレン

第3話

とうが立ち過ぎている

若くて
あどけない娘だと
聞いたのに
18なんて
とんだ
年増じゃないか
……
あと10年
若ければ
躾のし甲斐が
あったと
いうもの
ああ？
……
そうか

金がほしいんだろ？なぁ
……っ
他を当たってくれ
お前に用はない
娼館にでも行けば
まだ需要はあるさ

なんて
屈辱

あんな子供しか興味ない変態なんて
こちらから願い下げよ！
私にだって
伯爵令嬢の矜持はありますわっ
素晴らしいですわヘレン様

ヘレン様は
どんな勉強も
熱心で
素晴らしいです
ふふ
ありがとう
みんなが丁寧に
教えてくれる
おかげよ
次は音楽ね
もう行くわ
学ぶことは
楽しかった

だから
たくさんのことを
学んだし
できるだけの
努力はした
父も
教育には
熱心だった

そうはおっしゃっても！
珍しい古書のはずですよ
もう少し値段を
うーん……値が付きにくいんですよね
それが
父の見栄だったとしても

伯爵という爵位があっても
領地に恵まれなかったホスキンス家は
歴史こそあれど実入りは少なかった
爵位を返上するまでになってから
私は明日も伯爵令嬢ではいられないと知った
勉強をがんばっていたのは
無意識に察していたからかもしれない

教育すら
受けられなく
なると
ヘレン

やったぞ！
ついに来た
縁談だぞ！
豪勢な
生活じゃ
なくていい
ただただ
幸せで
ありたかった
楽しく
生きようとした
とうが
立ち過ぎている

はぁ
はぁっ
きゃっ!!
ってーなァ!
どこ見て
走ってんだよ!

なんて
惨め
何が伯爵令嬢よ……
没落した家の娘なんて
誰が好きになるっていうのよ
ちょっとアンタ
汚いねぇ店の邪魔だよ！

もっと勉強したかった
幸せでいたかった
もう……売るものもない
こんな姿誰にも見せられない
私……どこへ行けばいいの
私は……
娼館にでも行けば需要はあるさ

娼館《ここ》に導くなんて神様は意地悪ね
いいえ
神様なんていないのよ

ヘレン・ホスキンス様!!
!!
な……
失礼 私は リンジー家の 使いの者です
リ…… リンジー家?
何!?
本日は ヘレン様に お話が ございまして お迎えに 上がりました
え……? リンジー家が 迎えに……?

クラウディア様が
あなた様を
ぜひ侍女にと
来て
いただけますか

は……
何が……どうなってるの
はい……?
ガラガラ
ガコッガコッ
あぁ……
す……すごいお屋敷……

追い詰められてて思いつかなかったけれど
下級貴族の令嬢が
上級貴族の屋敷奉公をするのは自然ではある
でも……面識のない私がどうして
……本当に
侍女になるんだ

まだ実感はわかない
クラウディア様には会ったこともない
きっと素敵な方ですわ……
どんなお嬢様なのかしら
早くお会いしたい

ま…
緊張しますわ！
30分経過。
あんなにボロボロで路頭に迷っていたのよ
びこ
ーん
ゴゴゴゴゴゴ
展開が急過ぎるのよ!!
ええいっ！
ゴンッ
ゴッ
私はもう失うものは何もないのよ
ほっ本日よりお世話になります
ヘレンと申します!!

この度は
クラウディア様の
推挙があったと
聞いています!
誠心誠意
仕えさせて
いただきま
す――

原作小説⑥巻2023年発売！
〝真の悪女〟は、
王妃となって覇道を歩む!?
NOVEL
著　楢山幕府
イラスト　えびすし
行して完璧な悪女を目指す

コミックス①〜③巻発売中！
悪辣な異母妹《いもうと》との決着がせまる
痛快ラヴファンタジー！！
「さぁ、復讐劇《おまつり》のはじまりよ」
COMIC
漫画 北国良人
原作 楢山幕府
キャラクター原案 えびすし
断罪された悪役令嬢は、逆

断罪された悪役令嬢は、逆行して完璧な悪女を目指す５

2023年7月1日　第1刷発行

著　者　楢山幕府

発行者　本田武市

発行所　TOブックス
〒150-0002
東京都渋谷区渋谷三丁目1番1号　PMO渋谷Ⅱ　11階
TEL 0120-933-772（営業フリーダイヤル）
FAX 050-3156-0508

印刷・製本　中央精版印刷株式会社

ISBN978-4-86699-865-7